mtb

Zum Buch:

Abby liebt ihren Job im »Le Miel«, einer von Sydneys angesagtesten Konditoreien. Nach einer unglücklichen Ehe hat sie hier endlich wieder ihr Glück gefunden und genießt ihre Freiheit in vollen Zügen. Zumindest bis ihr neuer Kollege Tanner bei der Arbeit erscheint: Sexy, tätowiert, ein echter Playboy. Obwohl sie nicht gegensätzlicher sein könnten, ist Abby von Tanner fasziniert. Doch nach einer heißen Nacht stellt sich heraus, dass seine Geheimnisse noch dunkler sind als die Tattoos auf seiner Haut ...

»Die Leserin wird in eine Welt von Lust und Leidenschaft entführt.«

Dailymail

Zur Autorin:

USA-Today-Bestsellerautorin Nicola Marsh hat weltweit mehr als sieben Millionen Romane verkauft und diverse Preise wie den Romantic Times Reviewer's Choice Award gewonnen. Für Erwachsene schreibt sie aufregende Liebesromane, für Jugendliche spannende Geistergeschichten. In ihrer Freizeit liebt die frühere Physiotherapeutin gutes Essen, sich um ihre kleinen Helden zu kümmern und es sich mit einem guten Buch gemütlich zu machen.

Nicola Marsh

Dirty Hearts – Liebe ohne Regeln

Roman

Aus dem Englischen von
Meike Stewen

mtb

MIRA® TASCHENBUCH

FSC MIX Papier FSC® C014496

1. Auflage: Juni 2019
Deutsche Erstausgabe

Originaltitel: »Sweet Thing«

Published by arrangement with
HARLEQUIN ENTERPRISES II B.V./SARL

Umschlaggestaltung: zero-media.net, München
Umschlagabbildung: FinePic / München
Satz: GGP Media GmbH, Pößneck
Printed in Germany
Dieses Buch wurde auf FSC®-zertifiziertem Papier gedruckt.
ISBN 978-3-7457-0012-1

www.mira-taschenbuch.de

Werden Sie Fan von MIRA Taschenbuch auf Facebook!

1. Kapitel

Abby

Endlich geschieden! Eigentlich hätte das der glücklichste Tag meines bisherigen Lebens sein sollen. Dafür hatte ich auch schon einige Pläne geschmiedet: Zuerst wollte ich einen grandiosen Arbeitstag lang im *Le Miel* dieses wunderbare französische Gebäck herstellen, in das ich mich im Laufe des Jahres so verliebt hatte, und danach einen romantischen Abend in intimer Runde verbringen: nur mit einer Flasche Shiraz und mit Channing Tatum – meinem Lieblingsschauspieler.

Besser kann man so einen Anlass doch nicht feiern, oder? Den ganzen Morgen hatte ich mir schon vorgestellt, wie ich mich den Aromen des samtigen Rotweins hingebe, während dieser heiße Filmstar über den Bildschirm flimmert. Kaum war ich eine Stunde in der Konditorei, wurden meine Träume allerdings brutal zunichtegemacht. Und zwar in dem Moment, als Remy King, der tollste Chef in ganz Australien, im Laden von der Leiter fiel … und schließlich hier landete: im *Sydney Private Hospital.*

»Du brauchst nicht bei mir zu bleiben«, sagte er, und

seine blauen Augen waren schmerzerfüllt – obwohl die Medikamente, die man ihm verabreicht hatte, einen ausgewachsenen Elefanten hätten umhauen können. »Fahr ruhig wieder zum Laden zurück.«

»Kein Problem, Makayla hat dort alles im Griff.« Ich setzte mich vorsichtig zu ihm auf die Bettkante und griff nach seiner Hand. »Außerdem war ich schon längst fertig mit den Croissants, Beignets, Eclairs und Macarons, als du dich unbedingt an diesem akrobatischen Kunststück versuchen musstest. Sie braucht die Sachen nur noch zu servieren.«

Remy lächelte müde, dann verzog er das Gesicht. »Das war nicht meine Schuld, das lag an der Leiter.«

»Klar, die ist ganz von selbst über diesen Mehlhaufen auf dem Boden gerutscht.« Ich verdrehte die Augen. »Wenn du nicht so ein toller Freund und Chef wärst ... dann würde ich dir jetzt ordentlich die Meinung sagen – dafür, dass du dich so dämlich angestellt hast.«

»Und wenn du nicht mein bester Lehrling wärst, würde ich dich jetzt auf der Stelle rauswerfen für diese Dreistigkeit.«

Ich drückte seine Hand, denn ich war ihm so unendlich dankbar dafür, dass er mir eine Chance gegeben hatte, als ich so dringend Unterstützung brauchte.

Dass ich meinen gefühlskalten, berechnenden Mann nach nur neun Monaten Ehe verlassen hatte, galt in der Familie Prendigast als unverzeihlich. Für meine Gründe hatten sich meine Eltern gar nicht erst interessiert. Sie

hatten sich nur Sorgen um ihren ach so guten Ruf als eine der reichsten Familien in Sydney gemacht. Mit dem Ergebnis, dass sie mir jede finanzielle Unterstützung verweigert und die kalte Schulter gezeigt hatten, um mir eine Lektion zu erteilen.

Dabei rechneten sie wohl fest damit, dass ich binnen einer Woche in ihrem am Wasser gelegenen Luxusanwesen aufschlagen würde.

Tatsächlich habe ich mich jetzt ein Jahr lang nicht mehr dort blicken lassen.

Trotz all ihrer Fehler vermisste ich meine Eltern. Und meine Freunde auch. Aber: Die Abigail Prendigast von damals, die perfekte Tochter, die in einer perfekten Welt lebte und immer alles richtig machte, gab es inzwischen nicht mehr. An diesem einen schicksalhaften Tag hatte ich sie hinter mir gelassen und ein neues Leben begonnen.

»Was ist denn los?« Remy musterte mich aus zusammengekniffenen Augen. »Ist es wegen der Patisserie? Mach dir mal keine Sorgen, du musst dich jetzt nicht ganz allein um den Laden kümmern. Ich habe Tanner schon Bescheid gesagt, der unterstützt dich gern dabei, während ich hier wieder auf die Beine komme.«

Sofort verspürte ich eine innere Anspannung. Ich hatte Remys jüngeren Bruder zwar noch nicht persönlich kennengelernt, allerdings schon genug von ihm gehört, um mir eine ungefähre Meinung bilden zu können. Und die war nicht gerade gut.

In meinen Augen war er ein Nichtsnutz. Ein reicher Nichtsnutz: Offenbar gehörten ihm ein paar Nachtclubs und Bars zwischen Sydney und Brisbane. Das brachte ihm wohl zig Millionen von Dollar ein, die er bevorzugt mit irgendwelchen Frauen auf seinen ständigen Weltreisen verprasste.

Und trotzdem schien Remy ihn aus irgendwelchen Gründen zu vergöttern. Immer wenn Tanner mal wieder vom anderen Ende der Welt anrief, schwang echte Zuneigung in Remys Stimme mit. Na ja, dass der Typ trotz seines Playboy-Lebenswandels mit seinem Bruder in Verbindung blieb, musste man ihm wohl zugutehalten.

Einmal, ganz kurz nur, hatte ich ihn auch gesehen, als Remy sich gerade mit ihm per Video Call unterhalten hatte: dunkles Haar, dunkle Augen, Dreitagebart. Ganz gut aussehend eigentlich, wenn man auf diesen Typ steht. Tja, und ich? Mir sind die unkomplizierten Männer lieber, also das Gegenteil von Bardley, meinem Ex. Und so finster, wie Tanner auf dem Bildschirm ausgesehen hatte, war er alles andere als unkompliziert.

»Ach so, ich dachte, Tanner wäre gerade irgendwo im Ausland unterwegs«, bemerkte ich und klang dabei viel gelassener, als ich mich eigentlich fühlte. Dass mir ein wildfremder Mann, der eine Trüffelpraline nicht von einer Trockenpflaume unterscheiden konnte, bei der Arbeit über die Schulter sehen sollte, passte mir überhaupt nicht. Es war auch gar nicht nötig, schließlich hatte ich die Abläufe im *Le Miel* voll im Griff, da würde dieser jetset-

tende Backstubennovize nur im Weg sein. »Das ganz normale Tagesgeschäft kriege ich auch allein sehr gut hin.«

»Aber du kannst dich doch nicht um alles gleichzeitig kümmern.« Ein besorgter Ausdruck huschte über Remys Gesicht, dann blinzelte er. »Tanner ist übrigens ein wirklich guter Geschäftsmann, der auch schon Restaurants geleitet hat. Mir wäre es lieb, wenn er vorübergehend die Verantwortung für das *Le Miel* übernimmt, in einem Monat bin ich ja wieder da.«

»In einem Monat?«, fragte ich. Es klang wie ein Aufschrei, und Remy lachte leise.

»Tja, so lange dauert das wohl«, erwiderte Remy. »Ich habe mir den Knöchel und ein paar Rippen gebrochen. Je weniger ich mich bewege, desto schneller verheilt das wieder, meinte der Arzt.« Er zwinkerte mir zu. »Wer hätte das gedacht?«

Verdammt. Das hätte ich mir denken können: dass er nicht auf Krücken durch den Laden humpeln konnte, weil er ja auch noch drei gebrochene Rippen hatte. Aber zuerst hatte es sich für mich so angehört, als würde ich mich höchstens eine Woche lang mit diesem Weltenbummler-Playboy arrangieren müssen. Und jetzt gleich einen ganzen Monat lang?

Aber was dachte ich da eigentlich gerade für egoistisches Zeug, während mein Freund und Chef hier mit Schmerzen im Krankenhaus lag? Erneut drückte ich seine Hand. »Kümmere du dich erst mal darum, dass es dir besser geht, alles andere kriege ich schon hin.«

»Alles andere kriegen *wir* schon hin, meintest du wohl.« Eine tiefe Stimme, genau hinter mir. Eine Stimme, die nach dunklen Bars klang, nach dunkler Schokolade und nach einer dunklen Seele, voll und samtig zugleich … und eine Spur unverschämt. Sofort war ich auf der Hut.

Ich fuhr herum – und war Auge in Auge mit dem »Teufel«, von dem wir eben gesprochen hatten. Und was für Augen er hatte! Sie glänzten in einem faszinierend hellen Goldbraun. Aber was mich noch mehr aus der Fassung brachte als die Farbe, war die Art, wie mich dieser Mann ansah: als würde er mich am liebsten vernaschen wollen wie ein köstliches Eclair. Ich erschauerte, als sein hungriger Blick meine Hand fand, die immer noch auf Remys lag.

»Ach, wie süß, ihr zwei«, bemerkte er, und mir stellten sich die Nackenhaare auf. »Störe ich etwa?«

Abrupt zog ich die Hand zurück.

»Tanner, spinn hier nicht rum«, sagte Remy. »Das ist übrigens Abby, mein Lehrling. Und gleichzeitig die beste Konditorin außerhalb von Paris.«

»Aber natürlich nicht so gut wie du.« Tanner musterte mich eindringlich und brachte damit Stellen zum Kribbeln, die über ein Jahr lang kein Mann mehr berührt hatte. Und wie!

»Selbstverständlich nicht.« Remy strahlte über das ganze Gesicht, offenbar bedeutete sein Bruder ihm viel. »Vielen, vielen Dank, dass du bei mir im Geschäft einspringst.«

»Sehr gern.« Tanner kam näher, und ich musste mich zusammenreißen, um nicht automatisch zurückzuweichen.

Sein intensiver Blick war ja schon schlimm genug gewesen. Aber je näher er kam, desto bewusster wurde mir, wie groß er war: mindestens einsneunzig und dazu gut durchtrainiert. Wahrscheinlich war er täglich im Fitnessstudio. Oder er trieb irgendeine andere Art von … Sport.

Verflucht, was ging mir da eigentlich gerade durch den Kopf? Das war jetzt schon das zweite Mal in einer Minute, dass ich ihn mit Sex in Verbindung gebracht hatte. Hatte ich etwa Entzugserscheinungen? Das konnte ich mir schlecht vorstellen: Seit der Trennung von Bardley hatte ich mit keinem Mann geschlafen und es auch nicht vermisst. Schließlich hatte ich genug damit zu tun gehabt, mir ein neues Leben aufzubauen. Ein Leben, das sich jetzt nicht mehr um High-Society-Anlässe, Dinner-Verabredungen mit wichtigen Klienten und Wochenenden auf Bardleys Jacht drehte, während ich parallel versucht hatte, mein Betriebswirtschaftsstudium abzuschließen. Das hatte ich nun auch noch abgebrochen. Dumm gelaufen.

»Das ist für mich sogar der perfekte Zeitpunkt, bei dir einzuspringen«, wandte Tanner sich an seinen Bruder und lehnte sich dabei gegen das Bett. Er war so riesig, dass alles andere neben ihm auf einmal lächerlich klein wirkte. »Ich bin nämlich gerade auf der Suche nach einer neuen Herausforderung.«

Sein intensiver Blick jagte mir einen heißkalten Schauer über den Rücken: Mir war klar, dass er mit der Herausforderung nicht nur die Konditorei seines Bruders meinte.

Remy schien allerdings nichts von der elektrisierenden Spannung zwischen uns zu bemerken – oder aber die Schmerzmittel hatten ihn schon total zugenebelt. »Prima. Dann könnt ihr zwei euch ja schon mal zusammensetzen und etwas besser kennenlernen, während ich hier in Ruhe vor mich hin leide.«

»Dein Wunsch ist mir Befehl, Bro.« Tanner beugte sich zu Remy hinunter und drückte ihn so vorsichtig, dass er mir fast sympathisch wurde – was mir gar nicht in den Kram passte. »Ich halte dich auf dem Laufenden. Und mach dir keine Sorgen ums *Le Miel*, das klappt schon.«

»Gute Besserung, Remy.« Ich ging zur anderen Seite des Bettes, damit ich nicht mehr neben Tanner stehen musste, und drückte meinem Chef einen Kuss auf die Wange. »Werd schnell wieder gesund, ja?«

»Geht in Ordnung.« Als ich sein verschmitztes Grinsen sah, ahnte ich schon, dass mir seine nächste Bemerkung nicht gefallen würde: »Jetzt ist Tanner ja da, da bist du in den besten Händen.«

Das Blut schoss mir in die Wangen. Nur zu gut konnte ich mir vorstellen, wie sich Tanners Hände auf meiner Haut anfühlen würden.

Und dann war ich auch noch so dämlich, zu Tanner

hinüberzuschauen – genau in dem Moment, als er besagte Hände hochhielt, während es um seine Mundwinkel verräterisch zuckte. »Du Glückspilz.«

Mir fielen spontan eine Menge Wörter ein, mit denen sich mein momentaner Zustand gut beschreiben ließ. »Glückspilz« war aber so ziemlich das Letzte, was mir dazu eingefallen wäre.

2. Kapitel

Tanner

Ich hatte nicht gelogen, als ich Remy erzählt hatte, dass ich auf der Suche nach einer neuen Herausforderung war. Darunter hatte ich mir allerdings etwas völlig anderes vorgestellt als diese unterkühlte Blonde mit den gletscherblauen Augen. Neben so einer kriegt ja selbst ein Schneemann Frostbeulen!

Ein Blick auf diese versnobte Tante, und mir war sofort klar, was das für eine ist: ein verwöhntes reiches Mädchen, das aus reiner Langeweile mal ein paar Törtchen backt. Die möglichst so aussehen sollen wie die, die sie früher in ihrer teuren Puppenküche zubereitet hatte. Während sie von ihrem Prinzen auf dem weißen Pferd, vor allem aber mit dem superdicken Bankkonto träumte.

Ja, genau so war das mit Frauen wie ihr: voll in ihrer Prinzessinnenwelt gefangen. Nur eines konnte ich nicht verstehen: Warum war sie inzwischen schon ein ganzes Jahr bei Remy?

So ein paar Basics über sie hatte er mir vor zehn Monaten schon durchgegeben, als wir telefonierten und uns auch kurz über seinen neuen Schützling unterhielten. Sie

war wohl vorher seine beste Kundin gewesen und eines Tages völlig zerzaust und aufgelöst in seinen Laden gekommen und hätte ihn um einen Job angebettelt. Hatte ihm etwas von ihrem großen Traum erzählt, Konditormeisterin zu werden.

So ein Bullshit.

Keine Ahnung, was diese Abby für ein Spiel spielte. Ich wusste nur, dass Remy ihr damals angeboten hatte, im Apartment über der Konditorei zu wohnen, während sie ihr Leben wieder auf die Reihe brachte. Und jetzt war sie immer noch da ... da behielt ich sie am besten mal im Auge. Wer weiß, was sie so vorhatte.

Schließlich hatte jeder doch so seine Beweggründe, wie ich schon am eigenen Leib erfahren durfte, und zwar auf die harte Tour. Falls die Eisprinzessin also beabsichtigte, meinen Bruder über den Tisch zu ziehen, dann würde ich ihr einen Tritt in ihren süßen Hintern verpassen, dass sie im hohen Bogen aus der Backstube fliegt. Süß war ihr Hintern ja – sehr sogar! –, das hatte ich schon gesehen, als sie sich über Remy gebeugt und ihn geküsst hatte.

Direkt berührend war das gewesen. Man könnte fast meinen, ihr würde wirklich etwas an Remy liegen ... wenn ich es nicht besser wüsste.

Aber klar: Frauen wie sie waren perfekt darin, anderen Menschen etwas vorzumachen. Und falls sie vorhatte, meinen Bruder auszunutzen, ihm vielleicht eine Beteiligung am *Le Miel* aus den Rippen zu leiern, dann konnte sie sich auf etwas gefasst machen!

Remy hatte ja schon immer ein viel zu weiches Herz gehabt, er war immer viel zu nachgiebig gewesen. Vielleicht hatte er es deswegen damals auch leichter mit Dad als ich. Der hatte mich ja gehasst.

»Wir fahren jetzt lieber schnell zur Konditorei«, sagte Abby, als wir aus dem Krankenhaus kamen. »Meine Kollegin Makayla kümmert sich gerade um alles, die ist bestimmt schon am Hyperventilieren.«

»Moment mal, meine Süße.« Blitzschnell legte ich ihr eine Hand ins Kreuz … und zuckte zusammen. Ein Kribbeln durchfuhr meinen Arm, als hätte ich einen Stromschlag bekommen. »Erst mal müssen wir uns kennenlernen.«

Daraufhin sah sie mich so fassungslos an, als hätte ich ihr eben vorgeschlagen, dass wir uns dafür ausziehen müssten. Ich grinste. Eigentlich gar keine so schlechte Idee! Das würde jedenfalls etwas Leben in ihre versteinerte Miene bringen.

»Hey, was ist denn los? Eigentlich wollte ich bloß vorschlagen, dass wir noch schnell einen Kaffee trinken, aber wenn du dir etwas anderes dabei gedacht hattest, bin ich durchaus flexibel.« Abschließend zwinkerte ich ihr noch kurz zu, weil ich wusste, dass sie das erst recht auf die Palme bringen würde.

Und so war es dann auch, sofort richtete sie sich zu ihrer vollen Größe auf: etwa einsachtundsiebzig, ganz schön groß für eine Frau. Normalerweise stand ich eher auf kleine, zierliche Persönchen.

»Ich bin nicht deine Süße«, betonte sie und reckte überheblich das Kinn in die Höhe.

»Wärst du es denn gern?«, gab ich zurück und machte mich darauf gefasst, sie damit völlig zu verschrecken.

Zu meiner Überraschung blieb sie direkt vor mir stehen und funkelte mich mit ihren großen gletscherblauen Augen an. Bewundernswert fand ich das.

»Jetzt hör mir mal zu«, begann sie. »Ich liebe meinen Job, und deinem Bruder habe ich viel zu verdanken. Als ich ganz allein dastand, war er der Einzige, der mir eine Chance gegeben hat. Das lasse ich mir nicht von so einem Möchtegern-Playboy kaputtmachen, der seinen Hosenschlitz nicht zulassen kann. Verstanden?« Dann versetzte sie mir noch einen Knuff gegen die Brust. Nicht gerade sanft. Ganz schön mutig.

»Mir reicht's jetzt mit den dummen Anspielungen, lass uns endlich zur Sache kommen.«

Das war ja mal wieder eine Steilvorlage, da konnte ich mich nicht zurückhalten. »Zu mir oder zu dir?«

»Ich fasse es nicht«, murmelte sie entnervt und drehte mir den Rücken zu.

Okay, da hatte ich es wohl zu weit getrieben, was aber nicht von Nachteil war. Immerhin hatte ich jetzt perfekte Sicht auf ihren Hintern. Und der war wirklich süß, genau wie ich ihn mir schon vorgestellt hatte: rund und knackig, und in der engen schwarzen Hose, die in der Konditorei wohl zur Arbeitskleidung gehörte, kam er gut zur Geltung.

Ach ja, die Konditorei …

Jetzt wurde mir auch wieder bewusst, was ich Remy versprochen hatte: Ich wollte dafür sorgen, dass in seiner Abwesenheit alles glattläuft. Und wenn ich etwas verspreche, dann halte ich das auch. Und selbst wenn ich grundsätzlich niemanden zu nah an mich heranlasse, mache ich für meinen Bruder eine Ausnahme. Immerhin ist er mein Fleisch und Blut, außerdem war ich ihm etwas schuldig.

Das bedeutete allerdings auch, dass ich mich jetzt mit dem süßen Knackarsch gutstellen musste.

»Hey, Moment mal!« Mit wenigen Schritten hatte ich sie eingeholt. »Tut mir leid, dass ich so einen Blödsinn rede. Aber ich bin erst gestern Nacht mit dem Flieger aus L. A. gekommen und immer noch total im Jetlag.«

Daraufhin erntete ich nur einen entnervten Blick, das beeindruckte sie offenbar kein bisschen.

»Komm, wir trinken einen Kaffee zusammen. Ich benehme mich auch anständig, versprochen!« Ich hob die Hände, als wollte ich mich ergeben.

Erst zögerte sie noch und kaute dabei auf ihrer Unterlippe herum. Eigentlich war das völlig unverfänglich, trotzdem spürte ich, dass mein Schwanz direkt darauf reagierte. Man sagte mir ja gern nach, dass ich alles vögele, was nicht bei drei auf den Bäumen war … aber in Wirklichkeit hatte ich schon seit Monaten keinen Sex mehr gehabt.

Daran musste ich wohl schnellstens etwas ändern …

wenn ich jetzt schon heiß wurde, nur weil die Eisprinzessin auf ihrer Unterlippe herumkaute.

»Komm schon, Abby, ich beiße auch nicht«, stieß ich hervor und versuchte dabei, so gut es ging, meine Erregung zu ignorieren.

Nach einer gefühlten Stunde rang sie sich schließlich zu einem kurzen Nicken durch. »Also gut.«

Gut war es aber ganz und gar nicht. Auf dem kurzen Weg zum nächsten Café wehte ihr Duft zu mir herüber: eine süße, berauschende Mischung aus Vanille und Kokosnuss. Ob sie wohl genauso gut schmecken würde, wie sie roch?

Verdammt. Remy würde mir das Fell über die Ohren ziehen, wenn ich irgendwelchen Unfug mit seinem Schützling anstellte. An sich wollte ich das ja auch gar nicht, ich wollte sie bloß ein bisschen aus der Reserve locken.

Als ihr aber der nächste Windstoß ein paar blonde Haarsträhnen ins Gesicht blies, musste ich mich mit aller Kraft beherrschen, um sie ihr nicht zurückzustreichen. Spätestens da war mir klar, dass die nächsten vier Wochen unendlich lang werden würden.

Hatte ich mir wirklich eine Herausforderung gewünscht?

Jetzt hatte ich jedenfalls eine bekommen.

3. Kapitel

Abby

Für so einen Blödsinn hatte ich keine Zeit.

Eigentlich sollte ich jetzt so schnell wie möglich wieder zurück ins *Le Miel*, um sicherzugehen, dass Makayla dort alles unter Kontrolle hatte.

Stattdessen saß ich mit *Tanner* in diesem Café und musste auch noch ein freundliches Gesicht aufsetzen.

»Ist dir der Tisch hier recht?« Er zeigte auf den einzigen freien Zweiertisch im Außenbereich. Ein wirklich schöner Platz.

Ich nickte. »Okay, aber nicht zu lang, ich muss schnell wieder in die Konditorei.«

»Du hast es aber eilig, mich loszuwerden.« Wie ein echter Gentleman zog er für mich einen Stuhl hervor – eine ungewöhnliche Geste für jemanden, der so eine toughe Verwegenheit ausstrahlt. »Ich hab dir doch gesagt, dass ich mich anständig benehme.«

Ich zwang mich zu einem dankbaren, allerdings etwas verkniffenen Lächeln und setzte mich hin. Dabei war mir sehr wohl bewusst, dass Tanner ganz andere Vorstellungen von gutem Benehmen hatte als ich.

»Was möchtest du trinken?« Er nahm ebenfalls Platz und schob sich die Ärmel hoch. Dabei kamen seine über und über tätowierten Arme zum Vorschein.

Mit Tätowierungen konnte ich überhaupt nichts anfangen. Wie konnte man seine Haut nur derart verunstalten? Und trotzdem: Als Tanner seine Unterarme auf den Tisch stützte, war ich wie gebannt von den kunstvollen Tintenornamenten, die sich von seinen Handgelenken aus nach oben wanden.

Aufwendig gezeichnete Weinranken waren darunter, wunderschöne Rosen und weitere komplexe Motive. Geheimnisvolle Symbole, die ich von hier aus nicht erkennen konnte, aber gern aus der Nähe betrachten würde.

Ich ertappte mich dabei, wie ich mich immer weiter nach vorn beugte ... und als ich zu Tanner hochsah, grinste er mir breit ins Gesicht – als wäre ihm völlig klar, wie faszinierend ich ihn fand.

»Na, gefällt dir, was du siehst?«

»Nein«, gab ich barsch zurück und kam mir dabei selbst ganz schön verklemmt vor. Dass mir dabei das Blut heiß in die Wangen schoss, machte die Situation auch nicht besser.

»Das geht weiter oben übrigens noch weiter«, sagte er mit tiefer, rauer Stimme und leicht anzüglichem Tonfall. »Es beschränkt sich auch nicht nur auf die Arme. Falls du dich das gerade gefragt hast.«

»Ich mag keine Tattoos«, gab ich abfällig zurück ...

und strafte meine eigene Behauptung sofort wieder Lügen, indem ich den Blick wieder auf seinen beeindruckenden Unterarmen ruhen ließ.

Kräftig und sehnig sahen sie aus … richtig sexy.

Verdammt.

»Ja, das geht vielen Menschen so.« Er zuckte mit den Schultern, als würde er nicht viel auf meine Meinung geben. »Viele denken dann gleich an Bikergangs und Drogenbosse, dabei entgeht ihnen der künstlerische Aspekt völlig.«

»Du interessierst dich für Kunst?«

Mit der Frage war ich auf der sicheren Seite, damit kamen wir endlich von diesen schwierigen Themen los: seinen Tattoos und seinem Körper. Wenigstens hoffte ich das.

»In erster Linie gefallen mir Tattoos.« Er lehnte sich zurück und verschränkte die Hände im Nacken. Offenbar fühlte er sich wohl in seiner Haut. Und während der Saum seines Hemdes ein Stück höher rutschte, kam von eben dieser Haut immer mehr zum Vorschein: Fasziniert betrachtete ich seinen nackten Bauch, auf dem ich weitere schwarze Zeichnungen erblickte. Was genau das darstellen sollte, konnte ich noch nicht erkennen, aber ich meinte eine Machete und einen Handhaken zu sehen.

»Hast du dir wirklich einen Piraten auf den Unterleib tätowieren lassen?« Die Worte waren mir einfach herausgerutscht. Und während ich mir am liebsten die

Zunge abgebissen hätte, lachte er so laut los, dass sich einige Gäste an den Nebentischen zu uns umdrehten.

»Jetzt guck mich doch nicht so schockiert an«, sagte er und füllte unsere Wassergläser nach. »Ich gehe eben auch gern mal auf Beutezüge … wie die meisten Piraten.«

Ich kniff die Lippen zusammen, bevor mir noch so eine unglückliche Bemerkung herausrutschen konnte. Zum Beispiel dass ich lieber über die Planke gehen würde, als mich von ihm erobern zu lassen.

So ganz stimmte das allerdings nicht. Und seit meine katastrophale Ehe in die Brüche gegangen war, hatte ich mir fest versprochen, nie wieder unehrlich zu sein. Schon gar nicht mir selbst gegenüber.

Und eines musste ich mir eingestehen: Tanner King hatte in weniger als dreißig Minuten dazu beigetragen, dass ich mich plötzlich so lebendig fühlte wie schon ewig nicht mehr. Er reizte mich, forderte mich heraus … und brachte mich mit seiner unbeirrt großspurigen Art zur Weißglut.

Und gleichzeitig genoss ich das Kribbeln auf meiner Haut und das seltsam flaue Gefühl in meinem Unterleib. Als würde mir da etwas fehlen, als würde ich mich nach etwas verzehren.

Erschreckenderweise machte mich dieser Mann ein bisschen heiß, das musste ich zugeben. Eigentlich sogar sehr heiß. Na ja, egal.

Dieser Mistkerl!

»Lass mich raten. Gleich kommt noch irgendeine

blöde Bemerkung über Piraten, ihre Holzbeine und sonstige Gliedmaßen.«

Erneut lachte er. Dabei bildeten sich kleine Fältchen in seinen Augenwinkeln, die ich süß fand. »Du bist ganz schön witzig, solche Frauen gefallen mir.«

Gerade wollte ich erwidern, dass ihm ja wohl alle Frauen gefielen, da kam auch schon die Kellnerin und nahm unsere Bestellungen entgegen. Tanner orderte einen doppelten Espresso und ich einen Latte macchiato mit Sojamilch. Dann musterte er mich wieder durchdringend mit seinen golden schimmernden Augen, und ich wünschte, ich würde es nicht so sehr genießen …

Irgendwie musste ich dafür sorgen, dass unser Treffen wieder sachlicher wurde, dass wir wieder auf die beruflichen Dinge zurückkamen. Und die hatten mit Flirtereien und Holzbeinen wenig zu tun.

»Remy hat mir erzählt, dass du auch schon einige Restaurants geleitet hast«, wechselte ich also das Thema.

Einen Augenblick lang verdunkelte sich sein Blick, und er wirkte fast ein bisschen traurig. Aber dann blinzelte er, und ich fragte mich, ob ich mir das nur eingebildet hatte. »Ja, Restaurants auch, aber mit Nachtclubs kenne ich mich besser aus.«

Das glaubte ich ihm sofort. Ich sah ihn regelrecht vor mir, wie er durch die dunklen Räume schlich wie ein Panther, der nach seiner nächsten Beute Ausschau hielt. Wie er abwartend die Situation beobachtete … bis er sich schließlich auf irgendeine arme arglose Frau stürzte.

Die Glückliche! durchfuhr es mich, als ich den Blick über seinen durchtrainierten, sehr männlichen Körper gleiten ließ.

»In der Konditorei hast du aber bisher nicht vorbeigeschaut, oder?«

Eben hatte er noch mit dem Besteck auf dem Tisch herumgespielt, jetzt hielt er abrupt inne – als hätte ich ihm vorgeworfen, dass er nicht für seinen Bruder da gewesen war. »In letzter Zeit war ich oft in London und Los Angeles«, erklärte er. »Da habe ich Freunde unterstützt, die dort so ähnliche Nachtclubs eröffnen wollten wie meine hier.«

»Ganz schön selbstlos von dir.« Die sarkastische Bemerkung war mir einfach so herausgerutscht. Kein Wunder, dass er mich jetzt ziemlich grimmig ansah.

»Tut mir leid, ich wollte nicht zickig werden. Ich bin bloß gerade etwas durcheinander. Heute ist ein besonderer Tag für mich, aber dann ist Remy von der Leiter gefallen, und ich habe mir solche Sorgen um ihn und die Konditorei gemacht und mich gefragt, ob ich das alles schaffe …«

Na, wunderbar, jetzt hörte ich mich gerade an wie eine völlig überforderte Plaudertasche. Immerhin machte Tanner keine dummen Bemerkungen dazu, das rechnete ich ihm hoch an. Er wirkte sogar ziemlich ernst, zum ersten Mal während unseres Treffens. So gefiel er mir, sehr gut sogar. Viel besser, als wenn er seine komischen Witze machte.

»Du stehst mit der Konditorei aber nicht mehr allein da, dafür bin ich ja hier«, erwiderte er und betrachtete mich neugierig. »Und mein großer Bruder ist gut versorgt.«

Er hielt kurz inne und runzelte die Stirn. »Warum ist heute eigentlich so ein besonderer Tag für dich? Heiratest du etwa?«

Ich schnaubte leise. »Das hab ich schon hinter mir. Der Brautstrauß ist inzwischen verwelkt.«

»Dann bist du also verheiratet?«

»Seit heute offiziell geschieden.« Ich wedelte mit den Händen. »Ta-da!«

»Na, das ist doch besser, als offiziell verheiratet zu sein«, sagte er und sprach das Wort »verheiratet« so aus, als wäre es ein Schimpfwort.

»Wenn man auf einen herzlosen Eisklotz hereingefallen ist, nur weil er einem anfangs ganz passend vorkam, dann auf jeden Fall.«

Ich hatte meine Hochzeit immer noch detailliert vor Augen: Meine Eltern hatten den Garten ihres Anwesens in ein Winterwunderland verwandeln lassen – mit riesigen Festzelten und weißen Chiffonbändern. In den perfekt zurechtgestutzten Bäumen funkelten Lichterketten, zur Feier hatten sie 500 ihrer engsten Bekannten eingeladen. Und am Altar wartete Bardley auf mich und starrte mich dabei so gierig an, als hätte er gerade einen besonders gewinnbringenden Deal gemacht.

Eigentlich hätte ich da schon abhauen sollen. Aber

weil ich es ja immer allen recht machen wollte, hatte ich irgendwann meine Seele verkauft.

So etwas sollte mir nie, nie wieder passieren.

»Und ich dachte immer, Frauen hätten eine total verklärte, romantische Vorstellung von der Ehe und würden nicht einfach bloß heiraten, weil es ihnen passend vorkommt.« Das Wort »passend« setzte er dabei mit den Fingern in Anführungszeichen. »Magst du mir das mal genauer erzählen?« Ein sexy Lächeln breitete sich auf seinem Gesicht aus. »Na komm, deine schmutzigen kleinen Geheimnisse sind bei mir gut aufgehoben.«

Wenn er nur wüsste ...

»Mit ›schmutzig‹ hatte das alles nichts zu tun, und ein Geheimnis ist es auch nicht. Ich habe einfach mit einundzwanzig einen Mann geheiratet, den ich schon seit meiner Kindheit kannte. Unsere beiden Familien waren befreundet und haben uns ständig zusammengebracht. Da hat es sich irgendwann angeboten, dass wir auch heiraten.«

Wenn ich daran dachte, wie es nach meinem Jawort mit uns weitergegangen war, zog sich mir das Herz zusammen. Von diesem Moment an hatte sich Bardley zu einem sadistischen Kontrollfreak entwickelt. »Wir sind zusammen raus nach Vaucluse gezogen. Da haben wir das perfekte Haus für uns gefunden und ein perfektes Leben geführt. Jedenfalls nach außen ...«

Ich hielt inne. Warum erzählte ich das eigentlich gerade einem wildfremden Menschen? Aber vielleicht fiel

es mir gerade deswegen leichter, darüber zu sprechen. Tanner und ich wussten wenig voneinander, und heute war der Tag, an dem sich mein Leben entscheidend änderte, der Tag, den ich herbeigesehnt hatte. Und wenn ich erst mal alles herausließ, was sich in mir angestaut hatte, vielleicht wurde mir dann umso bewusster, dass die Vergangenheit mich nicht mehr in ihren Fängen hat?

»Hat der Scheißkerl dich etwa geschlagen?«, knurrte Tanner und ballte die Hände zu Fäusten. »Geschieden hin oder her – sag mir einfach, wo ich das Schwein finde, dann mache ich ihn fertig.«

»Langsam, du Held«, gab ich zurück. »Bardley hat mich zwar beleidigt und mit Worten verletzt, aber er hat mir nie ein Haar gekrümmt.«

»Dieser andere Mist ist schon schlimm genug«, murmelte er, entspannte seine Hände aber wieder. »Was ist Bardley überhaupt für ein bescheuerter Name?«

Ich lächelte. Wenn er diesen wütend-wilden Ausdruck in den Augen hatte, fand ich ihn besonders sexy.

»Darum habe ich ihn auch verlassen«, sagte ich. »Wegen *diesem anderen Mist*. Irgendwann habe ich's nämlich nicht mehr ausgehalten.«

Und ich wusste noch ganz genau, in welchem Moment ich beschlossen hatte, mein Leben endlich wieder selbst in die Hand zu nehmen.

Damals hatte er mich vor seinen Freunden erniedrigt: Er hatte mich dazu gezwungen, Wasserski zu fahren, obwohl er wusste, dass ich eine Heidenangst vor Wasser

hatte. Als ich mich das erste Mal auf den Skiern aufrichtete, verlor ich das Gleichgewicht und hatte am Ende ein verstauchtes Handgelenk. Bardley waren meine Schmerzen ziemlich egal gewesen, er hatte sich sogar über mich lustig gemacht. Also hatte ich mit meiner gesunden Hand meine Sachen gepackt und war per Taxi ins nächste Motel gefahren. Es dauerte etwa eine Stunde, bis ich mir sämtliche Konten hatte auszahlen lassen, außerdem habe ich meine Kreditkarten bis zum Anschlag belastet, um einen Top-Anwalt zu engagieren und ihn per Vorkasse zu bezahlen.

Dass Bardley mich so hatte übervorteilen können, war mir unendlich peinlich. Aber so war ich eben: Schon mein ganzes Leben lang hatte ich mir einiges gefallen lassen, also war ich wohl so geboren worden.

»Und was genau hast du jetzt vor?«, hakte Tanner nach.

»Wie bitte?« Seine Frage holte mich wieder ins Hier und Jetzt zurück. Ich musste mich erst mal wieder daran gewöhnen, dass ich an einem wunderschönen Frühlingstag in einem Café am Wasser saß – zusammen mit einem wirklich heißen Typen.

»Wie willst du deine Scheidung feiern?« Er senkte die Stimme. »Da hast du dir doch bestimmt etwas überlegt, oder?«

»Eigentlich hatte ich vor, heute rechtzeitig Feierabend zu machen und dann mit einem tollen Rotwein und Channing Tatum zu relaxen. Aber jetzt sieht es wohl so

aus, als müsste ich noch ziemlich lange dableiben, für Remy einspringen und alles für morgen vorbereiten.«

Tanner verdrehte die Augen und zog spöttisch die Oberlippe hoch. »Was finden die Frauen eigentlich alle an diesem Channing Tatum?«

»Na ja … heißer Körper, kantiges Kinn, und bewegen kann er sich auch – noch Fragen?«

»Das ist doch nur ein Fantasiekonstrukt.« Er lachte leise, und es klang schelmisch. »Wäre dir ein echter Mann nicht viel lieber?«

Er schaute mich direkt an, forderte mich mit seinem Blick heraus … Mir war sofort klar, was er dabei vor Augen hatte.

Eine wilde Nacht voller Ausschweifungen.

Eine Nacht, die die bitteren Erinnerungen an meine Ehe auslöschen würde.

Eine Nacht, in der ich mich lebendig fühlen sollte.

Allerdings würde ich mit diesem Mann danach noch vier Wochen Seite an Seite arbeiten müssen. Remy zählte auf mich, da konnte ich nicht so einfach sein Vertrauen missbrauchen, indem ich mit seinem Bruder vögelte. »Ich glaube, es ist besser, wenn wir unseren Kaffee austrinken und dann in die Konditorei gehen«, erwiderte ich und atmete erleichtert auf, als auch schon die Kellnerin mit unseren Bestellungen kam.

»In Ordnung«, sagte Tanner, gab mir aber durch einen Blick aus seinen funkelnden Augen zu verstehen, dass er noch lange nicht fertig mit mir war. Sofort war mir klar,

dass jede Sekunde, die ich im darauffolgenden Monat mit ihm verbringen würde, die reinste Folter werden würde. »Aber das Angebot steht. Wenn du deinen Fantasiemann doch noch gegen einen aus Fleisch und Blut tauschen willst, weißt du ja, wo du mich findest.«

Er prostete mir mit seiner kleinen Kaffeetasse zu. »Auf eine gute Arbeitsbeziehung, deine erfolgreiche Scheidung und darauf, dass du irgendwann alle Gliedmaßen des Piraten kennenlernst.«

Prompt verschluckte ich mich an meinem Latte macchiato.

Er lachte leise, so tief und sexy, dass es mich heiß und kalt durchfuhr.

Mir standen vier sehr lange Wochen bevor.

4. Kapitel

Tanner

Verdammt, warum hatte ich nicht Nein gesagt, als Remy mich gebeten hatte, in der Konditorei auszuhelfen?

Schließlich hatte ich gute Gründe, warum ich so lange nicht mehr da gewesen war. Die glänzenden honigfarbenen Dielen, die sonnendurchfluteten Räume, der Duft nach warmer Hefe und Zucker … ich musste sofort an mein Zuhause denken.

Und natürlich an Mum.

Bei ihrem Tod war ich gerade mal zehn gewesen. Zwanzig lange Jahre war das jetzt her. Und obwohl ich mich inzwischen nicht mehr ganz so deutlich an sie erinnerte, würde ich nie vergessen, wie es war, neben ihr in der Küche zu stehen, während sie backte. Ich hatte das Mehl für sie abgemessen, ihr vorsichtig rohe Eier gereicht. Für den Plätzchenteig hatte ich mein eigenes Brett zum Ausrollen. Und ich hatte es geliebt, mir den Zuckerguss von den klebrigen Fingern zu lecken.

Unsere Küche war riesig gewesen, fast so groß wie in einer Bäckerei. Damals hatte Mum von zu Hause aus Cupcakes gebacken und verkauft. Aber sie hatte sich so-

wieso gern in der Küche aufgehalten und mit großer Leidenschaft gebacken. Und sie selbst war einmal die große Leidenschaft meines Vaters gewesen, eine Französin. Als er zwischen Schulabschluss und Studium ein Jahr in Frankreich verbracht hatte, hatte sie ihm das Herz gestohlen.

Wie schade, dass ihre Liebe nicht gehalten hatte.

Damals hatte Dad Claudette Allard nur ein einziges Mal anzusehen brauchen, und schon war es um ihn geschehen, das hatte Remy mir erzählt. Zwei Monate später hatten sie schon geheiratet, ein Jahr später wurde Remy geboren und ich dann fünf Jahre darauf. Ungefähr zu dieser Zeit war wohl alles den Bach hinuntergegangen – nach dem zu urteilen, was ich an dem schrecklichen Tag mit angehört hatte, an dem sie gestorben war.

Dad hatte sich so gut wie nie in der Küche blicken lassen, das war mir schon als kleines Kind sehr recht gewesen. Wenn er nicht im Haus gewesen war, hatten wir uns alle drei wohler gefühlt: ich, Mum und Remy.

Ich genoss die Tage, die wir zu dritt in der Küche verbrachten, sie waren voller besonderer Momente: Wenn Mum mir einen Klaps auf die Hand gab, weil ich ein Croissant stibitzt hatte, das noch nicht abgekühlt war. Oder wenn Remy mir dabei half, einen besonders komplizierten Buchstaben in Zuckerschrift auf einen Kuchen zu spritzen. Oder wenn ich Mum stolz ihren Lieblings-Schokoladencupcake überreichte, den ich ganz allein gebacken hatte. Es war wunderschön, wenn nur wir drei

zusammen waren. Wir hatten Blödsinn gemacht und zusammen gelacht: Wir waren einfach glücklich zusammen gewesen.

Bis zu diesem einen Tag, an dem ich diesen schrecklichen Streit zwischen meinen Eltern mit angehört hatte. Einen Streit, den ich nicht vergessen konnte – sosehr ich auch versuchte, ihn mit Alkohol oder Affären aus meinem Gedächtnis zu löschen. Es war der Tag gewesen, an dem Mum völlig aufgelöst aus dem Haus gestürzt, ins Auto gestiegen und tödlich verunglückt war. Von diesem Tag an waren wir mit Dad allein gewesen.

Und das Leben war für mich zur Hölle geworden.

»Hey, alles in Ordnung?«

Ich blickte auf und bemerkte, dass Abby mir sanft ihre Hand auf den Unterarm gelegt hatte und mich besorgt anblickte.

Warum hatte ich mich ausgerechnet jetzt von meinen Erinnerungen einholen lassen? Ärgerlich zog ich den Arm zurück. »Alles bestens. Komm, lass uns loslegen.«

Dass sie mir nicht glaubte, erkannte ich an ihrem Blick. Mit ihren eisblauen Augen betrachtete sie mich so intensiv, als könnte sie mir in die Seele schauen. Direkt unheimlich fühlte sich das an.

Dabei erkannte sonst nie jemand, was wirklich in mir vorging.

»Du warst doch schon mal hier in der Konditorei, oder?«

Ich nickte. »Das ist allerdings schon lange her.«

Sie hakte nicht weiter nach, presste aber die Lippen aufeinander – ein klares Zeichen dafür, dass sie mich dafür verurteilte. »Ich zeige dir schnell Remys Büro, das wird ja in erster Linie dein Arbeitsplatz sein.«

Offenbar wusste sie noch nicht, dass ich mich durchaus auch in der Backstube auskannte. Das konnte also noch interessant werden – wenn ich Miss Etepetete erst mal zeigte, wie gut ich mit dem Nudelholz umgehen konnte. »Okay, dann führ mich mal hin«, sagte ich, machte eine kleine scherzhafte Verbeugung und musste mir das Lachen verkneifen, als sie mich grimmig ansah.

Wenn es mir gelang, mich hier im Laden eher auf meine hübsche Kollegin zu konzentrieren, als mich mit traurigen Erinnerungen zu beschäftigen, könnte es noch ganz lustig werden.

Jetzt, am späten Vormittag, waren nicht mehr allzu viele Leute da, abgesehen von ein paar Müttern mit Kleinkindern und einem älteren Zeitung lesenden Paar. Durch die wenigen Besuche, die ich der Konditorei in den vergangenen Jahren abgestattet hatte, wusste ich, dass es hier morgens und zur Mittagszeit ziemlich hektisch zuging. Wahrscheinlich hatte Remy auch entsprechend Personal eingestellt, trotzdem war ich ein winziges bisschen besorgt.

Eigentlich komisch: Da leitete ich seit Jahren erfolgreich mehrere Nachtclubs mit mehreren Hundert Angestellten und hatte außerdem mehrere Restaurants entlang der australischen Ostküste eröffnet … und jetzt

machte ich mir Sorgen wegen einer einzigen kleinen Konditorei?

Aber das hatte natürlich einen Grund: Remy lag der kleine Laden sehr am Herzen, er war sein ganzer Stolz, das war mir bewusst. Und ich war meinem Bruder eine Menge schuldig. Früher hatte er mich immer aufgemuntert, wenn ich mal wieder völlig aufgewühlt gewesen war. Und das, ohne zu wissen, woran das eigentlich lag. Daran nämlich, dass unser Vater mich mal wieder auf unterschwellige Weise seinen Hass hatte spüren lassen.

Remy hatte mir Kochen und Fußball beigebracht und mir erklärt, wie ich mich mit Worten statt mit Fäusten zur Wehr setzen konnte. Zum Beispiel wenn andere Kinder in der Schule sich darüber lustig gemacht hatten, dass ich keine Mum mehr hatte. Als ich fünfzehn gewesen war, hatte unser alter Herr uns den Gefallen getan, den Löffel abzugeben. Von da an hatte sich Remy um mich gekümmert und sich keine Sekunde lang darüber beschwert, dass er sich mit einem bockigen Teenager herumärgern musste, während die meisten anderen Kerle mit zwanzig auf Partys gingen.

Remy war schon immer mein Held gewesen und außerdem der einzige Mensch, den ich wirklich an mich heranließ. Also wollte ich verdammt noch mal dafür sorgen, dass seine Konditorei richtig gut lief, während er wieder gesund wurde.

Als wir an dem glänzenden Edelstahltresen vorbei-

gingen, tauchte dahinter ein junger Typ mit einem Stapel Tabletts auf. Abby lächelte ihm zu, woraufhin dem Ärmsten die Tabletts fast von den Armen gerutscht wären. Das konnte ich ihm nicht übel nehmen. Bisher hatte die Eisprinzessin sich kaum ein Lächeln abringen können, aber jetzt strahlte sie über das ganze Gesicht, und – padong! – es fühlte sich an, als wäre die Sonne aufgegangen.

»Hallo Shaun, ich würde dir gern Tanner King vorstellen, Remys Bruder. Er übernimmt hier die Leitung, bis Remy wieder auf den Beinen ist.«

Ich streckte eine Hand aus. »Freut mich.«

»Mich auch.« Shaun stellte die Tabletts auf dem Tresen ab und schüttelte mir fest die Hand. Das brachte ihm schon mal ein paar Pluspunkte ein. »Abby hat mir vorhin schon eine SMS geschickt, dass es nichts Schlimmes ist. Da bin ich wirklich beruhigt.«

»Ja, ich auch.« Der Junge war höchstens achtzehn, trotzdem gefiel es mir irgendwie gar nicht, dass Abby ihm Textnachrichten schickte. Eigentlich war das ziemlich albern. »Arbeitest du schon lange hier?«

»Seit zwei Monaten.« Der Junge warf Abby einen verängstigten Blick zu, als befürchtete er, ich könnte ihn auf der Stelle an die Luft setzen. »Ich mache am College eine Ausbildung zum Konditor, und das hier ist der Praxisteil.«

»Dann hast du dir genau den richtigen Laden dafür ausgesucht.« Ich gab mir Mühe, einigermaßen ruhig zu

sprechen, um den Jungen nicht noch weiter einzuschüchtern. »Remy ist der Beste in seinem Fach.«

»Auf jeden Fall.« In diesem Moment kam eine Frau den Flur herunter, der den Verkaufsbereich mit der Backstube verband.

Während Abby für mich die Eisprinzessin war, war diese Frau hier wie ein loderndes Feuer. Sie hatte flammend rotes Haar, tiefblaue Augen und die Figur einer schlanken Göttin. Ihre Bewegungen waren so geschmeidig wie die einer Tänzerin, außerdem wirkte sie selbstbewusst und stark, als wüsste sie um ihre Wirkung und hätte auch keine Skrupel, sie einzusetzen. Kurz: Die Frau war ein richtig heißer Feger. Und obwohl ich sie wunderschön fand, ließ sie mich ziemlich kalt – ganz im Gegensatz zu Abby, die mir nur einmal einen hochnäsigen Blick zuzuwerfen brauchte, und schon wurde mir kalt und heiß.

Daraus sollte mal jemand schlau werden.

»Hi, ich bin Makayla Tarrant und die sensationelle Bedienung hier.« Sie reichte mir die Hand, und ich schüttelte sie … und war erleichtert, dass sich in mir dabei überhaupt nichts regte. »Dann krempel mal schön die Ärmel hoch und mach dich an die Arbeit«, fuhr sie fort. »Remy mag es nämlich überhaupt nicht, wenn hier jemand nur rumsteht.«

Abby wirkte schockiert. Sie hatte die Schultern nach hinten durchgedrückt und sofort wieder ihren Eisprinzessinnen-Blick aufgesetzt. Ich lachte laut auf, die rothaarige Frau war mir sofort sympathisch.

»Da kann ich dich sofort beruhigen. Ich will nämlich genauso hart arbeiten wie alle anderen auch, während ich hier bin.« Um meine Worte zu unterstreichen, schob ich mir gleich die Ärmel hoch und stellte fest, dass Abbys Blick erneut auf meinen Unterarmen ruhte. Das gefiel mir.

Als ich mir vorhin im Café die Ärmel hochgeschoben hatte, war sie wie hypnotisiert gewesen – als hätte sie noch nie tätowierte Haut gesehen. Sie war errötet und hatte mich intensiv betrachtet. Am liebsten hätte ich mich spontan vor ihr ausgezogen, um ihr die Tintenkunstwerke zu zeigen, die meinen ganzen Körper überzogen.

»Okay, dann fangen wir mal an.« Abby räusperte sich, und schon wieder war ihr das Blut in die Wangen geschossen.

Oh ja, das könnte wirklich lustig werden: Wenn ich ihr die anderen Tätowierungen auch noch zeige …

»Freut mich, euch beide kennenzulernen.« Ich nickte Makayla und Shaun zu.

Shaun lächelte mich nervös an, und Makayla musterte mich abschätzend, als könnte sie mich noch nicht richtig einordnen.

Na, dann stell dich mal hinten an, Honey.

Abby ging zur Backstube, und ich folgte ihr. Und mit jedem Schritt wurde der Duft nach Karamell, Zimt und Butterteig intensiver.

Einen Augenblick lang stockte mir der Atem, und

eine unendliche Traurigkeit schnürte mir die Kehle zu, sodass ich die Orientierung verlor.

Erleichtert atmete ich auf, als Abby eine Tür mit der Aufschrift »Büro« öffnete.

Eben hatte ich so eine schmerzhafte, intensive Sehnsucht nach der Vergangenheit gespürt, dass ich in diesem Zustand unmöglich die Backstube hätte betreten können.

»Remy ist sehr gut organisiert, er hat für alles Exceltabellen angelegt«, erklärte sie. »Bestellformulare, Warenbestand, Online-Bestellungen …« Sie hielt inne, als ich die Tür zuschlug und wünschte, ich könnte die Erinnerungen an früher auch einfach aussperren.

»Was ist denn los?«, wollte sie wissen.

»Nichts«, gab ich grimmig zurück. Ihr entging aber auch nichts! »Erzähl ruhig weiter.«

»Nein.« Sie verschränkte die Arme. Dass sie sich so überheblich aufführte, ärgerte mich genauso wie die Gefühle, die hier in mir hochkamen: Hier wurde mir schmerzlich bewusst, wie sehr ich immer noch meine Mum vermisste. »Ich merke doch, dass du ganz durcheinander bist, seit wir hier in der Konditorei sind«, fuhr sie fort. »Ich muss wissen, woran das liegt, damit ich das Problem lösen kann.«

»Baby, du hast vielleicht eine Menge auf dem Kasten, aber du bist ganz bestimmt keine Therapeutin.« Mit wenigen Schritten ging ich auf sie zu. »Und ich habe kein Problem, das du lösen musst.«

»Aber so … so hatte ich das doch nicht gemeint.« Sie zog sich einen Schritt zurück, ich war ihr zu nah gekommen. »Ich will doch nur, dass hier alles glattläuft, bis Remy wiederkommt. Und falls es irgendein Problem gibt, hätte ich es gern jetzt gelöst, bevor es sich auf das Geschäft auswirkt.«

Bewundernswert, wie sie sich für das Unternehmen ihres Chefs – meines Bruders – einsetzte. Den meisten Angestellten wäre so etwas egal. Trotzdem kam es für mich nicht infrage, mich von Ihrer Königlichen Hoheit analysieren zu lassen.

»Aha, dann geht es dir also nur ums Geschäft?«

Sie zog die Augenbrauen zusammen, als hätte sie meine Frage nicht verstanden. Dann nickte sie aber. »Natürlich. Als mein Leben den Bach runtergegangen ist, hat Remy mir hier eine Chance gegeben, deswegen stehe ich in seiner Schuld. Da kannst du nicht einfach hier reinschlendern, so tun, als würdest du uns helfen wollen, aber in Wirklichkeit alles kaputtmachen.«

Durch diese Aussage stieg sie sogar noch höher in meiner Achtung. Und das wollte schon etwas heißen, schließlich gab es nur wenige Menschen, die ich wirklich respektierte. Allerdings durfte ich mir das nicht anmerken lassen, überhaupt musste ich sie davon ablenken, wie aufgewühlt ich war. Und das funktionierte am besten dadurch, dass ich sie ein bisschen durcheinanderbrachte. »Wenn dir die Arbeit so wichtig ist …«, begann ich also, »wann hast du dann noch Zeit fürs Vergnügen?«

Sie öffnete die Lippen und formte damit ein kleines O. Ich beschloss, noch einen draufzusetzen. »Weißt du überhaupt, was *Vergnügen* bedeutet?«

Ich beugte mich zu ihr vor … und kam ihr dabei so nah, dass ich den süßen Vanilleduft ihres Haares einatmete und erkennen konnte, dass sie keinerlei Make-up auf ihrer hellen, reinen Haut trug. So nah, dass ich sie hätte küssen können, wenn ich gewollt hätte.

»Geh weg«, sagte sie – eigentlich hauchte sie die Worte vielmehr, so sanft, dass ich die Aussage nicht ernst nehmen konnte.

»Dann musst du mich schon wegschubsen.« Ich richtete mich auf. Wann hatte mir ein Schlagabtausch mit einer Frau eigentlich zuletzt so viel Spaß gemacht?

»Du bist völlig … kindisch«, murmelte sie und brachte mich damit zum Lachen. Mir war klar, dass sie mich eigentlich viel schlimmer hatte beleidigen wollen.

»Und du bist eine richtige Frau.« Ich lehnte mich gegen einen Aktenschrank und versperrte ihr dadurch den Weg zur Tür. »Eine ganz schön kratzbürstige allerdings. Bist du auch manchmal etwas entspannter?«

Ihre Augen funkelten vor Wut, in der blauen Iris tanzten smaragdgrüne Flecken. »Zum Entspannen fehlt mir die Zeit. Ich bin an fünf Tagen in der Woche jeweils zehn Stunden hier, und an einem weiteren Tag habe ich theoretischen Unterricht. Mein einziger freier Tag ist der Sonntag, aber da kümmere ich mich um meinen Blog. Die Leute sollen doch wissen, wer ich

bin, wenn ich irgendwann mal meinen eigenen Laden eröffne.«

Sie holte tief Luft und versuchte sich an mir vorbei zur Tür zu schieben. »Wie wär's, wenn *du* dich jetzt mal ein bisschen entspannst und mich eine Runde in Ruhe lässt?«

Eigentlich hätte ich ja ein schlechtes Gewissen haben müssen, weil ich sie so provoziert hatte. Aber das war nicht der Fall. Als sie mir gegenüber die Eisprinzessin gegeben hatte, hatte mich das ja schon erregt. Aber nicht halb so sehr wie jetzt, wo sie mir wütend und empört gegenüberstand.

Ich fand sie einfach unglaublich.

Und mir fiel nur eine Art ein, sie wieder zu beruhigen. Also zog ich sie an mich und küsste sie.

Das hatte sie ganz offenbar nicht erwartet. Als sie nach Luft schnappte, nutzte ich die Gelegenheit, ihren Mund zu erkunden und ihre Zunge zu einem erotischen Spiel herauszufordern.

Eigentlich rechnete ich fest damit, dass sie zurückweichen, mich vielleicht sogar beißen würde. Stattdessen stöhnte sie leise auf: ein kehliger, sehr archaischer Laut, der meinen ganzen Körper erfasste und mich bis in die Seele berührte. Und sie presste sich so heftig an mich, dass ich mit dem Rücken gegen den Aktenschrank stieß.

Oha. Dann mochte es die Eisprinzessin also gern stürmisch und wild. Wer hätte das gedacht?

Lustvoll eroberte ich ihren Mund, umschloss ihre Brüste und nahm eine ihrer Knospen zwischen Daumen

und Zeigefinger. Und sie schmiegte sich heiß, haltlos und voller Verlangen an mich.

Wenn sie jetzt nicht sofort aufhörte, dann würde ich mich auch nicht mehr zurückhalten können. Und so gern ich sie an meinem ersten Tag in der Konditorei hier gleich auf Remys Schreibtisch bumsen würde … das konnte ich einfach nicht machen.

Schon allein wegen Remy.

Ich stöhnte gequält auf und nahm meine ganze Willenskraft zusammen, um meine Lippen von ihren zu lösen. Unglaublich, dass ich es so weit hatte kommen lassen!

Was hatte diese Frau bloß an sich, dass ich bei ihr keine Grenzen mehr kannte und sogar fast meinen eigenen Namen vergaß?

»Ich muss hier jetzt arbeiten.« Als wäre nichts passiert, ging ich an ihr vorbei zum Schreibtisch. Dort setzte ich mich auf den Stuhl und zog mir unter der Tischplatte die Hose zurecht. Jetzt konnte ich nur noch hoffen, dass mein Bruder so schlau gewesen war, hier eine Dusche einbauen zu lassen, die brauchte ich jetzt nämlich dringend, und zwar eine eiskalte.

Als ich zu Abby hinüberschaute, starrte sie mich fassungslos an. Ich konnte mir gut vorstellen, wie sie sich fühlte, ich konnte auch nicht glauben, was gerade passiert war.

»Ich … du … verdammt«, murmelte sie und schüttelte den Kopf. Dabei versuchte ich, nicht auf ihre ange-

schwollenen Lippen und ihre geröteten Wangen zu achten, auch nicht auf die blonden Strähnen, die sich aus ihrer Frisur gelöst hatten.

Im Moment sah sie aus, als hätten wir uns eben nicht nur geküsst, sondern noch viel mehr getan. Bei der Vorstellung schoss mir das Blut direkt in den Schwanz.

»Du brauchst nicht zu erwarten, dass ich mich dafür noch entschuldige.« Mit einer abschätzigen Handbewegung gab ich ihr brutal zu verstehen, dass der Kuss mir rein gar nichts bedeutet hatte.

Dabei hätte ich sie am liebsten noch mal an mich gezogen … allerdings hätte ich dann nicht mehr wieder aufhören können. Also musste sie weg, und zwar so schnell wie möglich.

»Ich erwarte überhaupt nichts von dir.« Sie hob das Kinn und betrachtete mich von oben herab – genauso wie vorher. »Darauf kannst du Gift nehmen.«

Dann stürmte sie aus dem Zimmer und knallte die Tür ins Schloss.

Das konnte ich ihr nicht mal übel nehmen.

5. Kapitel

Abby

Wenn es Auszeichnungen für Menschen gäbe, die sich besonders gut verstellen können, dann hätte ich längst ein ganzes Regal voll. Vielleicht sogar ein ganzes Zimmer oder gleich ein ganzes Haus. Wahrscheinlich wäre ich damit in die Hall of Fame eingezogen.

Mein Leben lang spielte ich anderen schon etwas vor. An meinem siebten Geburtstag hatte ich so getan, als würde ich mich unheimlich über das handgefertigte silberne Schmuckdöschen freuen, obwohl ich mir eigentlich ein Krocketspiel für den Garten gewünscht hatte. Zu meinem dreizehnten Geburtstag hatte ich allen vorgespielt, dass ich die Disco-Party mit Catering und allem Drum und Dran bei uns zu Hause richtig toll fand. Dabei hätte ich eigentlich am liebsten mit meiner einzigen Freundin Fish and Chips am Strand gegessen. Und schließlich hatte ich so getan, als hätte ich nichts gegen eine ausschweifende High-Society-Hochzeit, wo ich doch viel lieber einfach auf dem Standesamt geheiratet hätte.

Ja, mit dem So-tun-als-ob kannte ich mich perfekt aus, darin war ich ein echter Profi. Auf diese Weise ge-

lang es mir auch, den restlichen Tag in der Konditorei hinter mich zu bringen. Ich bereitete Brioches, Baguettes und *pains au chocolat* zu – als hätte es den Kuss vorhin nie gegeben.

Oh, dieser Kuss!

Selbst jetzt, sechs Stunden später, ließ er mich immer noch nicht los.

Dieser Kuss war so intensiv, fordernd und so unglaublich leidenschaftlich gewesen, dass ich erregt wurde, wenn ich nur daran dachte.

So hatte mich noch nie jemand geküsst. In meinem ganzen Leben noch nicht.

Es hatte sich angefühlt, als wäre ich direkt in einen Feuersturm gerannt, der mich völlig ergriffen und nicht wieder losgelassen hatte – und ich hatte es einfach so geschehen lassen. Um ehrlich zu sein: Sobald ich seine Lippen auf meinen gespürt hatte, hatte ich nicht mehr klar denken können und das auch gar nicht gewollt. Durch Tanner Kings Kuss hatte ich mit meinem alten Leben abgeschlossen und ein neues begonnen.

Eigentlich hatte ich meine Scheidung heute Abend mit Channing feiern wollen. Stattdessen hatte ich einen kurzen Vorgeschmack darauf bekommen, wie es mit Tanner sein könnte, und das war alles andere als enttäuschend. Ich warf mir zwar vor, dass ich das einfach so hatte geschehen lassen, und fragte mich, warum er das überhaupt getan hatte. Außerdem war ich ziemlich angefressen. Aber enttäuscht war ich nicht.

Denn dieser Mann konnte küssen wie ein junger Gott.

Wenn ich die Königin des Sich-Verstellens war, dann war er der unangefochtene Meister im erotischen Lippenspiel.

Unwillkürlich hob ich eine Hand zum Mund und fuhr mir mit der Fingerkuppe über die Unterlippe. Ich hätte schwören können, dass sie immer noch kribbelte von seinem fordernden Kuss.

»So, Abby, ich habe jetzt alles abgeschlossen.«

Ich zuckte zusammen und fuhr herum. Hoffentlich hatte Makayla nicht mitbekommen, was ich da gerade getan hatte! »Danke.«

Grinsend wies sie auf den kleinen Küchentisch, an den sich das Personal in den Essenpausen setzte. »Komm, wir setzen uns, dann kannst du mir alles über diesen leckeren Tanner erzählen. Ich mache uns auch einen heißen Kakao, okay?«

»Da gibt's nichts zu erzählen«, erwiderte ich viel zu schnell.

Makayla hob eine Augenbraue und blickte mich wissend an. »Das glaube ich dir nicht. Du bist den ganzen Nachmittag kein einziges Mal im Büro gewesen und immer wieder plötzlich grundlos rot geworden.« Sie kicherte und drehte eine kleine Pirouette. Das tat sie häufiger, als wollte sie sich damit immer wieder in Erinnerung rufen, dass sie eigentlich Tänzerin war. »Außerdem habe ich dich gerade dabei ertappt, wie du verträumt in die Ferne geschaut und dabei deine Lippe berührt hast. Du

hast doch bestimmt gerade in Gedanken diesen heißen Typen geküsst, oder?«

»Du bist viel zu aufmerksam, das ist auf Dauer nicht gut für dich«, murmelte ich, setzte mich aber trotzdem an den Tisch. »Und ich hätte gern eine doppelte Portion.«

»Okay, dann gibt's gleich zwei Riesenkakaos mit Marshmallow-Topping«, verkündete sie und machte sich am Herd zu schaffen. »Ich finde es ja schön, dass du endlich wieder für jemanden schwärmst. Ich bin jetzt schon seit drei Monaten hier, und seitdem hattest du noch kein einziges Date und hast noch nicht mal von irgendeinem Mann gesprochen.«

Oje, sah mein Leben wirklich so traurig aus? Wahrscheinlich schon: Immerhin war ich seit der Trennung von dem bescheuerten Bardley vor zwölf Monaten Männern grundsätzlich aus dem Weg gegangen.

»Wer sagt denn, dass ich für Tanner schwärme?«

Strahlend füllte Makayla heißen Kakao in zwei Becher. »Das steht dir ins Gesicht geschrieben, meine Süße.«

»Bin ich etwa so leicht zu durchschauen?«

»Na ja, ich habe inzwischen viel Übung darin, anderer Leute Gedanken zu lesen.« Sie gab in jeden Becher noch zwei Marshmallows, dann brachte sie alles zum Tisch.

Einen Moment lang wirkte sie traurig, aber dann hellte sich ihre Miene wieder auf, und sie zeigte ihr typisches

strahlendes Lächeln. Ihre Freizeit verbrachte Makayla fast ausschließlich damit, an Tanz-Castings teilzunehmen, mittlerweile hatte sie schon bei einigen Produktionen mitgewirkt. Vielleicht wäre es hilfreich für sie, auch mal die Gedanken ihrer Mitbewerberinnen zu lesen?

»Wahrscheinlich liegt es an dieser Männer-Fastenkur, die ich mir vor einem Jahr selbst auferlegt habe«, überlegte ich laut.

»Wie bitte? Du hast seit einem Jahr nicht mehr mit einem Mann geschlafen?« Makayla stieß einen spitzen Schrei aus und tat, als würde sie gleich ohnmächtig werden.

Ich verdrehte die Augen. »Ja. So schlimm steht es schon um mich.«

Erst als ich die Worte aussprach, erkannte ich, wie sehr ich wirklich darunter litt. Mein Eheleben war zwar bestenfalls ziemlich fade gewesen, trotzdem fehlte es mir, nach der Arbeit mit jemandem reden zu können und der mir dann aus seiner männlichen Perspektive antwortete. Und Sex fehlte mir ebenfalls, auch wenn der mit Bardley einen ähnlich faden Beigeschmack gehabt hatte wie unser gesamtes Eheleben.

Vielleich hatte Tanner mich mit seinem Kuss ja deshalb so aus der Fassung gebracht? Super Idee von mir also, die ganze Sache runterzuspielen. Das funktionierte garantiert. Nicht.

»Du musst häufiger etwas unternehmen«, beschloss Makayla und runzelte die Stirn. »Wie wär's, wenn wir

zwei mal nachts zusammen um die Häuser ziehen, ein bisschen was trinken, tanzen gehen, die heißesten Typen abchecken?«

»Ach, ich bin nicht so der Nachtclub-Typ.«

»Quatsch.« Makayla machte eine abschätzige Handbewegung. »Ein Nein akzeptiere ich nicht. Wenn du schon am ersten Tag unserem neuen Chef hinterherlechzt, wird es Zeit, dass du mal wieder ordentlichen Sex hast.«

»Hey, ich bin doch kein Mann!«

»Nein, aber wir Frauen haben auch unsere Bedürfnisse. Vor allem nachdem du jetzt schon ein Jahr enthaltsam warst. Da musst du ganz schön großen Nachholbedarf haben.« Sie wackelte mit den Augenbrauen, und ich musste lachen.

»Es gibt da ja diesen tollen Club, das soll die angesagteste Tanzlocation von ganz Sydney sein. *Embue* heißt er. Da gehen wir morgen Abend hin.« Sie zwinkerte mir zu. »Such also schon mal deine Tanzschuhe raus, Süße. Ausreden lasse ich nicht gelten.«

So ähnlich hatte ich Makayla schon mal erlebt: vergangenen Monat, als sie mich dazu genötigt hatte, mir auf dem bunten *Rocks Market* einen superteuren roséfarbenen Seidenschal zu kaufen, den ich mir eigentlich nicht leisten konnte. Und davor hatte sie darauf bestanden, dass ich mit ihr die Eröffnung einer Ausstellung besuchte, auf der es lauter schräge Aktgemälde zu sehen gab.

Ich wusste also schon, dass sie nicht lockerließ, bevor ich auf ihre Vorschläge einging. Ich seufzte. »Was ist das eigentlich für ein komischer Name – *Embue*?«

»Das ist Französisch und bedeutet *beschlagen*«, erklärte Makayla und fächelte sich mit der Hand Luft zu. »Na, wär das nicht was? Einen Mann kennenzulernen, der so heiß ist, dass beim Date die Scheiben beschlagen?«

Genau so einen Mann hatte ich längst kennengelernt, das war ja gerade das Problem. Und wenn ich mich jetzt in irgendeinem schummerigen Nachtclub herumtrieb, würde ich dadurch immer noch nicht vergessen, wie es war, Tanner zu küssen.

Dafür müsste ich schon Channing Tatum höchstpersönlich kennenlernen oder zumindest seinen Doppelgänger. Aber die Chancen, dass mir das passierte, waren praktisch gleich null.

Allerdings war mir klar, dass Makayla diesmal nicht lockerlassen würde. Seit sie hier angefangen hatte und wir Freundinnen waren, hatte sie immer wieder versucht, mich zu überreden, mit ihr abends auszugehen. Und immer wieder hatte ich mich damit herausgeredet, dass ich zu Hause noch etwas für den Unterricht erledigen musste. Inzwischen standen allerdings die Semesterferien vor der Tür, da konnte ich ihr damit nicht mehr kommen. Also zuckte ich mit den Schultern. »Okay, dann ziehen wir morgen mal los.«

Makayla klatschte in die Hände, und ihre Augen fun-

kelten. »Klasse! Das wird super mit uns zwei Hübschen!«

Da war ich mir zwar nicht so sicher, aber irgendwie musste ich mich ja von Tanner ablenken. Völlig verrückt, wie er mich so gar nicht mehr losließ! Und vielleicht tat mir so eine Partynacht ja ganz gut.

6. Kapitel

Tanner

Eines musste ich meinem Bruder lassen: Geschäftssinn hatte er. Das *Le Miel* machte guten Gewinn und könnte durchaus expandieren, wenn die Boutique nebenan sich auf Remys großzügiges Übernahmeangebot einließ. Gestern und heute hatte ich mir die Zahlen in der Tabellenkalkulation genauer angesehen und darin keine einzige Schwachstelle finden können.

Ich selbst wiederum hatte offenbar sehr wohl eine große Schwäche – für spröde, hochnäsige Frauen, die auch noch traumhaft gut küssen konnten. Selbst jetzt, eineinhalb Tage später, ließ mich der Kuss immer noch nicht los. Völlig verrückt, wenn man bedachte, mit wie vielen Frauen ich in den vergangenen Jahren schon geknutscht hatte.

Aber keine davon hatte mich bisher so aufgewühlt. Warum dann ausgerechnet Abby mit ihren komischen blauen Augen und ihrer unterkühlten Fassade?

Da blieb mir nur noch eine Lösung: Ich musste ihr aus dem Weg gehen. Gestern Abend hatte ich mich einfach aus der Konditorei geschlichen, als sie gerade mit Ma-

kayla in der Backstube gewesen war, und seit heute früh hatte ich mich den ganzen Tag lang im Büro verbarrikadiert.

Morgens hatten wir uns noch höflich begrüßt, aber das war auch schon alles. Mir sollte das recht sein, ich hatte Besseres zu tun, als einem verwöhnten Mädchen aus der High Society als Zeitvertreib zu dienen. Sollte sie sich doch einen anderen Dummen für ein wildes Abenteuer suchen, mit dem sie ihre erfolgreiche Scheidung feiern konnte.

Nicht, dass ich kein Interesse an ihr hätte … Mit Abby wäre der Sex wahrscheinlich überirdisch. Frauen, die eine bescheidene Ehe hinter sich hatten, gingen ja oft ab wie eine Rakete.

Allerdings würde mir Remy die Eier abschneiden, wenn ich ihr irgendwie wehtun und sie deswegen vielleicht sogar kündigen würde – bloß um mir nie wieder über den Weg zu laufen.

So etwas war mir schon mal passiert, als ich noch jung und dumm gewesen war. Ich hatte gerade meinen ersten Club eröffnet und bin gleich mit meiner Buchhalterin in die Kiste gestiegen. Offenbar hatte sie sich mehr erhofft – obwohl sie mir anfangs noch erzählt hatte, sie würde alles ganz locker sehen. Als es immer schwieriger zwischen uns geworden war, hatte sie gekündigt. Damit war ich die beste Buchhalterin los gewesen, die es in der Branche gab.

Auf gar keinen Fall wollte ich, dass Remy durch meine

Schuld auch so etwas erleben musste. Erst recht nicht, wo er immer wieder in höchsten Tönen von ihr sprach. Gestern zum Beispiel, als ich ihn angerufen hatte, und heute früh auch wieder.

Also hielt ich jetzt am besten Abstand, vielleicht sollte ich mich auch für den Kuss entschuldigen. In den vergangenen Jahren hatte Remys Konditorei ordentlich zugelegt, und offenbar hatte Abby in der letzten Zeit einen wichtigen Teil dazu beigetragen.

Kurz: Das *Le Miel* und Remy konnten es sich nicht leisten, auf Abby zu verzichten. Also musste ich dafür sorgen, dass mein Zauberstab blieb, wo er war.

Ein schneller Blick zur Uhr: Inzwischen war es schon nach sieben, und um neun musste ich mich um meine Nightclubs kümmern. Zeit für ein Workout blieb mir nicht mehr. Dabei hätte ich dringend eins gebraucht, ich fühlte mich ganz schön verspannt. Zwölf Stunden am Schreibtisch zu sitzen war nichts für mich.

Ich drückte mir die Fingerkuppen gegen die geschlossenen Augen, atmete mehrfach tief durch und ließ die Schultern kreisen. Plötzlich ging die Tür auf. Ich öffnete die Augen und erblickte Abby: Mit dampfendem Espresso und einem Mandelcroissant stand sie vor mir.

»Ich wollte dir nur einen kleinen Snack vorbeibringen. Du hast ja den ganzen Tag durchgearbeitet und warst nicht mal draußen.«

»Du bist ein Engel«, sagte ich und atmete genussvoll das intensive Kaffeearoma ein. »Vielen Dank.«

»Gern geschehen.« Ihre Wangen färbten sich zartrosa – als wäre sie so ein Dankeschön nicht gewohnt. Sofort fühlte ich mich lebhaft an gestern Morgen erinnert: an den Moment, als ich sie geküsst hatte.

Gestern war sie noch viel stärker errötet, und ihre Augen hatten so blau geleuchtet wie ein Bergsee, in dem ich hätte ertrinken können. Sofort wurde mein Schwanz hart, und ich fluchte innerlich. Was hatte ich gerade eben noch beschlossen? Wollte ich mich nicht wegen des *Le Miel* und vor allem wegen Remy zurückhalten?

Abby reichte mir den Kaffee und stellte den Teller vor mir auf dem Schreibtisch ab. »Also, ich will ja nicht nerven, aber das ist doch nicht gesund, wenn du dich hier den ganzen Tag verbarrikadierst und nichts isst.«

»Woher weißt du, dass ich hier keine geheimen Vorräte gebunkert habe?«

Sie hob eine Augenbraue. »Hast du?«

»Nein, aber wenn du dann nicht mehr weiternervst, kann ich gern so tun.«

Sie lächelte, und auf einmal sah sie nicht mehr nur hübsch aus, sondern absolut umwerfend. »Ich wollte gleich gehen, kannst du nachher abschließen?«

»Klar.« Ich tippte mir gegen die Schläfe. »Ich habe mir den Code für die Alarmanlage fest eingeprägt.«

Ihre Mundwinkel zuckten. »Mich wundert's ja, dass du dir überhaupt noch irgendwelche Zahlenkombinationen merken kannst. Wo du bestimmt schon ein ganzes

Telefonbuch mit den Nummern irgendwelcher Frauen in deinem Kopf abgespeichert hast.«

Ich lachte. Humor hatte sie ja, das gefiel mir. »Machst du dich etwa gerade über meinen kleinen Harem lustig?«

Sie zeigte mit Daumen und Zeigefinger einen Abstand von etwa zwei Zentimetern an. »Nur ein kleines bisschen.«

Eigentlich war ich davon ausgegangen, dass sie mir erst mal aus dem Weg gehen würde. Mit so einem lockeren Schlagabtausch hatte ich überhaupt nicht gerechnet. »Ehrlich gesagt, ist mein Gedächtnis lange nicht so beeindruckend, wie du denkst«, gab ich mit gespielter Empörung zurück. »Darum habe ich die vielen Tausend Nummern in meinem Smartphone abgespeichert.«

»Dann ist's ja kein Wunder, dass du so ein großes Ding hast …« Abrupt presste sie die Lippen aufeinander und starrte mich entgeistert an. Offenbar war ihr gerade erst klar geworden, was sie da gesagt hatte.

»Es geht jetzt gerade um mein Smartphone, nicht? Oder bist du immer noch so fasziniert von dem Piraten und seinem Holzbein?«

Schon wieder schoss ihr das Blut ins Gesicht, diesmal färbte es ihre Wangen dunkelpink. »Sorry, das war ein anstrengender Tag. Ich gehe jetzt lieber.«

»Dann lasse ich dich auch lieber gehen.«

Trotzdem bewegte sich keiner von uns beiden von der Stelle. Stattdessen fixierten wir uns mit unseren Blicken,

als ginge es darum, den anderen in Grund und Boden zu starren. Die elektrische Spannung zwischen uns war förmlich spürbar.

Irgendetwas musste ich jetzt tun, irgendwie musste ich mich aus ihrem Bann befreien … sonst würde ich noch eine unglaubliche Dummheit begehen. Sie noch einmal küssen zum Beispiel. Und diesmal nicht mehr damit aufhören.

»Das mit dem Kuss gestern tut mir leid«, platzte es aus mir heraus, dabei bereute ich das ganz und gar nicht. »Das war völlig unangemessen. Wahrscheinlich lag das am Jetlag und daran, dass ich mir solche Sorgen um Remy gemacht habe. Oder aber daran, dass du mich provoziert hast.«

»Na, da bin ich ja froh, dass es schon mal nichts mit meinem weiblichen Charme zu tun hatte«, bemerkte sie trocken, lächelte aber dabei. »Aber ganz ehrlich jetzt, mach dir deswegen keine Gedanken. Die Sache ist ruckzuck vergessen.« Sie schnippte mit den Fingern, um ihre Aussage zu unterstreichen. Autsch, das hatte gesessen.

Vergessen hatte ich den Kuss nämlich ganz bestimmt nicht.

»Jedenfalls muss ich jetzt los«, fuhr sie fort. »Makayla will mit mir um die Häuser ziehen.« Dabei machte sie ein Gesicht, als stünde ihr eine Wurzelbehandlung bevor. »Bis morgen.«

»Ja, bis dann.« Als sie durch die Tür ging, blieb mein Blick auf ihrem Hintern hängen. Die schwarze Hose

schmiegte sich eng um ihren knackigen Po. Schnell griff ich nach dem Croissant und stopfte es mir in den Mund ... und erlebte eine wahre Geschmacksexplosion. Ob die Frau, die dieses warme, buttrige Gebäck zubereitet hatte, wohl genauso köstlich schmecken würde?

7. Kapitel

Abby

So wie Makayla den Nachtclub *Embue* beschrieben hatte, hatte ich mir darunter einen winzigen Schuppen mit verspiegelten Wänden, blitzenden Lichtern und dröhnenden Technobeats vorgestellt.

Zum Glück hatte ich mich geirrt.

»Ist es nicht supercool hier?« Makayla hielt mich am Arm fest und machte ein paar Tanzschritte. »Die Bewertungen waren ja schon top, aber so genial habe ich mir das nicht vorgestellt.«

Ich mir auch nicht. Der Nachtclub hatte absolut Klasse, mit seinen lackierten Holzdielen, der superhohen Decke und dem Kronleuchter, der direkt über dem DJ-Pult hing. Die Tanzfläche umgab das Pult wie ein glänzender Ölteppich, und rundherum befanden sich Sitzecken mit goldfarbenen Samtsofas. Überhaupt war alles creme- und goldfarben: von den mit Chiffon bezogenen Wänden bis hin zu den Untersetzern für die Getränke. Edle Eleganz statt düstere Disco – einfach nur toll!

Den Song, den sie gerade spielten, kannte ich sogar:

eine schnelle Nummer aus den Neunzigern, bei der ich ganz automatisch mitwippte. Ich gab Makayla einen leichten Stoß in die Seite. »Ich glaube, ich muss dir was beichten: Ich war bisher noch nie in einem Nachtclub.«

Makayla schwang mich zu sich herum. »Ich glaub, ich … Weißt du, was ich eben verstanden habe? Dass du noch nie in einem Nachtclub warst!«

Ich hob meine freie Hand. »Ich schwöre, dass das die Wahrheit ist und nichts als die Wahrheit.«

»Wo hast du denn bisher gelebt, in einem Kloster?« Sie ließ meinen Arm los und gab mir einen Klaps. »Oder in einer Sekte? Oder hat dich etwa jemand gekidnappt und jahrelang gefangen gehalten? Irgendwann war doch wohl jeder schon mal in einem Nachtclub.«

In der perfekten Prendigast-Familie war ich mir tatsächlich immer wieder so vorgekommen wie in einer Sekte. Bis mich Bardley irgendwann regelrecht kidnappte und ich es jahrelang nicht schaffte, mich aus dieser neuen Gefangenschaft zu befreien. »Der Zutritt ist ja erst ab einundzwanzig, und da war ich schon verheiratet«, erklärte ich Makayla.

Sie schüttelte den Kopf, dass ihr die glänzenden roten Locken nur so über die nackten, mit Glitzerstaub bestreuten Schultern flogen. »Aber hast du dich denn nicht früher mal reingeschummelt? Mit ein paar Schulfreundinnen?«

»Ich war auf einer Privatschule für Mädchen. Und

nein, wir haben uns damals nirgendwo reingeschummelt.« Eigentlich hatten wir damals so gut wie gar nichts unternommen. Wir waren höchstens mal in teuren Läden shoppen gegangen oder hatten uns in den Villen unserer Eltern eine Mani- oder Pediküre gegönnt. Echte Freundinnen waren das für mich auch nicht gewesen, sondern der zickigste Haufen, den ich je kennengelernt hatte. Gewissermaßen alles Kopien ihrer Mütter und nur darauf aus, einen reichen Typen aus der Oberschicht zu heiraten. Und ihre Gesprächsthemen kreisten immer nur um die gleichen Dinge: wer gerade die neueste Designertasche hatte, wer das teuerste Auto zum achtzehnten Geburtstag bekam und welche Typen von den Eliteschulen für Jungen am besten im Bett waren.

Damals hätte ich so viel lieber zu den Mädchen gehört, die gemeinsam durch die kleinen Stadtteilläden bummelten, sich hin und wieder Frozen Yogurts kauften und miteinander quatschten, während sie nicht etwa auf Daddys Chauffeur warteten, sondern auf den Schulbus.

Diese Mädchen hatten auf mich immer rundum glücklich gewirkt, trotz der Risse in ihren Jacken und der Löcher in ihren Pullis. Und obwohl mir meine Eltern von Anfang an eingetrichtert hatten, dass man sich mit Geld alles kaufen kann, wusste ich, dass das nicht stimmte. Denn diese Lebensfreude, die ich bei diesen Mädchen sah, konnte ich mir nicht kaufen.

»Hey, Süße, es wird Zeit, dass du anfängst, dein Leben zu genießen!« Makayla schubste mich sanft in Richtung Tanzfläche. »Und zwar ab jetzt.«

Am liebsten hätte ich mich jetzt einfach gehen lassen, aber als ich mich neben Makayla in dem raumhohen Wandspiegel erblickte, zuckte ich zusammen. Mit ihrem dramatischen Make-up, den kunstvoll-sexy zerzausten Haaren und den Killer-Stilettos passte sie hier perfekt rein. Dagegen sah ich wie eine Großmutter aus, mit meiner Föhnfrisur, dem farblosen Lipgloss und einfacher Wimperntusche. Ich trug ein schlichtes schwarzes Kleid, das mir bis zu den Knien ging, und dazu Schuhe mit mittelhohen Absätzen.

Offenbar war das kleine Schwarze aus der Mode gekommen, als ich geheiratet hatte. Und ich hatte davon nichts mitbekommen.

»So, und jetzt gehst du auf die Tanzfläche.« Erneut gab Makayla mir einen Schubs, und diesmal leistete ich keinen Widerstand, sondern ließ mich von der Menschenmasse aufnehmen, die sich rhythmisch zu einem alten Popsong aus den Achtzigern bewegte.

Eigentlich liebte ich Musik, beim Backen hörte ich auch immer die aktuellsten Hits. Aber für mich bestand immer noch ein Riesenunterschied dazwischen, allein in der Backstube herumzuhüpfen oder mich vor wildfremden Leuten zu verrenken.

Glücklicherweise interessierte es die Leute im *Embue* nicht die Bohne, was ich da auf der Tanzfläche tat. Zag-

haft bewegte ich erst die Beine, dann entspannte ich meine Schultern und wiegte die Hüften zur Musik.

»Na also! Es geht doch, und es ist nichts Schlimmes dabei passiert.« Als Nächstes schlug sich Makayla die Hand vor den Mund und betrachtete Abby mit gespieltem Entsetzen. »Es könnte sogar passieren, dass es dir auch noch Spaß macht.«

»Ach, leg dich gehackt!«, rief ich ihr über die laute Musik zu und bewegte mich noch intensiver zur Musik, dabei wackelte ich zur Krönung auch noch mit dem Hintern.

Lachend hob Makayla die Arme und begann sich ebenfalls zur Musik zu bewegen – so sinnlich und geschmeidig, wie nur sie es konnte, ich selbst hätte dabei völlig blöd ausgesehen.

Wir tanzten immer weiter, und allmählich hatte ich kein Gefühl mehr dafür, wie lange wir schon auf der Tanzfläche waren. Gruselige Achtzigerjahre-Songs wechselten sich mit den neuesten Technobeats ab, während ich meine Hüften kreisen ließ und mit den Schultern wackelte. Dass sich dabei gewisse Körperteile mitbewegten, die sich schon lange nicht mehr bewegt hatten, war mir völlig egal.

Im Gegenteil, ich hatte einen Riesenspaß. Bis sich ein Exfreund von Makayla an uns heranpirschte und mir sehr schnell klar wurde, dass drei einer zu viel waren.

Also tippte ich ihr auf den Arm und wies mit dem

Kopf zur Bar. »Ich gehe mal da rüber, dann seid ihr für euch.«

»Aber das brauchst du doch nicht.« Makayla blickte von dem Mann zu mir, offenbar war sie hin- und hergerissen.

»Alles gut, ich bin sowieso völlig k.o. Ich trinke nur noch schnell was, dann nehme ich mir ein Taxi nach Hause.«

»Wirklich?«

»Auf jeden Fall.« Ich kniff ihr leicht in die Wange. »Viel Spaß noch!«

Makayla war sich immer noch unsicher. »Aber wir sind doch eigentlich deinetwegen hier! Weil wir dir einen heißen Typ suchen wollten, damit deine Durststrecke endlich ein Ende hat.«

»Ein andermal«, erwiderte ich und deutete dezent auf den Mann, der die ganze Zeit geduldig darauf wartete, dass wir unser Gespräch beendeten. »Und jetzt geh schon und mach dir einen tollen, wilden Abend – für uns beide zusammen.«

Makaylas Augen funkelten. »Das kriege ich schon hin.«

Ich lachte und ging von der Tanzfläche. Keine Sekunde später hatte der andere Mann Makayla auch schon an sich gezogen, und zusammen vollzogen sie ritualistisch und fast obszön anmutende rhythmische Bewegungen.

Makayla war eine tolle Frau, die ich wirklich sehr

mochte. Sobald sie einen Raum betrat, schlug sie ein wie eine Bombe. Einen kurzen Moment lang wünschte ich, ich hätte nur halb so eine starke Wirkung auf andere Menschen wie sie.

Seufzend wandte ich mich ab.

Und stieß direkt mit Tanner zusammen.

8. Kapitel

Tanner

Zwei Tage hatte ich von morgens bis abends in der Konditorei ausgeholfen, da war mir nicht unbedingt danach, auch noch in meinen Clubs nach dem Rechten zu sehen. Andererseits war ich fast ein ganzes Jahr lang nicht mehr hier gewesen. Da wollte ich schon mal unauffällig nachschauen, wie sich die neuen Manager und das Personal so schlugen.

Schnell stellte sich heraus, dass ich mir überhaupt keine Sorgen zu machen brauchte. Schließlich hatte ich nur die allerbesten Leute eingestellt, und in den ersten vier Clubs, die ich besucht hatte, lief alles perfekt. Das *Embue* war der letzte auf meiner Liste, und auch hier hatten die Manager die Sache voll im Griff, außerdem war der Laden voll.

Hier wollte ich mich eine halbe Stunde lang umschauen, mich ein bisschen mit dem Personal unterhalten, die Atmosphäre in mich aufnehmen …

Dann wurde mir schnell klar, dass ich mir das abschminken konnte – in dem Moment nämlich, in dem ich Abby auf der Tanzfläche entdeckte. Sie hatte beide

Arme weit ausgebreitet und wiegte die Hüften hin und her. Mit der Musik hatte das alles nichts mehr zu tun, offenbar folgte sie gerade ihrem eigenen Rhythmus.

So etwas verdammt Erotisches hatte ich noch nie gesehen.

Also sah ich mir das Schauspiel erst mal an ... und spürte, wie das Blut in meinem harten Schwanz pulsierte, während die Technobässe mir in den Ohren dröhnten.

Als Nächstes schlich sich dieser Typ an Makayla heran, und die beiden redeten begeistert los wie ein Liebespaar, das das Schicksal getrennt und dann doch wieder zusammengeführt hatte. Abby musste sich dabei völlig überflüssig vorgekommen sein, sie ging dann auch schließlich von der Tanzfläche, und etwa zwanzig Männer sahen ihr nach.

Dabei war sie nicht mal aufreizend angezogen. Im Vergleich zu den vielen spärlich bekleideten Frauen um sie herum wirkte sie direkt altmodisch und konservativ. Und trotzdem: Ihre Haltung, ihr aufrechter Gang, ihr erhobener Kopf und ihr Hüftschwung – das alles strahlte Klasse aus. Und jeder Idiot im ganzen Laden hätte wohl am liebsten versucht, hinter die kühle Fassade zu blicken, sie ein bisschen aus der Reserve zu locken.

Als schließlich ein Typ seinen Drink abstellte und langsam auf sie zuging, stellte ich mich ihm schnell in den Weg. »Sorry, Kumpel, aber die Frau gehört mir.«

Das war ganz schön besitzergreifend und unver-

schämt von mir – aber ich konnte ja schlecht dabei zusehen, wie Abby sich gegen einen Haufen notgeiler Spinner wehren musste.

Ich wollte ihr gerade vorsichtig auf die Schulter tippen, als sie sich umdrehte und direkt in mich hineinlief.

»Hey, hoppla!« Schnell streckte ich die Arme nach ihr aus, damit sie das Gleichgewicht nicht verlor. Sie blickte mich so völlig entsetzt an, dass ich mir die nächste Bemerkung nicht verkneifen konnte: »Das kann so nicht weitergehen, dass du dich mir immer wieder an den Hals wirfst.«

Selbst als sie wieder sicher stand, ließ ich sie noch nicht los. Ich genoss es, sie so dicht an mir zu spüren: ihre harten Knospen an meiner Brust, ihren warmen Körper und ihre feucht glänzende Haut.

Sie sah einfach umwerfend aus.

»Was machst du denn hier?«

»Mir gehört der Laden.« Ich zuckte mit den Schultern, als spielte das für mich keine große Rolle. Dabei war für mich in Wirklichkeit jeder Club ein Meilenstein auf meinem Weg nach oben, mit jedem Club hatte ich meinem Vater bewiesen, wie sehr er sich in mir geirrt hatte. »Ich war ja ein Jahr lang nicht mehr hier in Sydney. Nachdem ich in der Konditorei fertig war, wollte ich noch schnell in meinen Clubs nach dem Rechten sehen.«

Zu meinem Erstaunen hatte sie sich keinen Zenti-

meter von der Stelle gerührt. Jetzt, wo sie sich von ihrem ersten Schreck erholt hatte, wirkte sie sogar ziemlich entspannt und machte auch keine Anstalten, sich aus meinem Griff zu befreien.

»Der große Boss ist immer im Dienst, was?«

»Ja, so ungefähr.«

Danach fiel uns nichts mehr ein, stattdessen suchten und fanden sich unsere hitzigen Blicke und ließen sich nicht mehr los – als ginge es darum, einen Kampf auszufechten. Was hatte diese Frau bloß an sich, dass sie mich immer wieder so aufwühlte?

Ich wollte sie, ich begehrte sie so heftig, wie ich schon lange niemanden mehr begehrt hatte. In den vergangenen Jahren hatte ich viele Frauen gedatet und mich durch die Lande gevögelt ... aber auf eine Beziehung hatte ich mich nie eingelassen. Für mich funktionierte das sehr gut. Der Sex war für mich Sport und Entspannung zugleich. Und die Frauen wussten alle Bescheid und hatten keinerlei Erwartungen an mich.

Diese Frauen waren völlig andere Typen als Abby. Bei Abby kamen mir Herzchen und Blümchen in den Sinn. Von ihrem bescheuerten Ex und seinem emotionalen Missbrauch hatte sie mir ja schon erzählt, aber wer weiß, was sie von dem Kerl erwartet hatte? Vielleicht ja eine ganze Menge, und das hatte er ihr nicht bieten können. Vielleicht war er ja deswegen so aggressiv geworden? Weil er sich überfordert gefühlt hatte?

Kaum hatte ich den Gedanken zu Ende gedacht, fühlte

ich mich schuldig: Jetzt versuchte ich, Abby schlecht zu machen und das Verhalten ihres Exmannes zu verteidigen. Und das offenbar nur, weil ich sie begehrte und gleichzeitig wusste, dass ich sie nicht haben konnte. Das würde automatisch in eine Katastrophe münden.

»Ich gehe jetzt am besten.« Sie wich einen Schritt zurück, und wahrscheinlich wäre es klug gewesen, sie einfach loszulassen.

Stattdessen umklammerte ich ihren Arm noch fester. »Soll ich dich hier mal rumführen? Dann kannst du dich noch mit einem Drink in den VIP-Bereich setzen, und ich rufe dir ein Taxi.«

Erst wollte sie Nein sagen, das sah ich an ihren zitternden Lippen. Aber dann kniff sie sie zusammen und nickte.

Während ich mich innerlich heftig beschimpfte, führte ich sie zu einem golden schimmernden Vorhang in der hinteren Ecke des Raumes und zog ihn zur Seite. »Bitte, nach dir.«

Sie zögerte, als wäre sie sich nicht sicher, welche Absicht ich damit verfolgte.

»Alles in Ordnung?«

Sie warf mir einen Seitenblick zu, wirkte dabei aber nicht verängstigt, sondern eher aufgeregt. »Ach, ich habe gerade zwei Stunden durchgetanzt und muss jetzt dringend etwas trinken, sonst kippe ich noch um. Können wir die Führung vielleicht etwas abkürzen und direkt zur Bar gehen?«

Das fand ich so erfrischend ehrlich, dass ich lächeln musste. »Klar, hier geht's lang.«

Wir durchquerten den VIP-Bereich, in dem sich die üblichen Verdächtigen herumtrieben: bekannte Sportler samt Anhang, Models und außerdem ein Rapper aus den USA. Abby sah sich neugierig um, aber wohl weniger wegen der Prominenten als vielmehr wegen der Frauen, die sich mit Ganzkörpereinsatz an die Männer heranwarfen.

Für eine erwachsene Frau von Anfang bis Mitte zwanzig wirkte sie ganz schön naiv. So, als hätte sie noch nie richtig gelebt. Dabei war sie als Tochter reicher Eltern doch bestimmt auf eine der besten Privatschulen gegangen und schon früh von einer Party zur nächsten gezogen. Gut, sie hatte jung geheiratet, aber nach der Trennung war sie immerhin ein Jahr Single gewesen. Also hatte sie es in den vergangenen zwölf Monaten doch bestimmt krachen lassen. Wieso strahlte sie dann trotzdem so eine Blauäugigkeit aus?

»Hier entlang, bitte.« Ich zog eine Schlüsselkarte über das Digitalschloss. Als es piepte, drückte ich die Tür auf.

Den Raum dahinter nutzte außer mir niemand, außerdem hatte ich ihn seit einem Jahr nicht mehr betreten. Trotzdem wusste ich, dass er tipptopp sauber und gut bestückt sein würde. Dafür sorgte schon mein hochprofessionelles Personal, zumal man hier bestimmt längst mitbekommen hatte, dass ich gerade in meinen Clubs nach dem Rechten sah.

»Was möchtest du trinken?«

Hinter uns glitt die Tür geräuschlos zu. Sie sah kurz hin, zögerte, dann hob sie den Kopf, als hätte sie gerade eine Entscheidung gefällt.

Möglicherweise traute sie mir nicht über den Weg, und das konnte ich durchaus verstehen. Dabei gab es keinen Grund zur Sorge. Sosehr es mich reizte, die kühle Blonde ein bisschen aus der Fassung zu bringen, fühlte ich mich Remy gegenüber verpflichtet. Und ich hatte in meinem Leben schon genug verbockt, da wollte ich mir nicht noch einen Fauxpas leisten und schon wieder ein schlechtes Gewissen haben müssen.

»Ich hätte gern ein Mineralwasser, wenn du eines dahast.«

»Für dich doch immer, Baby.« Ich grinste ihr zu, und zu meiner Überraschung grinste sie sogar zurück. Vielleicht war sie durch das viele Tanzen ja locker geworden? »Setz dich doch.«

Das tat sie allerdings nicht, stattdessen ging sie durch den Raum und nahm ihn genauer in Augenschein. »Wo sind wir hier eigentlich?«

»In meinem Geheimversteck.« Ich holte eine Mineralwasserflasche aus dem Kühlschrank und schenkte ihr ein Glas ein, in das ich noch eine Zitronenscheibe gab. »Wenn der VIP-Bereich mal wieder voll mit egozentrischen verwöhnten Nervtötern ist, muss ich mich ja irgendwohin zurückziehen können.«

»Sehr schön«, befand sie und ließ die Hand über das

butterweiche schwarze Leder der Sofas gleiten. Dann betrachtete sie den kleinen Schreibtisch in der Ecke mit der Glasplatte und die Vitrinen, in denen ich meine Auszeichnungen aufbewahrte. »Hast du die alle gewonnen?«

»Nein, die knöpfe ich den Sportlern ab, die hier manchmal aufschlagen. Und dann verstecke ich meine Beute eben hier«, erwiderte ich knochentrocken und reichte ihr das Glas.

»Danke.« Sie trank das Wasser mit großen Schlucken aus, während ich dabei ihre Kehle betrachtete und verzweifelt versuchte, mein Kopfkino abzustellen und mir eben nicht vorzustellen, wie sie etwas Ähnliches mit mir machte …

Schließlich gab sie mir das leere Glas zurück und lächelte etwas betreten. »Sorry, ich war halb verdurstet.«

»Soll ich nachfüllen?«

»Gern.« Sie wandte sich wieder den Pokalen zu. »Für deine Clubs und Restaurants hast du ja eine Menge Preise eingestrichen.«

»Ach, Preise sind nur Balsam fürs Ego.« Ich reichte ihr das Glas und zwang mich diesmal wegzugucken. Mein Schwanz hätte nicht noch härter werden können, und ich war irre froh, dass ich hier auch ein Badezimmer hatte einbauen lassen. Sobald ich Abby ins Taxi gesetzt hatte, würde ich eine kalte Dusche nehmen. »Mir ist eine ordentliche Rendite wichtiger.«

Sie hielt inne, und ein trauriger Ausdruck huschte

über ihr Gesicht. »Das hat mein Vater auch oft gesagt. Ständig ging es ihm darum, Gewinn zu machen.«

»Na ja, auf den legen clevere Geschäftsleute eben viel Wert. Und darauf, dass die Aktien gut stehen.«

Sie zog die Nase kraus und sah dabei unheimlich süß aus. »Und das steht für dich wirklich im Mittelpunkt? Mit deinen vielen Tattoos wirkst du ja eigentlich eher wie ein Rebell als wie jemand, der sich für Aktienkurse interessiert.«

»Was hast du eigentlich die ganze Zeit mit meinen Tätowierungen?« Ich streifte mir die Jacke ab, warf sie aufs Sofa und schob mir die Ärmel hoch. »Hier, bitte. Sieh dir alles noch mal genau an. Dann kannst du ja weiter deine Urteile über mich raushauen.«

Keine Ahnung, warum ich so heftig reagiert hatte, als sie sofort errötete, kam ich mir gleich vor wie der letzte Depp.

»Ich wollte kein vorschnelles Urteil über dich fällen. Es ist bloß so … na ja, ich habe eben noch nie Tattoos aus nächster Nähe gesehen, und …«

»Das hast du übrigens immer noch nicht«, stieß ich hervor. Ohne es zu wissen, hatte sie einen empfindlichen Punkt bei mir getroffen, entsprechend hatte ich reagiert.

Meine Tattoos waren für mich viel mehr als bloße Körperkunst. Sie waren Teil meiner Persönlichkeit. Ich hatte mich in meiner eigenen Haut nicht wohl gefühlt, also hatte ich mir eine neue Haut gestalten lassen.

Und jetzt kam ausgerechnet so eine Frau wie Abby und tat so, als würde ich damit den Rebellen spielen wollen. Wirklich zum Kotzen.

»Jetzt kannst du sie dir mal wirklich aus der Nähe anschauen«, knurrte ich und versuchte vergeblich, meinen Ärger runterzuschlucken, während ich mein Hemd aufknöpfte und dann ebenfalls abstreifte. »Hier. Sieh dir alles ganz genau an. Und dann versuch noch mal, dir ein Urteil über mich zu bilden.«

Ich stand direkt vor ihr, stemmte trotzig die Hände in die Hüften und fühlte mich gleichzeitig seltsam verletzlich. Was sie über mich dachte, konnte mir eigentlich herzlich egal sein. Wenn Remy erst wieder auf den Beinen war, war ich ganz schnell hier weg und auf dem Weg nach Bangkok oder Ibiza oder München. Dort wollte ich noch weitere erfolgreiche Nachtclubs eröffnen, die sehr viel mehr über meine Persönlichkeit aussagten als meine Tattoos.

Allerdings war mir ihre Meinung nicht egal. Und das ärgerte mich am meisten.

»Entschuldige bitte.« Ihre Stimme klang sanft und unsicher, ihr Blick ruhte auf meinem Oberkörper. »Ich habe dich verletzt.«

Während sie meine tätowierte Brust studierte, als müsste sie nachher eine Prüfung darüber ablegen, legte sich mein Ärger etwas. Sie verschlang mich förmlich mit ihrem Blick, schien gar nicht genug zu bekommen.

So intensiv hatte mich noch nie jemand betrachtet,

und das verstörte mich. Es fühlte sich an, als könnte sie hinter den Tattoos den verängstigten kleinen Jungen von damals erkennen, der sich so sehr nach Anerkennung gesehnt hatte.

»Du bist wunderschön«, sagte sie und kam ein Stück näher. Dabei biss sie sich auf die Unterlippe und wirkte dabei so aufreizend unschuldig, dass ich sie am liebsten gleich hier auf dem Ledersofa genommen hätte.

Du bist wunderschön, hatte sie gesagt – nicht etwa *Die Tattoos sind wunderschön*. Diese eine kurze Bemerkung hatte meinen ganzen Groll weggespült.

Hatte sie sich etwa versprochen, oder meinte sie das wirklich so? Bisher hatte noch niemand erkannt, was hinter meinen Tätowierungen steckte, und gerade eben hatte sie mich auch noch nach ihnen beurteilt.

»Darf ich?« Bevor ich etwas einwenden konnte, fuhr sie mir federleicht mit den Fingern über die Haut und zeichnete jeden Zentimeter der verschiedenen Motive nach.

Zunächst den Buddha … dann das von Blumen umrahmte Friedenszeichen … und den Vogel Phönix.

Alles Symbole aus meiner Vergangenheit, die für meine Suche nach Erkenntnis standen, meine Sehnsucht nach Harmonie.

Und den Wunsch, als neu geborener Mensch aus der Asche meiner Jugend aufzuerstehen.

Ich hielt den Atem an, als sie den Finger weiter nach unten gleiten ließ und über die Konturen des Piraten

fuhr. Obwohl sie mich kaum berührte, brannte meine Haut.

»Hast du jetzt genug gesehen?«, presste ich zwischen zusammengebissenen Zähnen hervor. Inzwischen bereute ich es, dass ich es vor Ärger so weit hatte kommen lassen.

Eigentlich hatte ich eher damit gerechnet, dass Abby rot anlaufen und sich wegdrehen würde, statt mich so zu berühren, als wollte sie jede einzelne Tätowierung detailliert erkunden.

Und zwar am ganzen Körper.

Sie blickte zu mir hoch, und in diesem Moment erkannte ich das unverhohlene Verlangen, das ihre Augenfarbe zu einem tiefen Indigo verdunkelt hatte und mir den Atem raubte.

Verdammt. Jetzt hatte ich ein Problem. Und zwar ein richtiges.

»Noch lange nicht«, raunte sie mir zu, dann presste sie die flache Hand auf meinen harten Schwanz. »Diese vielen hübsch gestochenen Tattoos werden deiner Männlichkeit nicht gerecht. Jetzt zeig mir doch mal, was für ein Holzbein dein Pirat hat, damit ich dich richtig einschätzen kann.«

Unwillkürlich musste ich loslachen, gleichzeitig versuchte ich mit aller Kraft, bloß nicht die Beherrschung zu verlieren. »Abby … ich halte das für nicht so schlau. Du bist Remys Schützling, und wenn das hier alles nach hinten losgeht …«

»Das passiert aber nicht«, sagte sie und strich sachte über den Jeansstoff. Und schon war es um meine Beherrschung geschehen. »Nur eine einzige Nacht ... mehr will ich ja gar nicht.«

Als sie ihre Hand zurückzog, verfluchte ich meine falsche Ritterlichkeit.

»Dazu muss ich dir allerdings sagen, dass ich schon ein ganzes Jahr keinen Sex mehr hatte. Da kann es gut sein, dass ich zu viel für dich bin.«

Bisher war sie mir als hochnäsige Prinzessin begegnet, und der hatte ich widerstehen können.

Aber jetzt näherte sie sich mir auf spielerische Weise und gleichzeitig ehrlich und geradeheraus ... und fixierte mich dabei, als würde sie mich am liebsten mit Haut und Haaren verschlingen. Und dem konnte ich nicht widerstehen.

»Verdammt, Abby, mach es mir doch nicht so schwer ...«

»Doch, genau das will ich ja.« Erneut fuhr sie über meine Männlichkeit, diesmal deutlich fester. Und dann war es um mich geschehen.

Ich zog sie zu mir herüber und presste mich an sie. Jetzt müsste ihr unmissverständlich klar sein, wie es weitergehen würde: mit wildem, animalischem Sex. Schnell, heftig und verdammt befriedigend.

Augenblicklich landeten ihre Lippen auf meinen, sie drückte mich gegen die Wand und rieb ihren ganzen Körper an meinem.

Dass jemand wie sie jemanden wie mich so sehr begehrte, fühlte sich unendlich heiß an.

Mit ihrer Zunge forderte sie meine zu einem aufreizenden Spiel heraus, erst verhalten und schüchtern, dann plötzlich kühn und dominant. Sie schob eine Hand zwischen uns, um mich zu berühren.

Mit der Zunge drang sie tief und angriffslustig in meinen Mund vor; ich konnte ihr Verhalten nicht mit ihrer unterkühlten Fassade zusammenbringen. In der Eisprinzessin loderte also ein wildes Feuer … dieser Kontrast zwischen heiß und kalt, zwischen Feuer und Eis, machte mich sogar noch mehr an.

In dem Moment, in dem ich in sie eindrang, würde sie sofort kommen, das wusste ich genau. Und mein Schwanz sehnte sich so sehr danach, tief in ihr zu sein, dass er fast wehtat.

Ich umschloss eine ihrer Brüste, massierte die Knospe zwischen Daumen und Zeigefinger, bis sie tief aufstöhnte. Ihre Brüste waren sehr empfindlich, das gefiel mir. Ich wollte sie verwöhnen und an ihren Nippeln saugen, bis sie laut aufschrie.

Doch dann schob sie eine Hand in meinen Slip und schaltete damit mein Gehirn völlig aus. Sie legte die Finger um meinen Schwanz … und fing an, ihn zu reiben.

»Ich will dich sehen«, raunte sie mir dicht an meinem Mund zu und knabberte leicht an meiner Unterlippe, während sie mich weiter massierte … bis ich es nicht mehr aushalten konnte.

»Warte!«, brachte ich hervor, als sie mit dem Daumen über meine Eichel strich. Schnell hielt ich ihre Hand fest, bevor ich mich nicht mehr beherrschen konnte.

Es war so unendlich sexy, wenn eine schüchterne, zurückhaltende Frau auf einmal das Ruder übernahm. Dass sie sich so direkt an meiner Männlichkeit zu schaffen gemacht hatte, ließ mir das Blut heiß durch die Adern pulsieren.

»Dreh dich um«, stieß ich kehlig hervor.

Falls sie das einschüchterte, ließ sie sich das nicht anmerken. Mit der Zunge befeuchtete sie ihre Unterlippe und machte dann einen Schmollmund. »Aber ich will doch noch den Piraten sehen. Und zwar alles von ihm. Auch sein Holzbein.«

»Das wird passieren, Baby.« Ich schenkte ihr ein hungriges Grinsen. »Aber zuerst will ich dich ganz sehen.«

Als ich eine gewisse Unsicherheit in ihrem Blick erkannte, dimmte ich schnell das Licht. Ich wollte alles tun, damit sie sich wohlfühlte. Alles.

Nur nicht aufhören.

Meine Zweifel hatte ich in dem Moment abgelegt, als sie mir die Hand in den Hosenbund geschoben hatte.

Nein, ich konnte jetzt nicht aufhören, und ich wollte auch nicht. Nicht, wenn sie mir eindeutig zu verstehen gegeben hatte, was das hier werden sollte: ein Übergangsfick. Wir wussten beide, was das bedeutete, und darum war das so auch in Ordnung.

Herzchen und Blümchen waren hier nicht das Thema, sie wollte es hart und schnell.

Über ein Jahr hatte sie inzwischen keinen Sex gehabt – und ich hatte keinen blassen Schimmer, wie das funktionieren konnte, zumal sie einfach umwerfend war. Und jetzt sollte ich diese Durststrecke mit ihr beenden: Das brave Mädchen begehrt den bösen Jungen und will, dass er ihr Verlangen befriedigt … wenn auch nur für eine Nacht.

Und das konnte ich ihr bieten.

Sobald sie sämtliche Gefühle ausgeklammert und mir deutlich gemacht hatte, was sie wollte, konnte ich sie nicht zurückweisen.

Und ich konnte sogar nachvollziehen, dass sie sich auf diese Weise von ihrer Vergangenheit verabschieden wollte: Indem sie etwas Wildes, Verruchtes tat, das sie gewisse Dinge vergessen ließ. Das verstand ich sogar ganz ausgezeichnet.

»Ich will dich«, brachte sie hervor. Sie betrachtete mich voller Verlangen und wirkte jetzt gar nicht mehr so verletzlich wie eben noch. »So sehr.«

»Das beruht auf Gegenseitigkeit, meine Süße.« Ich drehte sie um, sodass sie mir den Rücken zuwandte, und machte mich an ihrem Reißverschluss zu schaffen. Durch die metallische Reibung beim Aufziehen hörte ich sie erregt nach Luft schnappen.

Ich stellte mir ihre glatte, helle Haut vor – makellos und ungezeichnet, ganz im Gegensatz zu meiner. Sanft schob ich ihr das Kleid über die Schultern.

Es glitt an ihrem Körper hinunter auf den Boden. Jetzt stand sie im schwarzen Satin-BH und einem passenden Slip vor mir: French Cut. Das passte ja perfekt, schließlich liebte ich alles Französische: französisches Essen, französische Betten … und eben auch französisch geschnittene Slips, die ich ihr mit den Zähnen vom Po reißen konnte, um zu genießen, was sie darunter verborgen hatte.

Ihre Haut war genauso wunderschön, wie ich sie mir vorgestellt hatte. Mit den Fingerkuppen fuhr ich ihr oben über den Poansatz, dann über die Taille und immer höher, bis zum BH. Sie erschauerte leicht, als ich ihn öffnete und ihr noch ein Stück näher kam, um ihr die Träger über die Arme zu schieben.

»Du bist wunderschön«, murmelte ich an ihrem Ohr, schlang von hinten die Arme um sie und umschloss ihre Brüste. Ich genoss es, wie schwer sie in meinen Händen lagen, und fuhr mit den Daumen über ihre Knospen. »Ich will endlich wissen, wie du schmeckst.«

Sie gab einen unverständlichen Laut von sich und ließ den Kopf dabei leicht nach hinten kippen. Ich presste die Lippen auf ihre und zupfte dabei langsam und genüsslich an ihren Nippeln. Es war ein intensiver, gieriger Kuss: Unsere Zungen begegneten sich, forderten sich zu einem erotischen Spiel heraus. Sie schmeckte so unfassbar süß, und ihr Mund war so heiß und so feucht … ein Vorgeschmack auf das, was ich erfahren würde, wenn ich ihre intimste Stelle weiter unten erkunden würde.

»Bitte, mach weiter«, forderte sie mich zwischen zwei Küssen auf. Und das ließ ich mir nicht zweimal sagen.

Ohne die Lippen von ihren zu nehmen, drehte ich sie wieder zu mir herum und presste ihr dann die Hand auf den Mund.

Sie stöhnte erstickt auf, und ich schob ihren Slip nach unten. Erst als sie ihn ganz abgestreift und zur Seite gekickt hatte, fuhr ich mit meinen Fingern zwischen ihre glitschigen Schamlippen. Sie war so heiß und so feucht ... meinetwegen.

»Tanner, bitte ...«

Am liebsten hätte ich den Moment noch länger hinausgezögert, sie vorher noch ein- oder sogar zweimal langsam geleckt, um ihr dann endlich Erfüllung zu schenken. Aber das hielt ich nicht aus, dafür war ich selbst viel zu lange enthaltsam gewesen. Hinterher konnte ich die Dinge immer noch langsamer angehen, schließlich hatten wir die ganze Nacht Zeit.

Meine Finger fanden ihre Klitoris, kreisten zweimal darum ... und ich war fassungslos, als sie sofort kam.

Eigentlich hatte ich sie nicht für jemanden gehalten, der beim Sex besonders laut wurde, aber jetzt war ich doch froh, dass alle Zimmer im Club schallgedämmt waren.

»Wow«, stöhnte sie und ließ den Kopf gegen meine Schultern sinken, während kleine Nachbeben ihren ganzen Körper erfassten. »Das habe ich gebraucht.«

Ich lachte leise. Ihre direkte Art war einfach erfrischend. Die meisten Frauen waren nach dem Sex sehr wortkarg, fragten höchstens nach der Dusche und deuteten an, dass sie durchaus Interesse an einem weiteren Treffen hätten.

»Ich will dich noch viel öfter schreien hören«, erwiderte ich und löste mich langsam von ihr. »Und ich habe vor, dich heute Nacht ein paarmal zu lecken.«

Mit den Lippen formte sie ein erschrockenes O.

»Aber erst muss ich dich ficken«, fuhr ich fort. »Kommst du damit klar?«

Ihre Augen glänzten vor tiefer Lust. Sie nickte und zog mich zu sich heran.

Am liebsten hätte ich mir Jeans und Slip in Rekordzeit vom Leib gerissen, ein Kondom übergestreift und mich in ihr vergraben, um gleich darauf zu explodieren. Aber das hier war ihre Nacht, also sollte sie die Ansagen machen.

Sie öffnete den Knopf an meinem Jeansbund und zog dann mit zitternden Fingern den Reißverschluss auf.

»Vorsichtig, Baby … wenn du mich da jetzt verletzt, ist keinem von uns beiden gedient.«

»Ich will dich sehen.« Mit großen, hungrigen Augen schaute sie mich an, während sie mir die Jeans herunterzog. Dann heftete sich ihr Blick auf die deutliche Ausbuchtung in meinem Slip.

»Sehr gern.« Ich streifte mir Schuhe und Socken ab und kickte die Jeans zur Seite. »Aber du weißt doch hof-

fentlich, dass du davon erblinden kannst? Wenn du einen Schwanz zu lange anstarrst?«

»Ach so, und ich dachte, das passiert, wenn man selbst daran herumspielt?«

Ich lachte. Also war sie doch nicht so unschuldig. »Na, du bist mir ja eine.«

Plötzlich schlich sich eine leise Traurigkeit in ihren Blick. Ich fluchte innerlich, offenbar hatte ich unbeabsichtigt das Falsche gesagt. »Hey, alles in Ordnung?«

Sie rieb die Schneidezähne über die Unterlippe und schüttelte leicht den Kopf. »Ich … ich habe das noch nicht so oft gemacht. Ich bin auch nicht besonders gut …«

»Dieser Idiot!« Wenn ich mir überlegte, wie sehr ihr Ex sie verunsichert hatte, wurde ich ganz wild vor Wut. »Jetzt guck mich mal an, Süße.« Ich legte ihr einen Finger unter das Kinn und hob es leicht an. Ihr beschämter Blick traf mich mitten ins Herz. »Selbst wenn du noch Jungfrau wärst – das würde für mich keine Rolle spielen. Was da zwischen uns abgeht, ist verdammt heiß, das gibt ein richtiges Feuerwerk. Wart's ab, wenn wir erst mal zur Sache kommen, vergisst du diesen Mistkerl sofort. Wenn es da Probleme gab, dann lag das nämlich nur an ihm, nicht an dir. Das garantiere ich dir.«

»Wieso bist du dir da so sicher?«

Statt einer Antwort verschloss ich ihre Lippen mit einem Kuss. Sie sollte endlich aufhören, an sich zu zweifeln, darum wollte ich ihr beweisen, wie unnötig das war.

Sofort war sie wieder bei der Sache, berührte mich überall. Sie strich mir über die Armmuskeln und über die Taille … und sie stöhnte mir in den Mund, als sie die Finger so fest in meinen Po krallte, als könnte sie einfach nicht genug davon bekommen.

Langsam ließ ich sie auf das Sofa sinken, unterbrach dabei den Kuss, beugte mich aber weiterhin über sie, während sie mich erstaunt mit großen Augen betrachtete.

»Du … du hast doch vorhin gesagt, dass du mich … nehmen willst. Tu das doch bitte. Jetzt.«

Ich verkniff mir ein Lächeln, weil sie das F-Wort, das ich selbst benutzt hatte, nicht in den Mund nehmen wollte. Sie lag jetzt vollkommen nackt vor mir und war wunderschön dabei … da brauchte ich keine Extra-Einladung. Mein Blick fand ihren Schoß. Es gefiel mir, wenn Frauen ihr volles Schamhaar stehen ließen, und ich war entsprechend froh, dass sie sich nicht dieser brasilianischen Wachsbehandlung unterzogen hatte, die bei vielen Frauen gerade so beliebt war.

»Jetzt bist du dran«, sagte sie und streckte sich wie eine Sexgöttin lustvoll auf dem Sofa aus. »Ich will dich sehen. Alles.«

Ich schob die Daumen unter den Gummibund meines Slips und schob ihn über meinen harten Schwanz nach unten.

Sie schnappte nach Luft. »Dein Ding ist ja … riesig!« Sie errötete, starrte mich aber trotzdem weiter an, offen-

bar konnte sie nicht anders. »Ich meine … ich habe nicht so viele Vergleichsmöglichkeiten, eigentlich habe ich bisher nur ein einziges Exemplar richtig von Nahem gesehen, und das war nicht so beeindruckend. Aber deins ist ja richtig groß …« Sie pfiff durch die Zähne.

Ich lachte. Dass sie bisher nur mit ihrem Ex zusammen gewesen war, hätte ich nicht gedacht.

Kein Wunder, dass sie so verunsichert reagiert hatte. Wenn ihr Typ keine Ahnung von Sex gehabt hatte, hatte er seine eigenen Unzulänglichkeiten wahrscheinlich auf sie abgewälzt. Dieses Arschloch.

»Warum hat dein Tattoo-Pirat eigentlich nur einen Oberkörper?« Ein spitzbübisches Lächeln umspielte ihre sinnlichen Lippen. »Dabei hätte ich eine tolle Idee, was man als Holzbein hätte hernehmen können.« Sie zeigte auf meinen Schwanz, und erneut musste ich lachen. »Du bist ja ein richtig schlimmes Mädchen.«

»Noch nicht, aber hoffentlich gleich.« Sie lockte mich mit dem Finger. »Und jetzt komm her, damit du mich so richtig schön verderben kannst.«

Ja, das war ihre große erotische Fantasie, das wusste ich: dass dieser böse tätowierte Mann es mit ihr trieb, damit sie ihre öde Vergangenheit hinter sich lassen konnte. Trotzdem war ich einen kurzen Moment lang so dumm und so verrückt, mir zu wünschen, dass sie noch mehr in mir sah. Dass sie hinter die Fassade des harten Kerls schaute, den ich der Welt konsequent präsentierte, und den wahren Tanner King dahinter entdeckte und be-

gehrte. Danach sehnte ich mich: dass sie mich um meiner selbst willen begehrte.

Ich griff nach meinen Jeans und zog ein Kondom aus der Brieftasche.

Sie befeuchtete die Zunge mit den Lippen und beobachtete fasziniert, wie ich das Gummi überstreifte.

»Bist du wirklich keine Jungfrau?«

Ein rosiger Schimmer überzog ihre Wangen. »Nein, aber wir haben es bisher immer nur im Dunkeln getan.«

Unfassbar. Ihr Ex musste ein echter Blödmann sein. Wieso hatte er diese wunderschöne Frau nicht nackt sehen wollen, während er in sie eindrang?

Ich zwinkerte ihr übertrieben stark zu und kniete mich neben das Sofa. »Aber das Licht ist doch an, damit ich dich besser sehen kann, meine Liebe.«

Ein schelmisches Grinsen umspielte ihren Mund. »Ich will auch zuschauen.«

Dann musste ich ihr jetzt wohl eine unvergessliche Vorstellung bieten.

Eigentlich hatte ich dabei langsam vorgehen wollen. Aber als sie für mich die Schenkel öffnete, gab sie den Blick auf ihre feuchten Schamlippen frei.

Jetzt konnte ich mich nicht mehr beherrschen. Ich umfasste ihre Beine und drehte sie so herum, dass sie mit dem Rücken auf dem Sofa lag, die Beine auf dem Boden. Dann zog ich sie an mich heran, rutschte ihr dabei auf den Knien entgegen und schob mich zwischen ihre

Schenkel. Die ganze Zeit musste ich gegen den Drang ankämpfen, in sie einzudringen und nicht aufzuhören, bis sie meinen Namen ausstieß.

»Du … du bist ja noch größer, als ich eben dachte«, flüsterte sie voller Ehrfurcht, und ich musste grinsen.

»Vielleicht hast du ihn dir eben nur im Außenspiegel angeschaut?«

Sie lachte – ein süßes, wunderschönes Lachen.

Normalerweise redete ich beim Sex nicht … und ich machte erst recht keine Witze. Für mich war es bisher eine simple Angelegenheit gewesen: rein, raus, rein, immer wieder, bis zum Höhepunkt. Es war schön, es fühlte sich gut an, es war schnell wieder vorbei.

Mit Abby war der Sex ganz anders. Obwohl wir noch nicht mal beim Höhepunkt angekommen waren. Zwischen uns passierte noch mehr als die reine erotische Anziehung … und das fand ich entwaffnend.

Also konzentrierte ich mich auf das, was ich am besten beherrschte: ihr Vergnügen zu bereiten.

»Sieh genau hin«, forderte ich sie auf, umschloss meinen Schwanz und drückte die Eichel an ihre Klitoris und fuhr mit kreisförmigen Bewegungen um sie herum, dann rieb ich ihn zwischen ihren feuchten Schamlippen. Immer wieder, bis ihr Atem stoßartig ging und sie mir ungeduldig die Hüften entgegenhob.

»Das … fühlt sich … so gut an.« Sie stützte sich auf die Ellbogen, um genauer hinzuschauen, und ich verstärkte den Druck. Jetzt konnte ich mich kaum noch zu-

rückhalten, meine Eier waren kurz vorm Zerreißen. Ich musste in sie eindringen, musste sie spüren.

»Bitte, mach weiter«, stieß sie hervor und wand sich unter mir. Auf ihren Brüsten bildeten sich kleine Schweißtropfen.

»Darauf kannst du Gift nehmen, Süße.«

Ich rieb ihr noch einmal über die Klitoris ... und als sie dem Gipfel entgegenstrebte, drang ich hart und tief in sie ein. Und spürte, wie ihre enge, feuchte Muschi mich fest umschloss.

Ich war im siebten Himmel.

Mit kräftigen Stößen bewegte ich mich in ihr und streichelte mit dem Daumen ihre kleine Perle, während sie vor Lust aufschrie. Immer wieder, um ihre ganze Erfüllung aus ihr herauszukitzeln.

Sie bäumte sich auf, sodass ich ihre Brüste genau vor meinem Gesicht hatte. Ich nahm einen ihrer harten Nippel in den Mund und fuhr mit der Zunge darüber, während ich weiter in sie hineinstieß.

»Zu empfindlich«, keuchte sie, zog mir die Knospe aus dem Mund und stützte sich auf die ausgestreckten Arme. »Ich ... will dich sehen.«

Also sorgte ich dafür, dass sie mich auch sah.

Immer wieder glitt ich in sie hinein und wieder heraus. Immer kräftiger, immer schneller. In diesem Moment gab es für mich nur noch sie. Ich beobachtete sie dabei, wie sie mich beobachtete. Und das war das verdammt Heißeste, was ich je gesehen hatte.

Meine Eier zogen sich zusammen, mein Verstand schaltete sich aus – dann stieß ich zum letzten Mal in sie hinein, so tief ich nur konnte.

Ich wurde von einer Welle der Erfüllung erfasst, wie ich sie noch nie erlebt hatte. Ich war wie in Trance, willenlos und körperlos. Nur einen einzigen Gedanken konnte ich jetzt noch fassen: *Abby*.

Irgendwann musste ich die Augen geschlossen haben, denn als ich sie wieder öffnete, blickte Abby mich an, als hätte ich ihr gerade die Schlüssel zur schönsten Konditorei in ganz Paris überreicht.

»Das war unglaublich«, wisperte sie und zog mich zu sich heran. »Ich hätte nie gedacht, dass es so … gut sein kann.«

»War das etwa nur gut?« Ich schlang die Arme um sie und drückte sie fest an mich. Auch das hatte ich nach dem Sex noch nie getan, ich war kein kuscheliger Typ. »Dann muss ich mich gleich wohl noch mehr anstrengen.«

Ich konnte ihr Gesicht nicht sehen, weil sie es an meine Brust geschmiegt hatte, aber ich spürte, dass sie lächelte.

Als sie sich dann aber so fest an mich schmiegte, als wollte sie mich nie wieder loslassen, spürte ich einen Anflug von Reue. Ich wollte hier eine ganze Nacht lang unglaublichen Sex erleben, nicht mehr und nicht weniger. Am nächsten Morgen sollte dann alles vorbei sein. Dann wäre ich wieder Tanner King: der Typ, von dem sich

jeder sofort ein Bild machte, über den sich jeder sofort eine Meinung bildete und dem jede Frau näherkommen wollte – vergeblich.

Egal, wie gut der Sex war, ich würde bestimmt nicht verändert daraus hervorgehen.

Aber ob das auch auf Abby zutraf?

9. Kapitel

Abby

Ich hatte Muskelkater. Selbst an Stellen, an denen ich noch nie Muskelkater gehabt hatte.

Ich hatte Tanners Bett frühmorgens verlassen. Das war inzwischen fünfzehn Stunden her, und jetzt erinnerten mich die Schmerzen an das, was wir getan hatten … und daran, wie sehr ich es genossen hatte.

Als Tanner nicht im *Le Miel* auftauchte, wusste ich nicht, ob ich erleichtert sein oder mich ärgern sollte. So oder so konnte ich den ganzen Tag lang nicht aufhören zu lächeln. Was zwischen uns in dem Club und später in seinem Apartment passiert war, spielte sich jenseits jeder Logik ab.

Eigentlich hätte ich nie mit ihm schlafen dürfen. Warum hielt ich mir dann nicht vor, dass ich es trotzdem getan hatte?

Als er mich im Club in seinen Privatraum geführt hatte, war ich davon ausgegangen, dass ich dort etwas trinken und anschließend nach Hause fahren würde. Dann war er sauer geworden, hatte sein Hemd ausgezogen … und ich hatte die Kontrolle verloren.

Eigentlich brachten mich Männerkörper gar nicht so schnell aus dem Konzept. Gut, wenn jemand am Bondi Beach besonders gut gebaut war, dann schaute ich schon ein zweites Mal hin, wie alle anderen Frauen auch, die Augen im Kopf hatten. Aber angezogene Männer stellte ich mir normalerweise nicht nackt vor.

Und trotzdem: Sobald Tanner sich trotzig das Hemd abgestreift hatte, hatte ich noch mehr von ihm sehen wollen – alles.

Irgendetwas, das ich gesagt hatte, hatte ihn so geärgert, dass er sich ausgezogen hatte. Genau in diesem Moment hätte ich mir ein Taxi rufen … oder irgendetwas anderes machen sollen als das, was ich gemacht hatte: Ich hatte mich ihm ja praktisch an den Hals geworfen.

Damit, dass ich so unbedarft war, ist er sehr sportlich umgegangen. Er hatte versucht, mich durch etwas Small Talk zu beruhigen, und das wusste ich zu schätzen. Was ich dagegen nicht schätzte, war meine Blödheit, mir dann doch mehr von ihm zu wünschen.

Ich hatte vorübergehend die Stimme der Vernunft zum Schweigen gebracht. Sofort hatte sich mein innerer Vamp zu Wort gemeldet und mich davon überzeugt, dass ich mir eine einzige heiße Nacht verdient hatte. Dabei hätte ich es belassen sollen.

Aber nachdem er mir mehrmals Erfüllung geschenkt hatte, mit seiner Zunge, seinen Fingern und seiner beachtlichen Männlichkeit, wollte ich mehr. Natürlich

hatte ich ihm nichts davon gesagt, sondern im Gegenteil sehr gelassen reagiert, als er mir einen Gutenachtkuss gegeben hatte. Ganz so, als wäre ein One-Night-Stand etwas ganz Alltägliches für mich. Falls er diese grandiose schauspielerische Leistung durchschaute, hatte er es sich nicht anmerken lassen – zum Glück.

Ganz früh am Morgen, bevor er aufgewacht war, hatte ich mich dann aus dem Staub gemacht. Während der zwanzigminütigen Taxifahrt von seinem Penthouse in der Innenstadt zu meinem Apartment über der Konditorei hatte ich dann jede Minute unserer gemeinsamen Nacht noch einmal Revue passieren lassen. Dabei war mir eines klar geworden: Wenn ich Tanner das nächste Mal begegnete, konnte ich ihm unmöglich vormachen, dass mir diese Nacht nichts bedeutete. Dafür hätte ich eine überirdisch gute Schauspielerin sein müssen, und die war ich nun mal nicht.

Bardley hatte mich sogar immer damit aufgezogen, dass ich angeblich so leicht zu durchschauen sei. Allerdings hätte er dann auch schnell erkennen müssen, wie sehr ich ihn hasste.

Dank Tanner war mir jetzt klar, dass nicht ich die Schuld an unserem öden Sexleben trug. Immer wieder hatte Bardley mir vorgehalten, wie kalt und leidenschaftslos ich wäre. Dass ich ihn nicht erregte. Und dass ich im Bett genauso schlecht sei wie in der Küche.

Was er von mir als Liebhaberin hielt, war mir ziemlich egal gewesen, aber dass ich angeblich nicht kochen

konnte, hatte mich schwer verletzt. Immerhin konnte ich schon damals traumhaft gut backen.

Der konnte mich mal!

Ich würde mich jedenfalls nie wieder zu ihm ins Bett legen. Und seit gestern Nacht wusste ich auch, wie sich unglaublich sinnlicher, befriedigender Sex anfühlte.

»Du träumst ja schon wieder.« Makayla stieß mich mit der Hüfte an. »Sicher, dass sich im *Embue* nichts ergeben hat?«

Meine Wangen brannten, trotzdem tat ich gelassen, während ich meinen Arbeitsplatz sauber wischte. Heute hatten wir jede Menge zu tun gehabt, weil wir eine Privatschule in der Nachbarschaft mit Teilchen für eine Lehrerkonferenz versorgen mussten. Deswegen hatte Makayla mich auch bis jetzt nicht ausfragen können.

»Ich kenne da jemand ganz anderen, der spannende Geschichten von gestern erzählen kann«, antwortete ich und setzte ein viel zu breites Lächeln auf. »Das sah ja richtig kuschelig aus mit dir und diesem … wie hieß er noch mal …, als ich gestern gegangen bin.«

Makayla verzog das Gesicht. »Wenn man sich mal von jemandem getrennt hat, war das immer aus einem guten Grund.« Sie streckte kurz ihren kleinen Finger aus. »Das ist mir gestern wieder bewusst geworden.«

Ich lachte. Was Makayla wohl sagen würde, wenn sie wüsste, dass Tanner sehr viel mehr Größe zu bieten hatte als ein kleiner Finger?

»Und was ist mit dir?« Sie grinste mir zu, während sie sich die Hände abtrocknete. »Schwärmst du noch für deinen superattraktiven Chef?«

Wenn sie nur wüsste …

»So ein Quatsch.«

»Schade, dass er heute nicht da ist, er wertet die Konditorei richtig auf.« Makayla machte einen Schmollmund und tippte sich auf die Lippen. »Er und Remy sind sich nicht besonders ähnlich, oder?«

Allerdings, dachte ich. Remy und Tanner mochten zwar Brüder sein und dieselben Eltern haben, aber da hörten die Gemeinsamkeiten auch schon auf.

»Stimmt, die zwei sind absolut unterschiedlich«, sagte ich und war insgeheim dankbar dafür, dass Makayla wegen gestern Nacht nicht weiter nachbohrte.

»Ich meinte das nicht nur äußerlich.« Makayla richtete sich auf und hob einen Arm wie ein Bodybuilder, der seine Muskeln spielen ließ. »Tanner wirkt insgesamt stark und tough, Remy dagegen eher sanft und sensibel.«

Wenn es darauf ankam, konnte auch Tanner durchaus sanft und sensibel sein. Gestern Nacht zum Beispiel …

»Weißt du etwas Genaueres über die beiden, kennst du ihren Hintergrund?« Makayla lehnte sich gegen die Bank. »Ich kenne Remy noch nicht so gut, aber du bist ja schon seit einem Jahr hier und weißt vielleicht mehr, oder?«

Ich zuckte mit den Schultern. »Über unsere Vergangenheit haben wir nicht viel gesprochen.«

Das stimmte durchaus. Ich hatte Remy nur kurz von meiner bescheidenen Ehe berichtet – und von meinem großen Traum, irgendwann Konditormeisterin zu werden. Von ihm wusste ich nur, dass er das *Le Miel* vor einigen Jahren eröffnet hatte, nie die richtige Frau kennengelernt hatte und dass Tanner sein einziger noch lebender Verwandter war.

Wenn wir uns bei der Arbeit unterhielten, wenn mal wenig zu tun war – was selten genug vorkam –, ging es meist ums Backen, die neusten Kochsendungen oder Kochbücher.

Als Chef und auch als Freund schätzte ich ihn sehr, gerade weil er mir in meiner Notlage sowohl einen Job als auch eine Wohnung angeboten hatte. Trotzdem erzählten wir uns nicht zu viel voneinander, und das fand ich auch besser so. Bis jetzt. Jetzt hätte ich zu gern so viel wie möglich über Tanner erfahren.

»Wenn Remy dir nichts darüber erzählt hat, dann ist Tanner ja vielleicht gesprächiger?« Makayla zwinkerte mir demonstrativ zu, und ich musste lachen. »Er wirkt wie ein typischer Bad Boy, oder? Ganz schön scharf, nicht?«

»Ja, er ist schon ziemlich heiß.« Ein bisschen ehrlich wollte ich Makayla gegenüber sein, sonst würde sie merken, dass irgendwas nicht stimmte. Dass Tanner mir sehr wohl sehr viel von sich gezeigt hatte und dass mir das sehr gefallen hatte.

Makayla machte ein abfälliges Geräusch. »Das ist ja wohl die Untertreibung des Jahrhunderts.«

»Was willst du denn hören? Dass mir schon ganz heiß wird, wenn ich nur an ihn denke, so sexy finde ich ihn?« Ich fächelte mir theatralisch Luft zu, und Makayla grinste.

»Das hört sich schon besser an …« Sie brach ab, als müsste sie über ihre nächsten Worte erst mal nachdenken. »Ich muss dir übrigens etwas beichten.«

Einen schrecklichen Moment lang fragte ich mich, ob sie etwa auch mit Tanner geschlafen hatte. Bei dem Gedanken musste ich kräftig schlucken, und ich kam mir gleichzeitig ziemlich dumm vor.

Dass jemand wie er auf eine Frau wie Makayla stehen würde, war ja völlig klar. Sie war einfach der Hammer. Und dazu noch wunderschön, auch innerlich.

»Was ist denn los?« Ich versuchte die Worte beiläufig auszusprechen, leider klang meine Stimme dabei etwas zu hoch.

Makayla hob den Kopf, trotzdem konnte sie dadurch nicht vor mir verbergen, dass ihre Augen funkelten. »Ich habe gestern Nacht gesehen, wie du mit dem heißen Typen im VIP-Bereich verschwunden bist.«

Erleichtert atmete ich aus. Bis dahin war mir gar nicht bewusst gewesen, dass ich den Atem angehalten hatte.

»Ach – dann wolltest du mich die ganze Zeit nur aushorchen?«

»Bingo. So, und jetzt will ich alles ganz genau wissen: Ist da irgendetwas zwischen euch beiden passiert?«

Ich hatte noch nie eine beste Freundin gehabt. Die Mädchen auf meiner Privatschule damals waren fürchterliche Zicken gewesen, meine Mitstudentinnen an der Uni ziemlich unnahbar. Auch mit Bardleys Freunden hatte ich wenig anfangen können, sie waren genauso dröge und langweilig wie er selbst.

Makayla kannte ich erst seit ein paar Monaten, aber mit ihr unterhielt ich mich richtig gern. Ich bewunderte ihre Leichtigkeit, sie war ein begeisterungsfähiger und sehr warmherziger Mensch.

Wenn ich wollte, konnte ich sie jetzt anlügen und mit irgendeiner lahmen, ausweichenden Antwort abspeisen. Stattdessen nickte ich. Es gefiel mir, auf einmal eine Vertraute an meiner Seite zu haben. »Wir … sind uns nähergekommen.«

Makayla stieß einen spitzen Schrei aus. »Wie nah denn genau? Habt ihr euch geküsst? Oder habt ihr sogar …« Sie machte eine eindeutige Handbewegung.

»Genau, Letzteres.« Ich spürte, wie mir das Blut ins Gesicht schoss. »Aber erzähl das bitte nicht weiter, okay?«

»Herzlichen Glückwunsch!« Sie betrachtete mich mit Bewunderung in den Augen und tat so, als würde sie ihren Mund mit einem Reißverschluss schließen. Allerdings dauerte ihr Schweigen gerade mal zwei Sekunden. »Stille Wasser sind tief.«

So still war ich gestern gar nicht gewesen, aber zum Glück war der Raum ja schallisoliert.

Makayla gab mir einen kleinen Klaps auf den Arm. »Jetzt will ich aber Details hören.«

Ich schüttelte den Kopf. Schließlich wollte ich nicht, dass Makayla Tanner wissende Seitenblicke zuwarf, und auf gar keinen Fall sollte er von mir denken, dass ich immer gleich alles weitertratschen würde. Dafür war ich nicht der Typ, und das sollte sich auch jetzt nicht ändern. »Tut mir leid, aber so intime Dinge erzähle ich nicht weiter.«

»Schon in Ordnung.« Makayla seufzte und grinste schief. »Ich freue mich jedenfalls für dich, du hast es dir wirklich verdient, auch mal etwas Schönes zu erleben. Und falls er außer Remy noch einen Bruder hat, dann sag mir Bescheid.« Sie wies mit dem Daumen nach unten: »Bei mir herrscht nämlich gerade Flaute. Sowohl beruflich als auch privat. In den letzten zwei Wochen habe ich acht Mal vorgetanzt, und was ist dabei rausgekommen? Nichts! Beim Daten ist meine Trefferquote übrigens noch schlechter.«

»Diese Veranstalter sind doch völlig bescheuert, dass sie dich nicht buchen«, sagte ich, obwohl ich gar nicht wusste, wie gut Makayla wirklich tanzen konnte. Klar, gestern im Nachtclub hatte sie mich mit ihren Disco-Moves voll überzeugt, aber ich hatte sie noch nie professionell auftreten sehen. »Und wegen der Männer: Die meisten haben doch sowieso einen an der Waffel, aber du

bist eine tolle Frau. Bestimmt findest du bald jemanden, der zu dir passt.«

Makaylas Lächeln wirkte überraschend verletzlich. »Hoffentlich hast du recht. Wenn ich gerade auf Entzug bin, leidet immer meine Performance darunter.« Sie wackelte mit den Augenbrauen. »Ich brauche dringend einen guten Mann im Bett, damit ich auch wieder richtig gute Moves hinlegen kann.«

»Hm … das klingt ganz so, als bräuchtest du eher einen bösen Jungen als einen guten Mann. Einen richtigen Bad Boy …«

Wir lachten beide, und ich beugte mich automatisch zu ihr vor, um sie zu umarmen. »Vielen Dank, dass du gestern mit mir losgezogen bist. Das hat richtig gutgetan.«

»Was denn genau? Das Tanzen oder Sex mit dem Bad Boy?«

»Beides«, antwortete ich und erwiderte Makaylas anzügliches Grinsen. »Wenn du jetzt durch bist mit deinem Verhör – können wir dann abschließen, damit ich etwas Schlaf nachholen kann?«

»Klar.« Sie drückte sich von der Sitzbank hoch. »Hat er dich also die ganze Nacht wachgehalten, ja?«

»Allerdings.«

Am ganzen Körper hatte Tanner mich berührt, gestreichelt, stimuliert … und mir damit völlig den Verstand geraubt. Dass Sex so umwerfend sein konnte, hätte ich nie für möglich gehalten. Immer wieder hatte er mich

mit dem Mund oder mit den Händen an den Rand der Erfüllung gebracht, bis er mich schließlich zum Höhepunkt kommen ließ. Mit einem Geschick, das jahrelange Erfahrung voraussetzte.

Im Grunde hätte ich durchaus eifersüchtig auf die vielen anderen Frauen sein können, die er schon so verwöhnt hatte. Stattdessen war ich aber einfach nur dankbar. Sehr, sehr dankbar.

»Komm, wir schließen hier ab, bevor ich noch neidischer auf dich werde.« Makayla lächelte. »Und soll ich dir mal einen Rat geben? Lass dir die Sache bloß nicht zu nah gehen. Der heiße Typ ist ja nur vorübergehend hier, also achte einfach darauf, dass du deinen Spaß hast, mehr nicht.«

Was auch immer es mit »dieser Sache« eigentlich auf sich hatte. Ich hatte keinen Schimmer und die vergangene Nacht als One-Night-Stand verbucht. Allerdings waren die One-Night-Stands in den Frauenzeitschriften immer so beschrieben, dass man den Typen danach nicht mehr wiedersah. Und ich würde Tanner ja in den kommenden Wochen immer wieder über den Weg laufen.

Ob ich wohl wirklich so tun konnte, als wäre zwischen uns nichts passiert? Als hätte er nicht meinen ganzen Körper mit der Zunge verwöhnt? War ich wirklich so eine gute Schauspielerin?

Und wollte ich das überhaupt?

Ich brauchte ja bloß an die vergangene Nacht denken, und schon wurde mir wieder ganz heiß. Wie schlimm

würde es dann erst werden, wenn er das nächste Mal vor mir stand? Würde ich genug Willenskraft haben, einem zweiten überwältigenden Sex-Erlebnis zu widerstehen?

Das würde ich wohl morgen herausfinden, falls Tanner dann wieder in die Konditorei kam.

10. Kapitel

Tanner

Kaum hatte ich die Augen geöffnet, war mir auch schon klar, dass Abby weg war.

Eigentlich hätte ich darüber froh sein sollen, schließlich hatte ich noch nie eine Frau hier übernachten lassen. Ich hatte in Sydney auch nur die allerwenigsten meiner Dates in mein Penthouse gelassen, vielleicht gerade mal eine Handvoll.

Allerdings war Abby auch nicht mein »Date« gewesen. Sondern … ja, was eigentlich? Ein One-Night-Stand? Gelegenheitssex? Oder ein verdammter Fehler? Im Grunde traf sogar alles zu, andererseits stellte sich ganz automatisch die Frage: Warum wurmte es mich dann also so, dass sie so einfach verschwunden war?

Das war übrigens noch so eine Sache: So gut wie in der vergangenen Nacht hatte ich schon seit Jahren nicht mehr geschlafen. Normalerweise hatte ich das Bett am liebsten ganz für mich allein, ich konnte es nicht haben, wenn mir jemand beim Schlafen zu nah kam. Aber nachdem wir das fünfte Mal Sex gehabt hatten, schmiegte sie sich von hinten an mich, und das hatte mir ziemlich gut

gefallen. So gut, dass ich einschlief und es nicht mal mitbekam, als sie ging.

Mist. Wieso hatte sie sich hier rausgeschlichen wie ein verdammter Einbrecher?

Ich stieg aus dem Bett und ging in die Dusche – allein. Dabei hatte ich mir schon so schön vorgestellt, wie wir zusammen unter meiner extrabreiten Doppeldusche stehen und die Regenfunktion und Seitendüsen nutzen. Die Düsen eröffneten ungeahnte Möglichkeiten, auf die sie bestimmt sofort eingegangen wäre …

Ich hätte sie aufgefordert, sich mit dem Gesicht zur hinteren Wand hinzustellen und die Beine zu spreizen. Dann hätte ich die Düsen so ausgerichtet, dass sie genau auf ihren intimsten Punkt gezielt hätten, und sie von hinten genommen …

Fluchend stellte ich den Temperaturregler auf kalt. Eiskalt. Hätte ich mir jetzt einen runtergeholt, wäre ich damit nicht gegen mein Verlangen angekommen, das im heftigen Rhythmus einer Buschtrommel durch meinen Körper pulsierte. Dagegen kam ich nur mit Eiswasser an … wenn ich mich schon nicht erneut in Abbys süßen Körper vergraben konnte. Das würde wahrscheinlich nie wieder geschehen.

Was gestern Nacht geschehen war, war und blieb wohl eine Ausnahme.

Eigentlich hatte ich mir geschworen, Remys Schützling nicht anzurühren. Aber als sie sich mir an den Hals geworfen hatte, hatte ich alle Vorsätze in den Wind ge-

schossen und war schwach geworden. Das lag nur daran, dass ich seit Monaten keinen Sex gehabt hatte.

Eine ziemlich billige Ausrede, denn eigentlich hätte ich sie ja abweisen können, hätte das sogar tun sollen. Jetzt musste ich mit den Folgen zurechtkommen: dass ich sie nämlich jeden Tag in der Konditorei wiedersehen würde und dabei die Hände von ihr lassen musste. Denn ich war immerhin nicht so dumm anzunehmen, dass wir das Ganze noch mal wiederholen könnten. Das gäbe ein Riesenunglück.

Normalerweise standen Frauen wie Abby für One-Night-Stands nicht zur Verfügung. Sie wünschten sich Romantik, Blumen und diesen ganzen Firlefanz – selbst wenn sie immer wieder das Gegenteil behaupteten. Und bei Abby war das bestimmt nicht anders, gerade wenn sie seit einem Jahr keinem Mann mehr nähergekommen war.

Das war für mich völlig unvorstellbar: Wieso hatte diese wunderschöne Frau nach ihrer beschissenen Ehe sich nicht sofort jemanden gesucht, mit dem sie den ganzen Ärger vorerst vergessen konnte? Andererseits hatte ihr Ex sie vielleicht so mies behandelt, dass sie erst mal nichts mit Männern zu tun haben wollte? So oder so hatte ich von der Situation profitiert – so intensiv, wie sie auf jede meiner Bewegungen reagiert hatte.

Das wühlte mich am meisten auf: die Erinnerungen an unsere gemeinsame Nacht. Wie sie auf dem Bauch gelegen hatte und ich von hinten in sie eingedrungen war.

Wie sie die Beine für mich gespreizt und ich sie mit der Zunge befriedigt hatte. Wie sie mich geritten hatte wie ein Cowgirl. Und wie sie die Fingernägel in meinen Rücken gekrallt … und dann, endlich, genüsslich an meinem Schwanz geleckt hatte, als wäre er ein großer Lutscher.

»Fuck«, murmelte ich, trocknete mich ab und zog mich dann in Rekordzeit an.

Heute konnte ich unmöglich in die Konditorei, ich würde es nicht aushalten, wenn ich ihr dort über den Weg lief. Nicht jetzt, wo sich vor meinem inneren Auge immer wieder derselbe Film abspielte, der alles andere als jugendfrei war.

Und das würde sie mir sofort anmerken.

Und nachdem ich gestern schon keine Willenskraft gehabt hatte, würde ich heute wohl auch nicht widerstehen können. Immerhin wusste ich jetzt schon, wie explosiv der Sex mit uns war. Also durfte ich mich jetzt nicht im *Le Miel* blicken lassen.

Ich holte mir einen Bananen-Smoothie aus dem Kühlschrank und ging erst mal nach draußen. Eigentlich hatte ich eine verdammte Menge zu tun, einen Teil hatte ich gestern im *Embue* erledigen wollen … bis sie mich auf so wunderbare Weise abgelenkt hatte.

Verdammt, von jetzt an verschanzte ich mich wohl am besten in meinem Büro und ging ihr aus dem Weg. Ich musste mich ja nicht auch noch absichtlich in Versuchung führen. Trotz aller guten Vorsätze war ich kein

Heiliger. Ich konnte Abby unmöglich täglich sehen, bis Remy wieder auf den Beinen war, das würde ich nicht aushalten.

Zunächst fuhr ich wieder zum *Embue* und parkte auf meinem reservierten Tiefgaragenplatz. Der Club gehörte mir schon seit Jahren, trotzdem war ich immer wieder überwältigt, wenn ich ihn betrat. Dass er so gut lief und immer mehr Gäste anzog.

Und das, obwohl mein lieber alter Dad mir immer wieder so glaubhaft versichert hatte, dass aus mir sowieso nichts werden würde.

Immer wieder hatte ich mir seine abfälligen Kommentare anhören müssen. Immer wieder hatte er mich heruntergemacht und Remy dagegen über den grünen Klee gelobt, wenn er gerade nicht in der Nähe war. Und immer wieder hatte er mir die trockene Brotkante gegeben, während er selbst sich die dicksten, frischesten Scheiben aus der Mitte nahm. Oder einen verschrumpelten Hähnchenflügel, während er sich ein saftiges Bruststück auf den Teller legte.

Nach Mums Tod war Remy nur noch selten zu Hause gewesen. Dann fand er Dads Verhalten zwar auch unmöglich, hielt seine Stimmungsschwankungen und Wutanfälle aber für eine Art der Trauerbewältigung. Ich wusste es allerdings besser: Seine schlimmsten Bemerkungen ließ er immer erst dann auf mich los, wenn wir zwei allein waren.

Selbst vor Mums Tod hatte ich schon das Gefühl ge-

habt, ich würde alles falsch machen. Auch da hatte er mich schon behandelt, als wäre ich minderwertig – allerdings nur, wenn Mum und Remy nicht dabei waren.

Ich hatte das nie verstanden und immer geglaubt, dass ich irgendeinen schlimmen Fehler hatte, den nur Dad sehen konnte. Bis zu dem Tag, an dem Mum ums Leben gekommen war und ich den schrecklichen Streit hatte mit anhören müssen, der sie schließlich in den Tod getrieben hatte. An diesem Tag hatte das alte Miststück verraten, was eigentlich hinter seinem brutalen Hass auf mich steckte. Damals hatte ich mir geschworen, dass ich mich nie mehr von ihm würde verletzen lassen – weder durch seine Beleidigungen noch dadurch, wie er mich behandelte. Was er da tat, hatte mit mir nichts zu tun, sondern nur mit ihm. Seine ganzen Macken und die Unterstellungen, mit denen er Mum in den Tod getrieben hatte. Und mit denen er dafür gesorgt hatte, dass ich nie so werden wollte wie er.

Als der Scheißkerl schließlich gestorben war, hatte ich mich gefreut und nur aus Respekt für Remy an der Beerdigung teilgenommen. Er hatte meinen Hass nie nachvollziehen können, und ich hatte ihm auch nie die Wahrheit verraten. Ich wollte ihm die schönen Erinnerungen an unseren Vater nicht verderben.

Allerdings war er auch fünf Jahre älter als ich und hatte mit fünfzehn schon seine Ausbildung zum Konditor angefangen, parallel zur Schule. Insofern war er selten zu Hause gewesen und hatte gar nicht mitbekom-

men, wie Dad mich regelmäßig systematisch gequält hatte … weil er mir für alles die Schuld gab, was in seinem ganzen traurigen Leben schiefgegangen war.

Inzwischen war mir das egal, jetzt konnte er mir nicht mehr wehtun. Aber immer wenn ich durch einen meiner Clubs ging, dankte ich ihm im Geiste dafür, dass er mich dazu motiviert hatte, über mich hinauszuwachsen und seine Behauptungen Lügen zu strafen.

»Hey, Tanner, mit dir hätte ich heute nicht gerechnet.« Hudson Watt, mein Manager und ältester Freund, klopfte mir auf die Schulter, als ich zur Bar kam. »Solltest du heute nicht Croissants oder irgendeinen anderen Schnickschnack backen?«

»Na ja, hier gibt's auch noch eine ganze Menge zu tun, gestern Nacht bin ich leider nicht dazu gekommen.«

»Letzte Nacht hattest du wohl etwas anderes Wichtiges vor, was?« Hudson schenkte ein Glas Wasser ein und gab eine Limettenscheibe mit hinein, bevor er es über den Tresen zu mir schob. »Hier bitte. Du bist wahrscheinlich immer noch völlig ausgetrocknet, nachdem du mit der heißen Blonden in deinem Privatraum verschwunden bist und Körperflüssigkeiten ausgetauscht hast.«

»Bist du etwa gerade in der Pubertät?« Ich trank das Wasser trotzdem aus. »Was erzählst du da eigentlich gerade?«

»Jetzt komm schon, erzähl mir doch nichts.« Hudson gab mir einen Klaps auf den Arm. »Du hast hier doch

schon mehr Frauen flachgelegt, als ich Mojitos serviert habe. Und ich bin schon seit zehn Jahren da, da kommen schon einige Mojitos zusammen.«

Ich lachte. »Ich habe Abby nur alles gezeigt, dann habe ich sie nach Hause gefahren.«

»Zu dir oder zu ihr?«

Ich hätte das Thema einfach abwürgen können, aber Hudson hatte ja recht. Außerdem waren wir schon sehr lange befreundet, und er kannte mich besser als die meisten anderen Menschen.

»Zu mir.« Ich kniff mich in den Nasenrücken, um meine innere Anspannung ein bisschen abzubauen. »Eigentlich hätte das nie passieren dürfen.«

Hudson zog die Augenbrauen hoch. »Das ist ja das erste Mal, dass du so was hinterher bereust.«

»Ach, Quatsch. Weißt du noch, wie wir uns damals mit diesen prolligen Zwillingen aus Bundaberg getroffen haben? Das war eine echte Katastrophe.«

Hudson lachte. »Jetzt wechsel mal nicht das Thema. Wenn ich das gestern richtig mitbekommen habe, ist diese Abby eher eine Frau aus gutem Hause. Aber im Bett etwas unterkühlt, stimmt's?«

Im Gegenteil, Abby war heißer, als mir lieb war. Glühend heiß sogar. Diese Frau hatte sich ihren Weg in meinen Kopf gebahnt, und jetzt bekam ich sie beim besten Willen nicht mehr raus. Obwohl ich es immer wieder versucht hatte. Oh Mann, und wie ich es versucht hatte. Aber wenn ich mich gerade mal nicht mit aller Kraft auf

etwas anderes konzentrierte, erschien sie wieder vor meinem geistigen Auge: nackt, schamlos und willig.

Verdammt.

»Abby ist Remys Schützling, ich hätte das nicht machen dürfen.«

»Warum denn nicht?« Hudson grinste mich herausfordernd an. »Das sah doch ganz so aus, als wäre sie voll auf dich abgefahren. So, wie sie sich an dich geklammert hat, als ihr Hals über Kopf aus der Bar gestürmt seid.«

»Trotzdem, das ist alles viel zu kompliziert.« Ich schüttelte den Kopf. »Wie geht's dir denn eigentlich gerade?«

»So leicht kommst du nicht davon.« Hudson warf einen Blick auf seine Uhr. »Ich wollte gerade zu Jim ins Sportstudio und danach hier die Buchhaltung machen. Kommst du mit, damit ich dich weiter ausfragen kann?«

»Gehst du immer noch dahin?« Jims Sporthalle hatte mir damals als Junge das Leben gerettet: Ich war vierzehn gewesen, als Hudson mich zum ersten Mal in das damals schon ziemlich abgefuckte Studio im Rotlichtviertel Kings Cross mitgenommen hatte. Bei Jim konnte man boxen: aus Spaß, zum Training oder auch einfach, um mal so richtig Luft abzulassen.

Ich selbst war meistens aus letzterem Grund dort gewesen.

Als ich damals niemand davon erzählen konnte, wie beschissen Dad mich behandelt hatte, hatte ich mich bei Jim abreagiert. Zunächst am Sandsack, später auch im Boxkampf mit anderen Jungs. Es hatte sich befreiend

angefühlt, in einer sicheren Umgebung Luft abzulassen. Inzwischen war ich seit über zehn Jahren nicht mehr dort gewesen.

»Klar gehe ich da noch hin, so toll wie da kann man sonst nirgendwo boxen«, beantwortete Hudson meine Frage. Dann schlug er einen linken Haken in die Luft und duckte sich rechts weg. »Komm schon, das tut dir bestimmt gut. In den letzten Minuten bist du ungefähr fünfmal weggedriftet. Also hat sie dich wohl schwer erwischt.«

Wenn er nur wüsste! Die Nacht mit Abby hatte mein Interesse an ihr nicht etwa verringert, sondern sogar eher noch geschürt. Und das war nicht gut. »Sag mal, kannst du denn gar nicht aufhören mit dem Thema?«

Hudson lachte und schlug mir diesmal wirklich auf den Arm. »Komm schon, du Held. Dann bringe ich dich ordentlich ins Schwitzen.«

»Davon träumst du wohl, du Schlappschwanz.«

Eine Stunde später hatte Hudson sein Versprechen gehalten, und die Bewegung hatte mir richtig gutgetan. Außerdem bekam ich in Jims Sportstudio immer gute Laune. Dort fühlte ich mich wie zu Hause. In der Luft mischten sich Schweiß und Franzbranntwein zu einem beißenden Geruch. Aus den Fensterreihen, die sich hoch in den Wänden befanden, fiel Tageslicht auf die vier Boxringe in der Halle. Hinten in der Ecke lagen Gewichte und hingen Sandsäcke, daneben stand ein altmodischer Getränkeautomat.

Heute Morgen war hier nicht viel Betrieb, wahrscheinlich waren die meisten bei der Arbeit. Genau da sollte ich eigentlich auch sein – statt mich aus meiner Gegenwart in die Vergangenheit zu flüchten.

»Du bist schon etwas eingerostet, was?« Hudson legte sich ein Handtuch um den Nacken und gab mir ebenfalls eins.

»Und du bist hier ganz schön schlaff geworden«, erwiderte ich und setzte zu einem Knuff in seine Magengegend an, aber er duckte sich rechtzeitig weg.

»Schlaff warst du bei Abby gestern wohl nicht.«

Diesmal schlug ich schneller nach ihm, trotzdem hatte er keine Probleme, mir auszuweichen. »Ganz ehrlich jetzt: Wenn du sie so toll findest, dann unternimm doch was.«

Mit seinen Worten hatte er ein Fünkchen Hoffnung in mir aufblitzen lassen, und das gefiel mir eigentlich gar nicht. »Was denn zum Beispiel, Einstein?«

»Tja, wenn ich das wüsste. Sehe ich etwa so aus, als würde ich mich gut mit Frauen auskennen?«

»Guter Einwand.« Ich wischte mir den Schweiß vom Gesicht und trocknete mir dann den Oberkörper ab. »Datest du eigentlich gerade jemanden?«

»Nein, ich stehe an der Bar und jobbe nebenbei im Theater. Da habe ich wenig Zeit für eine Beziehung.«

»Es muss ja nicht gleich eine Beziehung sein.«

Er schnaubte leise. »Da bin ich wohl anders gestrickt als du. Ich bin mit einer Frau gern etwas länger zusammen als nur ein paar Stunden.«

»Abby ist sogar über Nacht bei mir geblieben.« Kaum hatte ich die Worte ausgesprochen, hätte ich sie am liebsten wieder zurückgenommen.

»Da hast du's doch wieder. Sie ist für dich etwas Besonderes, gib's zu.«

»Jetzt reicht's aber, du Niete.« Gespielt wütend ging ich auf ihn zu, aber davon ließ er sich natürlich nicht beeindrucken. Stattdessen blieb der große blonde Blödmann einfach stehen. So war Hudson eben: beständig und absolut zuverlässig. Ein Freund, auf den ich mich immer verlassen konnte.

»Von dir lasse ich mir nichts sagen, du Würstchen.«

Das klang nun wirklich etwas komisch, wenn man bedachte, dass er fast zehn Zentimeter kleiner war als ich. Trotzdem hatte er mich auch früher schon oft so genannt. Wir lachten beide.

»Komm, wir fahren wieder in den Club, damit du mir zeigen kannst, dass du mein Geld nicht in deine eigene Tasche gesteckt hast.« Ich zog die Bindung eines Handschuhs mit den Zähnen auf. Vielleicht sollte ich wieder öfter zum Boxen gehen? Damit konnte man wunderbar Frust jeder Art abbauen, auch sexuellen Frust.

»Klingt gut.« Hudson zog sich die Handschuhe aus und half mir anschließend mit meinen. Er hätte gern noch etwas gesagt, das spürte ich, hielt sich aber zurück.

»Was ist los?«, hakte ich nach.

»Die Sporthalle hier …« Er schaute um sich. »Leider komme ich nicht mehr so oft hierher, aber wenn, dann

holt mich meine Vergangenheit ein. Und ich frage mich jedes Mal, warum ich mir das angetan habe.«

Das war übrigens noch etwas, das uns verband: unsere miese Kindheit. Hudsons Vater war sogar so schlimm gewesen, dass mir meiner dagegen wie ein Heiliger vorkam.

»Hör auf, auf die Tränendrüse zu drücken, du Niete. Jetzt geht's wieder an die Arbeit.«

Hudson blinzelte, als würde er gerade aus einem Albtraum aufwachen, dann breitete sich wieder sein typisches Grinsen auf seinem Gesicht aus. »Nach dir, Großer.«

Während wir uns umzogen und dabei den üblichen Blödsinn redeten, den Männer sich so erzählten, wurde mir bewusst, dass es genau richtig gewesen war, mir heute mal eine Auszeit von der Konditorei und Abby zu nehmen.

Aber ich konnte mich natürlich nicht weiter vor dem Zusammentreffen drücken. Morgen musste ich wieder hin, und ich wünschte mir, ich hätte die Sache nicht so kompliziert gemacht. Außerdem begehrte ich sie inzwischen mehr als je zuvor.

11. Kapitel

Abby

Nachdem Makayla und ich die Konditorei abgeschlossen hatten, wollte ich nur noch ein heißes Bad nehmen und dann früh ins Bett gehen. Als ich aber in die kleine Zweizimmerwohnung über dem Laden kam, wirkte sie auf einmal nicht mehr so gemütlich wie sonst.

Ich weiß noch genau, wie es war, als Remy mich hierhergeführt und mir angeboten hatte, hier zu wohnen, so lange ich wollte. Inzwischen war es über ein Jahr her, dass ich Bardley verlassen hatte und ins *Le Miel* geflüchtet war. Die Konditorei hatte ich schon während meiner unglücklichen Ehe häufig besucht, um Trost in Remys köstlichem Gebäck zu finden und von zu Hause wegzukommen. Viele Nachmittage hatte ich an dem kleinen Tisch beim Tresen gesessen, an einem Latte macchiato genippt und versucht, es nur bei einem Croissant zu belassen, während ich für mein Studium lernte.

Manchmal war Remy aus der Backstube gekommen, und jedes Mal hatte er sich kurz mit mir unterhalten. Er war ein warmherziger Mann, der mit seiner Zeit genauso großzügig umging wie mit seinen köstlichen Produkten.

Damals hatte ich mich nicht getraut, ihm zu sagen, wie gern ich selbst backte und dass er meinen Traumberuf hatte. Als er nachfragte, schwärmte ich ihm etwas von meinem Wirtschaftsstudium vor und erzählte ihm, wie glücklich ich über meine Doppelrolle als Ehefrau und Studentin sei.

Falls er mein angestrengtes Lächeln durchschaut hatte, ließ er sich das nie anmerken – so war er eben. Auch an dem schicksalhaften Tag, an dem ich endlich den Mut gehabt hatte, für mich einzustehen und Bardley zu verlassen, hatte er nicht weiter nachgebohrt. Und das, obwohl ich völlig gehetzt und aufgelöst in seine Konditorei gekommen war.

Aus einem Impuls heraus hatte ich ihn gefragt, ob er vielleicht einen Job für mich hätte. Und nachdem ich ihm meine traurige Geschichte erzählt hatte, bot er mir sogar das Apartment über dem Laden an.

Ich brauchte nur einen Blick in das gemütliche helle Zimmer zu werfen, und schon hatte ich mich verliebt. Auf den abgenutzten Mahagonidielen lagen Teppiche in leuchtendem Blau und tiefem Rot, außerdem gab es ein ausgeblichenes Chintz-Sofa, Stühle, ein Bücherregal mit zahlreichen Klassikern und eine Kochnische, die so gut ausgestattet war, dass ich darin problemlos ein paar gesunde Gerichte für mich zubereiten konnte.

Schlaf- und Badezimmer waren winzig und sehr einfach, aber das war mir egal. Ich hatte noch nie allein gelebt, sondern war direkt aus der Villa meiner Eltern im

noblen Double Bay zu Bardley gezogen. Der hatte zu unserer Hochzeit ein monströses Haus in Vaucluse geschenkt bekommen. Jetzt hatte ich zum ersten Mal meine eigenen vier Wände und konnte darin machen, was ich wollte. Und das war ganz schön aufregend für mich.

Mit meinen wenigen Sachen, die ich vor meinem Auszug noch gepackt hatte, zog ich also ein und zahlte Remy sechs Monate Miete im Voraus. Viel hatte er nicht verlangt, obwohl die Wohnung immerhin in einer sehr teuren Gegend lag. Als Nächstes setzte ich mich mit meinen neuen Aufgaben auseinander.

Endlich konnte ich selbst über mein Leben entscheiden.

Heute fühlte ich mich allerdings ruhelos. Nachdem ich ein- oder vielleicht zehnmal durch die Wohnung gelaufen war, beschloss ich, ein bisschen mit dem Auto durch die Gegend zu fahren. Noch so etwas, das ich gerne machte, zu dem ich aber früher nie gekommen war.

Als ich noch bei meinen Eltern gewohnt hatte, hatte mich immer Dads Chauffeur zur Schule gefahren und auch wieder abgeholt. Und Bardley war immer in seinem Sportwagen durch die Gegend gerast, wenn man ihm nicht gerade eine Limousine mit Chauffeur zur Verfügung gestellt hatte. Dass ich selbst sehr gern fuhr, hatte mein engstirniger Mann nie verstanden. Darüber, dass ich am Wochenende gern ohne konkretes Ziel aus der Stadt rausfahren wollte, hatte er sich immer lustig ge-

macht. Also hatte ich es auch selten getan. Es war sowieso schon schwer genug, Zeit für mich abzuzweigen, wenn Bardley von mir erwartete, dass ich mich in seine vollgestopfte Freizeitplanung einfügte und bei jeder noch so langweiligen Polo-Party oder Segelregatta und jedem Pferderennen seine dekorative Begleitung gab.

Heute nutzte ich meine knappe Freizeit und fuhr einfach ins Blaue. Weil ich gern neue Orte kennenlernte. Und weil mich niemand daran hinderte oder mir erzählte, wie hirnrissig das doch wäre.

Erst als ich in meinem Auto durch die Straßen unterwegs war, wurde mir klar, in welche Richtung ich da gerade fuhr: nach Hause.

Nicht direkt zu der Villa meiner Eltern, in der ich vor meiner Ehe einundzwanzig Jahre lang gelebt hatte, aber in den Vorort: ins todschicke Double Bay. Hier schien alles zu strahlen, als hätte eine Fee Glitzerstaub über die Gegend gestreut.

Ziellos fuhr ich die von Bäumen gesäumten Boulevards entlang, vorbei an palastähnlichen Anwesen mit perfekt gestutztem smaragdgrünen Rasen, Tennisplätzen und Gartenhäusern, in denen eine große Familie hätte wohnen können.

In den angesagten Boutiquen hatte ich oft eingekauft – damals, als mich Schuhe mit vierstelligen Preisschildern noch nicht abschreckten und ich, ohne groß nachzudenken, die neuesten Designerhandtaschen vorbestellte.

In den Cafés hatte ich mich regelmäßig mit meinen

Freundinnen getroffen, um dort einfach nur rumzusitzen und über unsere Kaviar-Gesichtsbehandlungen oder die letzte Promi-Trennung zu quatschen. Genau diesen Freundinnen war es herzlich egal gewesen, als ich mich von Bardley getrennt hatte, sie hatten sich danach nicht mal bei mir gemeldet.

Ich fuhr am Redleaf Beach vorbei, einem wunderschönen Strand am Sydney Harbour. Hier hatte ich manchmal stundenlang im Sand gesessen und mir gewünscht, ich könnte schwimmen – wie die Badenden, die im Gezeitenbecken ihre Runden drehten. Aber das hatte ich Bardley nie erzählt, aus Angst, er würde sich dann über mich lustig machen, weil ich in meinem Alter noch schwimmen lernen und meine Angst vor tiefem Wasser überwinden wollte.

Als mein Blick auf ein weitläufiges weißes Gebäude in einem üppig bepflanzten Garten fiel, umklammerte ich das Lenkrad fester. Dort war das Day Spa, das ich früher regelmäßig mit Mum besucht hatte.

Ich betrachtete den aufwendig mit goldenen Ornamenten verzierten Eingang, und mir zog sich die Kehle zusammen bei dem Gedanken, dass sie mir hier über den Weg laufen könnte. Wie ich dann wohl reagieren würde? Aber sie war nirgends zu sehen. Ganz automatisch lenkte ich den Wagen auf einen Parkplatz und stellte den Motor ab.

Ganz schön verrückt – selbst wenn ich sie hier entdecken würde, würde ich bestimmt nicht auf sie zugehen.

Dazu war ich viel zu wütend und verletzt, weil sie sich in den letzten zwölf Monaten kein einziges Mal mit mir in Verbindung gesetzt hatte. Abgesehen davon, dass sie mich anfangs noch ein paarmal angerufen und mich angefleht hatte, mir das mit der Trennung von Bardley doch noch mal zu überlegen. Sie hatte sich nicht dafür interessiert, wie es mir ging oder wie ich jetzt lebte und wovon ich meinen Lebensunterhalt bestritt, zumal Bardley und meine Familie mich ja nicht mehr finanziell unterstützten. Aber stattdessen wechselte Mum am Telefon zwischen Überredungsversuchen und Vorwürfen.

»Schatz, das war ganz schön dumm von dir! Einfach deinen Mann und dein Zuhause zu verlassen. Und deine Freunde zu enttäuschen!«

»Das ist doch völlig irre, ein Leben im Luxus einfach so aufzugeben!«

»Damit hast du deinen Ehemann bis auf die Knochen blamiert und uns gedemütigt. Komm sofort wieder nach Hause!«

Den letzten Satz fand ich besonders lächerlich, weil ich mich mit Bardley überhaupt nicht »zu Hause« gefühlt hatte. Stattdessen hatten wir in diesem riesigen Haus auf einer eher freundschaftlichen Basis nebeneinanderher gelebt und hin und wieder ziemlich uninspirierten Sex gehabt.

Außer mir wusste allerdings niemand etwas davon. Für Freunde und Familie waren wir das glücklichste Paar in ganz Australien. Wir hatten jung geheiratet und

stammten aus reichen Familien. Also konnten wir uns ein Luxusleben leisten und würden später unseren Kindern nur das Allerbeste bieten.

Das war wohl die größte Augenwischerei, die es je gab.

Ich ärgerte mich maßlos darüber, dass ich mich so lange damit arrangiert und mich rückgratlos allem unterworfen hatte, was meine Eltern von mir wollten. Ich hatte deswegen sogar einen Mann geheiratet, zu dem ich mich nur ansatzweise hingezogen fühlte.

Ich hatte mich von dem Hochgefühl überwältigen lassen, dass mir ein Mann so viel Aufmerksamkeit schenkte. Und Bardley hatte mich stilecht umworben und mich dann letztlich geheiratet – so, wie seine Eltern ihm geraten hatten.

Und während er von dem vielen Geld träumte, das bei unserer Hochzeit fusionieren würde, hatte ich von einem romantischen, aufregenden Leben geträumt, nach dem ich mich die ganze Zeit gesehnt hatte.

Und was war stattdessen passiert? Bardley hatte sich als Schwachkopf entpuppt, genau wie ich es befürchtet hatte. Mit durchaus fiesen Zügen, die sich in dem Moment, wo er sich meiner sicher sein konnte, umso deutlicher zeigten. Ich wiederum hatte mich immer mehr aufgegeben, war zur gleichgültigen Jasagerin geworden und hatte alles getan, um bloß keinen Streit zwischen uns aufkommen zu lassen.

Was war ich doch für eine Idiotin gewesen.

Ohne eigene Meinung und ohne eigenen Willen. Ich starrte auf den Eingang des Day Spas und sah, wie eine Mutter mit ihrer Tochter herauskam. Sie steckten die Köpfe zusammen und unterhielten sich, ihr blond gesträhntes Haar leuchtete im hellen Schein der Straßenlampe. In diesem Moment wurde mir klar, dass ich mein altes Leben nicht besonders vermisste.

Ich konnte nicht fassen, dass meine Eltern sich plötzlich so gar nicht mehr für mich interessierten, nur weil ich nicht mehr ihre Erwartungen erfüllte.

Dad war schon immer ziemlich distanziert gewesen und hatte sich in erster Linie auf sein Geschäft konzentriert, also hatte ich von ihm sowieso nicht viel erwartet. Eigentlich hatte er sich nur dann für mich – oder auch für Mum – interessiert, wenn wir gerade etwas taten, das ihm gefiel. Sonst tat er seinen Unmut dadurch kund, dass er tagelang nicht mit mir sprach. Auf diese Weise hatte ich schon früh gelernt, dass es für mich am besten war, ihn zufriedenzustellen.

Dass er sich nicht mehr bei mir gemeldet hatte, war für mich also nicht weiter überraschend. Aber dass Mum mich ebenfalls ignorierte, tat ganz schön weh.

Im vergangenen halben Jahr hatte ich zweimal bei ihr angerufen, auch um eine mir vertraute Stimme zu hören. Allerdings hatte eine Bedienstete mich beide Male geschickt abgewimmelt, sodass ich gar nicht erst zu meinen Eltern durchgekommen war.

Zurückgerufen hatten sie auch nicht.

War es dumm von mir, dass ich sie trotzdem vermisste und insgeheim immer noch hoffte, dass sie es sich irgendwann anders überlegten? Vielleicht, aber sie waren ja immer noch meine Eltern. Und ganz egal, wie schlecht sie mich behandelt hatten, sehnte ich mich immer noch danach, dass sie mich eines Tages doch verstehen würden.

Ich erschrak, als mir ein Tropfen auf den Unterarm fiel. Dass mir die Tränen gekommen waren, hatte ich gar nicht gemerkt. Ich wischte mir über die Augen und warf noch einen letzten sehnsüchtigen Blick auf das Day Spa. Dann ließ ich den Motor wieder an.

Eigentlich müsste ich jetzt glücklich sein. Durch die letzte Nacht mit Tanner hatte ich mich endgültig von meiner Vergangenheit gelöst, und das war durchaus ein Grund zum Feiern. Stattdessen wünschte ich mir immer noch, ich könnte mein altes Leben irgendwie mit meinem neuen verbinden.

Wenigstens hatte mein kleiner Ausflug in die Vergangenheit eines bewirkt: Ich wusste, dass ich Tanner vergessen musste.

Aber es half alles nichts: In absehbarer Zeit würden wir uns wieder über den Weg laufen. Auf dem Weg zurück ins *Le Miel* wurde mir klar, dass dieses neue Leben, nach dem ich mich so sehr gesehnt hatte, viel mehr von mir forderte, als mir lieb war.

12. Kapitel

Tanner

»Wir haben viel zu wenig Mehl da – Zucker und Butter fehlen auch. Außerdem sind eine Menge Bestellungen noch nicht verbucht. Und das Schaufenster sieht aus, als hätte sich da ein Kleinkind ausgetobt. Was ist hier eigentlich los?« Finster blickte ich Abby an. Dass sie mich daraufhin mit ihren faszinierenden blauen Augen vorwurfsvoll anfunkelte, gefiel mir gar nicht. Vor zwei Tagen erst hatte sie mich noch voller Leidenschaft angesehen.

Um sieben Uhr morgens war ich heute in der Konditorei eingetroffen, und seitdem setzte ich sie ordentlich unter Druck. Das musste so sein, ich musste sie auf Abstand halten … sonst würde ich wieder die Finger nicht von ihr lassen können.

Als ich in den Laden gekommen war und sie mich mit ihren blauen Augen so kühl und gleichgültig angeschaut hatte, als wäre zwischen uns nichts geschehen, hätte ich sie am liebsten über den Tresen gelegt, um sie lustvoll zu nehmen … bis die süße, sinnliche Abby wieder da war, die mir so gefiel: willig, schamlos und feucht. Und voller Verlangen nach mir.

Diese Abby gefiel mir viel zu sehr … so sehr, dass es mir schon nicht mehr guttat. Und genau darin bestand das Problem.

Also hatte ich mein Pokerface aufgesetzt, um ihr genauso gleichgültig zu begegnen wie sie mir. Aber das war alles nur Theater – in der Hoffnung, dass keiner von uns einknicken würde.

Ich wusste, dass sie so tun würde, als wäre nichts gewesen. Schließlich hatte sie mir schon beim ersten Zusammentreffen schmerzhaft zu verstehen gegeben, dass sie nichts mit mir anfangen konnte. Ihre Verachtung war ja praktisch greifbar gewesen. Das hatte meinen Stolz verletzt und mich nur noch mehr angestachelt, an ihrer Fassade zu kratzen.

Wir beide spielten ein seltsames Spiel miteinander, in dem es abwechselnd um Nähe und Distanz ging. Und darum, wer den stärkeren Willen hatte. Ihr Pech, dass ich in meinem ganzen Leben noch nie nachgegeben hatte, ich war störrischer als ein Esel. Schließlich hatte ich schon früh gelernt, dass mir gegen Dads abfällige Bemerkungen nur eine Waffe blieb: Gleichgültigkeit.

Das hatte ihn zur Weißglut gebracht, aber ich wurde noch gleichgültiger. Bin nie eingeknickt. Das brachte keiner fertig. Dafür war ich inzwischen zu sehr verhärtet, zu zynisch und zu zäh. Zumindest für jemanden wie Abby.

Früher oder später würde sie an mir zerbrechen, und das wäre nicht gut. Weder für sie noch für Remy … und für mich vielleicht auch nicht.

Ich würde damit schon irgendwie klarkommen. Remy würde mich aber dafür hassen, dass ich seinen Schützling vergrault hatte, und das konnte ich nicht zulassen. Eigentlich war es mir ja egal, was andere Leute von mir dachten. Aber bei Remy sah das anders aus. Seine Meinung war mir wichtig, kurz: Er war mir wichtig. Schon immer gewesen. Also spielte ich weiter dieses lächerliche Spiel – sosehr ich Abby auch begehrte.

»Ich bitte gleich Makayla darum, sich um die Bestellungen und das Schaufenster zu kümmern«, erwiderte sie auf meine Schimpftirade. »Und was unsere Vorräte angeht … der Lieferwagen war heute noch nicht da, manchmal kommt er eben etwas später.« Sie betrachtete mich so angewidert wie einen Hundehaufen, in den sie voll reingetreten war. »Ich schaue auch noch mal im Lagerraum nach, da haben wir normalerweise ein paar Reserven.«

»Schön«, stieß ich zwischen zusammengebissenen Zähnen hervor und kam mir wie ein Lustmolch vor, als ich ihr auf den Hintern sah, während sie den Rückzug antrat. Aber ich konnte nicht anders: Unwillkürlich musste ich wieder an ihre runden Pobacken denken und daran, wie sie sich angefühlt hatten. An ihren genussvollen Aufschrei, als ich hineingebissen hatte.

An der Tür zum Lagerraum blieb sie stehen und blickte sich über die Schulter zu mir um.

Schnell hob ich den Blick, allerdings nicht schnell genug. Ertappt!

Sie zog eine Augenbraue hoch. »Dass du so schlecht gelaunt bist – liegt das an dem, was vorgestern zwischen uns passiert ist? Ist dir das vielleicht unangenehm? Dann vergiss es doch einfach.« Ihre Miene wurde eisig. »So mache ich das auch.«

Es hätte mich nicht gewundert, wenn sie mir auch noch den Stinkefinger gezeigt hätte, aber sie verschwand einfach nur im Lager und knallte die Tür hinter sich zu.

»Fuck.« Ich fuhr mir durchs Haar und nahm mich zusammen, um nicht gegen den nächstbesten Schrank zu treten.

Eigentlich hätte ich sie jetzt in Ruhe schmollen lassen müssen. Aber das konnte ich einfach nicht. Ich wollte unbedingt dafür sorgen, dass sie ihre letzte Bemerkung zurücknahm. Auf gar keinen Fall hatte sie unsere heiße, leidenschaftliche Nacht vergessen, das nahm ich ihr einfach nicht ab. Bestimmt hatte sie das eben nur behauptet, weil sie verletzt war.

Dabei war es das Letzte gewesen, was ich wollte: sie verletzen.

Also würde ich mich dafür entschuldigen, dass ich mich ihr gegenüber so unmöglich aufgeführt hatte. Auch um uns eine bessere Arbeitsbeziehung zu ermöglichen. Ja, genau so wollte ich das machen.

Doch kaum war ich im Lagerraum und sah, wie sie sich schwer atmend auf einen Tisch stützte und mich trotzig anfunkelte, war mein Plan schon wieder dahin.

»Raus hier!«, brüllte sie mich an und schlug mit der Hand auf die Tischplatte.

Ich trat die Tür zu und schloss sie ab.

»Wage es bloß nicht, näher zu kommen«, sagte sie und blieb reglos stehen, während ich auf sie zukam. Je näher ich kam, desto intensiver erwiderte sie meinen Blick. Selbst als sich unsere Zehen fast berührten, zuckte sie nicht zurück. »Du bist so ein grober, idiotischer, launischer …«

Ich presste die Lippen auf ihre. Dabei stießen unsere Zähne leicht gegeneinander, und unsere Nasen waren auch im Weg. Für so einen erfahrenen Küsser wie mich war das eigentlich eine Katastrophe, aber das war mir egal. Im Moment interessierte mich nur eins: Ich wollte endlich wieder ihre süßen Lippen schmecken und ihre Zunge zu einem sinnlichen Spiel herausfordern. Ihren Mund erkunden und nicht genug davon bekommen.

Sie legte mir die Hände auf den Körper, als wollte sie mich wegdrücken. Aber dann zog sie mich stattdessen an sich, zog an meinem Hemd, wollte meine Haut spüren …

Mir ging es genauso.

Vorgestern in meinem Apartment hatte ich ihren wunderschönen Körper Zentimeter für Zentimeter erkundet wie ein unendlich kostbares Geschenk. Jede Rundung und jedes Grübchen hatte ich mir dabei eingeprägt, jede kitzelige Stelle gemerkt … und jede erogene Zone, an der ich sie geleckt und gestreichelt hatte, bis sie vor Lust völlig willenlos gewesen war.

Jetzt war alles anders, jetzt war keine Zeit für solche Feinheiten.

»Schnell jetzt«, raunte sie und biss mir ungeduldig in den Hals, ließ die Zähne über meine Haut fahren ... bis sie meinen Mund fand.

Jetzt war sie wieder da, die sinnliche Abby, und ich war überglücklich. Ihren Reißverschluss hatte ich in null Komma nichts aufgezogen, den Slip hatte ich schnell abgestreift. Dann ließ ich die Finger in ihre feuchte, heiße Höhle gleiten.

»Mach weiter«, murmelte sie, und dieser Aufforderung kam ich nur zu gern nach.

Schnell holte ich ein Kondom aus der Brieftasche, öffnete meinen Hosenschlitz und zog mir das Gummi in Rekordzeit über.

Jetzt musste ich sie spüren. Sofort.

Ihre Hose lag immer noch um ihre Knöchel, darum konnte ich ihre Beine nicht weiter spreizen. Also drehte ich sie herum, sodass sie sich über den Tisch beugen konnte ... und mir ihren prächtigen Po darbot.

»Die Hündchenstellung gefällt dir, oder?« Ich legte ihr den Arm um die Hüfte, schob meine Hand zwischen ihre Beine und massierte ihre kleine, von feuchten Lippen umfangene Perle. »Die hatten wir neulich gleich zweimal.«

»Du redest zu viel.« Sie blickte mich über die Schulter an, Spott lag in ihren dunkelblau funkelnden Augen.

Mit einem festen Stoß drang ich in sie ein, und sie schnappte nach Luft.

»Ist es so besser?«, flüsterte ich und beugte mich über sie, um noch mehr von ihr zu spüren.

Sie stöhnte auf und bewegte ihren Hintern hin und her.

Dann wollte sie also mehr? Das sollte sie haben.

Ich bewegte mich in ihr, zunächst ganz langsam. Ich wollte sie so verrückt machen, wie sie mich verrückt machte. Doch das Tempo war auf die Dauer nicht auszuhalten. Seit zwei Tagen hatte ich mich schon danach gesehnt … und jetzt fühlte es sich sogar noch besser an, als ich es in Erinnerung hatte.

Mit jedem Stoß pulsierte mein Schwanz intensiver, der Druck wurde immer stärker, immer unerträglicher. Immer heftiger rieb ich mit den Fingern ihren Lustpunkt – bis sie mir genauso heftig entgegenkam wie ich ihr.

»Das fühlt sich … so gut an!« Sie erstarrte, hielt einen Augenblick inne … dann stöhnte sie lang und genussvoll auf, während mich ihre Muschi fester umschloss.

Und dann kam ich – so heftig, dass ich dabei helle Punkte sah.

Als sie sich diesmal zu mir umdrehte, lag ein selbstzufriedenes, erfülltes Lächeln auf ihren Lippen. Ich wusste genau, wie sie sich fühlte.

»Hoffentlich hast du jetzt bessere Laune«, sagte sie und richtete sich ein Stück auf. Jetzt musste ich mich unweigerlich aus ihr zurückziehen.

»Wir hätten das nicht tun sollen«, sagte ich.

Sofort rutschten ihre Mundwinkel nach unten, und

mir wurde bewusst, dass ich genau das Falsche gesagt hatte.

Schnell setzte sie ihr gezwungenes Lächeln auf, mit dem ich immer schlechter zurechtkam. »Tja, es gibt viele Dinge, die nicht gut für uns sind. Zum Beispiel dass wir immer die übrig gebliebenen Croissants aufessen. Aber wir tun es trotzdem.« Es klang flapsig, gleichzeitig hörte ich heraus, dass sie verletzt war.

Verdammt. Jetzt hatte ich ihr schon wieder wehgetan, obwohl ich das gar nicht wollte. »Abby, wir müssen darüber reden …«

»Wieso?« Sie zog sich die Hose hoch, schloss mit einer eleganten Bewegung den Reißverschluss und wirkte dabei gleichgültig. »Es gibt doch gar nichts zu bereden.«

Als sie sich abwandte, griff ich nach ihrer Hand und zog sie wieder zu mir herum. »Es tut mir leid, dass ich mich so ungeschickt angestellt habe. Aber wir müssen das unbedingt klären, sonst stehen uns ein paar harte Wochen bevor.«

Sie musterte mich intensiv. »Was genau tut dir eigentlich leid? Dass du den ganzen Tag lang das Oberarschloch hast raushängen lassen? Oder dass du am Ende doch nicht die Finger von mir lassen konntest?«

Das hatte gesessen. Gleichzeitig gefiel mir das an ihr: dass sie sich nichts gefallen ließ. »Beides.«

Zu meiner Erleichterung erkannte ich, dass es um ihre Mundwinkel zuckte. Vor zwei Tagen hatte genau dieser Mund noch ziemlich unanständige Dinge mit mir ange-

stellt. Bei dem Gedanken wurde ich sofort wieder hart und hätte am liebsten gleich weitermachen wollen …

»Für den … Sex brauchst du dich nicht zu entschuldigen.« Sie errötete. Verdammt, war das süß! »Der war gut. Und ich würde damit gern weitermachen.«

»Wie bitte?«

Hatte sie das etwa gerade wirklich gesagt? Dass sie es weiter mit mir treiben wollte? Das klang einerseits toll, andererseits katastrophal.

»Eine Affäre meine ich damit«, erläuterte sie. »Ganz ohne Verpflichtungen.« Sie zog mir die Hand weg. »Das tut mir gut und hilft mir dabei, meine Vergangenheit ein für alle Mal hinter mir zu lassen.«

Verbittert biss ich die Zähne zusammen. So sah sie mich also: als Fick-Bekanntschaft, die ihr dabei helfen sollte, mit ihrem einjährigen Sexentzug abzuschließen. Wieder aufzusteigen auf das sprichwörtliche Pferd. Eigentlich hätte mir das schmeicheln sollen. Stattdessen konnte ich nur noch an eines denken: dass ich schon als Jugendlicher nie gut genug gewesen war und jetzt als Erwachsener immer noch nicht für mehr taugte als für ein bisschen Spaß zwischendurch.

Dabei war das doch eigentlich der Traum jedes Mannes: dass eine Frau ohne Verpflichtung mit ihm Sex haben wollte. Normalerweise wollten Frauen ja mehr: mehr Gefühl, mehr Bindungsbereitschaft, mehr von allem.

Abby ging es da offenbar anders. Sie hatte sich mir gegenüber den ganzen Tag lang ziemlich gleichgültig ver-

halten und war sachlich geblieben. Als hätte sie sich nicht groß an meiner Grantigkeit gestört.

Vielleicht meinte sie das mit der lockeren Affäre also wirklich ernst? Darüber müsste ich mich jetzt eigentlich freuen. Stattdessen wurde ich den Eindruck nicht los, dass ich schon wieder nicht gut genug war. Ich fühlte mich wieder so hohl und leer wie früher, als mein lieber Dad mich hatte spüren lassen, wie unzulänglich ich war.

»Aha«, sagte ich jetzt zu Abby. »Dann soll ich jetzt also dein wildes Abenteuer sein, ja? Dann willst du mit mir so richtig einen draufmachen, bevor du in dein normales Leben zurückkehrst?«

Ein schuldbewusster Ausdruck huschte über ihr Gesicht. »Wir sind nun mal sehr unterschiedlich, und ja, ich finde dich auch deswegen so sexy, weil du eben dieses Bad-Boy-Image hast. Aber das ist noch nicht alles, ich mag dich auch als Mensch.« Wieder schoss ihr das Blut in die Wangen und färbte sie knallpink. »Ich hätte nie gedacht, dass Sex so toll sein kann. Und ... vielleicht bin ich ja gierig, aber jetzt will ich mehr davon.« Sie kam einen Schritt auf mich zu und legte mir eine Hand auf die Brust. »Viel mehr.«

Ich musste mich fest zusammennehmen, sonst hätte ich sie gleich wieder von hinten genommen, hier auf dem Tisch. »Dann willst du also nur Sex. Ganz ohne Gewese.«

»Ich bin sowieso nicht der Typ für viel Gewese.« Sie zog die Hand wieder weg und wies auf das Lager. »Das

Konditorhandwerk ist mein Leben. Ich will meine Ausbildung so gut wie möglich beenden, dann noch ganz viel von deinem Bruder lernen, eisern sparen, damit ich irgendwann hoffentlich meine eigene Konditorei eröffnen kann. Das mit uns ... das ist für mich ein unerwarteter Bonus am Rande, aber mein Lebenstraum steht für mich immer an erster Stelle.«

»Völlig in Ordnung.« Auf meine Fragen hatte Abby mir die passenden Antworten gegeben, hatte genau das Richtige gesagt. Aber ob sie am Ende auch entsprechend handeln würde, wenn wir uns voneinander verabschieden mussten?

»Und was ist mit Remy?«, wollte ich wissen.

Sie runzelte die Stirn. »Was soll denn mit ihm sein?«

»Wenn ich mit dir rummache, bricht mein Bruder mir das Genick.«

»Muss er denn überhaupt davon erfahren?«

»Wir haben uns noch nie was vorgemacht. Und damit will ich jetzt nicht anfangen, er war immer für mich da.«

Verdammt, warum hatte ich das gerade gesagt? Ich wollte doch Abstand von ihr halten. Solange es nur um Sex ging, war ja alles noch im grünen Bereich. Aber irgendwie schaffte Abby es immer wieder, dass ich mich ihr öffnen, mich ihr anvertrauen wollte. Irgendwie war mir das unheimlich, schließlich hatte ich bisher noch niemandem die Wahrheit über mich erzählt, nicht einmal Remy.

Auch das war eine Nebenwirkung davon, dass ich es

so lange mit Dad ausgehalten hatte: Ich schämte mich. Dafür, dass ich ihm gegenüber kein Rückgrat gezeigt hatte und seine Beschimpfungen so lange über mich hatte ergehen lassen. Und ich hatte Angst, dass irgendwann jemand herausfand, wie feige ich eigentlich gewesen war.

»Du bist wirklich loyal, das finde ich gut.« Sie legte den Kopf schief und fixierte mich so intensiv, dass ich innerlich zusammenzuckte. »In einer Familie sollte man zusammenhalten.«

Ihre Stimme hatte bei den Worten leicht gezittert, hatte sie sehr verletzlich klingen lassen. »Wie sieht es eigentlich bei dir aus?«, hakte ich nach. »Hast du Geschwister?«

»Nein.«

Dass in einer einzigen Silbe so viel Schmerz mitschwingen konnte …

»Darum erwarten meine Eltern auch so viel von mir«, fuhr sie fort. »Und als ich zum ersten und einzigen Mal in meinem Leben nicht ihre Erwartungen erfüllt habe, haben sie mir gleich ihre Unterstützung versagt.« Sie lachte freudlos. »Davor habe ich immer alles mitgemacht und ein freundliches Lächeln dazu aufgesetzt. Obwohl ich mir zu meinem zehnten Geburtstag keine Prinzessinnenparty gewünscht habe. Und zu meinem sechzehnten Geburtstag auch keinen großen Ball. Ich wollte auch nicht Betriebswirtschaft studieren.« Ihr stockte der Atem. »Oder mit einundzwanzig jemanden heiraten, der

für mich eigentlich nur ein guter Bekannter war. Trotzdem habe ich immer alles getan, was sie von mir wollten. Aber dann habe ich Bardley verlassen.«

Sie räusperte sich. »Ich bin richtig neidisch auf dich, weil du so eine gute Beziehung zu Remy hast.«

»Dafür gibt es keinen Grund«, gab ich etwas zu schroff zurück. »Remy und mich hat das Schicksal zusammengeschweißt.«

Ein Funken Neugier leuchtete in ihren blauen Augen auf. »Was willst du damit sagen?«

Mist. Und schon wieder hatte ich ihr zu viel über mich verraten. »Nichts.« Demonstrativ schaute ich auf meine Armbanduhr. »Wir müssen jetzt weiterarbeiten.«

Die meisten anderen Frauen hätten jetzt weiter nachgebohrt, aber so aufdringlich war Abby nicht. Vielleicht hieß es auch einfach, dass sie wirklich nur Sex von mir wollte, mehr nicht.

»Stimmt.« Sie zögerte, dann lächelte sie etwas verschämt. Ich spürte einen kurzen Stich in der Herzgegend. »Möchtest du nach der Arbeit mit zu mir nach oben kommen? Meine Fettuccine alla carbonara sind zum Niederknien.«

Eigentlich hätte ich Nein sagen sollen. Dass Abby mich nicht nur zum Essen einlud, war uns beiden klar. Immerhin hatte sie mir ehrlich gesagt, was sie sich wünschte, hatte die Rahmenbedingungen klar und unmissverständlich abgesteckt. Und ich? Hatte mich heute ihr gegenüber wie ein Volltrottel aufgeführt, während

ich unterschwellig damit zu kämpfen hatte, dass ich sie begehrte und nicht haben konnte. Da war es doch besser, mich auf ihr sehr vernünftiges Angebot einzulassen, als die kommenden Wochen völlig frustriert durch die Konditorei zu laufen.

»Hm, zu Pasta kann ich nicht Nein sagen.« Ich legte ihr eine Hand auf die Taille und strich sanft über die bloße Haut, die zwischen Shirt und Hose hervorblitzte. »Und zu dir auch nicht.«

»Gut. Freut mich, dass das geklärt ist.« Dann küsste sie mich zu meiner Überraschung auf die Wange: so süß und warm, dass sich mir wieder das Herz zusammenzog.

Ich schloss die Tür auf und folgte ihr in die Backstube. Und wusste dabei nur zu genau, dass zwischen uns noch lange nicht alles geklärt war.

Das machte mir eine panische Angst.

13. Kapitel

Abby

Diese Sache war völlig verrückt.

Ich hatte es selbst so gewollt, hatte sogar darum gebeten.

Doch während ich durch die Küche wirbelte, die Fettuccine probierte, Parmesankäse in eine Schüssel rieb und einen Riesling öffnete, war mir eines klar: Egal, wie cool ich eben getan hatte, als ich diesen umwerfenden Mann in meine Wohnung eingeladen hatte – innerlich war ich völlig aufgewühlt.

Tanner wollte sich tatsächlich auf eine Affäre mit mir einlassen.

Und dann hatte er mir auch noch winzige Einblicke in seine Vergangenheit gegeben. Plötzlich war er für mich viel mehr als ein scharfer Typ mit knackigem Hintern: Jetzt hatte er auch eine Seele.

Das klang ganz schön oberflächlich, und natürlich hatte ich längst geahnt, dass sich hinter seiner tätowierten Fassade noch mehr verbarg, als man auf den ersten Blick wahrnahm. Als er mir erzählt hatte, dass ihn und Remy das Schicksal zusammengeschweißt hatte, klang

seine Stimme so schmerzerfüllt, dass sich mir das Herz zusammengezogen hatte.

Am liebsten hätte ich ihn sofort in die Arme geschlossen und getröstet – und damit eindeutig eine Grenze überschritten. An seinem Blick ahnte ich, dass er gerade einen schweren inneren Kampf ausfocht, den er aber lieber mit sich selbst ausmachen wollte. Deswegen wechselte ich schnell das Thema und arbeitete weiter. Dann hatte ich mir eine halbe Stunde früher als sonst freigeben lassen, um noch schnell zu duschen und das Abendessen vorzubereiten.

Als Teenager hatte ich mich nie verabredet, Bardley war in jeder Hinsicht der Erste für mich gewesen: der erste Freund, der erste Liebhaber und der erste Mann, mit dem ich zusammengelebt hatte. Mit dem, was ich uns gekocht hatte, konnte er nichts anfangen, außerdem hatte er sich immer über meine »Hausfrauenanwandlungen« lustig gemacht. Er aß am liebsten auswärts, in den besten Restaurants von Sydney, oder aber er ließ sich teures Essen ins Haus kommen. Also hatte ich das Kochen nach unserer ersten Ehewoche aufgegeben, und das lastete immer schwerer auf meiner Seele.

Das Backen hatte ich trotzdem nie ganz lassen können, dafür bedeutete es mir zu viel. Bardley reagierte darauf mit höhnischen Bemerkungen und warnte mich davor, bloß nichts von dem »Kohlenhydrate-Mist« zu essen, sonst würde ich ja noch fett werden.

Eigentlich hätte ich ihm damals eins mit der Bratpfanne überziehen sollen.

Bisher hatte ich noch nie für einen Mann gekocht, der mir gefiel. Und der zum Dessert mich den Zitronentörtchen vorzog, die ich aus der Konditorei hatte mitgehen lassen. Während ich die Pasta in die Schüssel füllte und zu Parmesan und Salat auf den Tisch stellte, fragte ich mich sogar, ob wir überhaupt dazu kommen würden, den Hauptgang zu essen.

Den ganzen Tag lang waren wir umeinander herumgeschlichen. Dabei war mir sehr wohl bewusst gewesen, weswegen er so schlecht gelaunt war: weil er die ganze Zeit versucht hatte, mich auf Abstand zu halten. Darum hatte ich ihn in der Vorratskammer so lange provoziert, bis er die Kontrolle verloren hatte. Auch für mich war es die reine Folter gewesen, nach dieser heißen gemeinsamen Nacht einfach neben Tanner herzuarbeiten. Zum Beispiel wenn er mich beim Vorbeigehen streifte und ich seinen männlichen, leicht zitrusartigen Duft einatmete, seine Körperwärme spürte und sah, wie er sich mit seinen kräftigen Händen an einer klemmenden Ofentür zu schaffen machte …

Den ganzen Tag war ich mir seiner Nähe nur zu bewusst gewesen … und ich begehrte ihn so sehr, wie ich in meinem ganzen Leben noch nichts begehrt hatte.

In meinem bisherigen Leben hatte ich nie große Wünsche gehabt. Das hing wahrscheinlich damit zusammen, dass man mir als Tochter reicher Eltern immer alles auf

dem Silbertablett präsentiert hatte. Zumindest alle materiellen Annehmlichkeiten waren für mich selbstverständlich, weil ich von vorn bis hinten verwöhnt worden war und nie um etwas hatte betteln müssen.

Deswegen war dieses Gefühl, mich mit jeder Faser nach Tanner zu sehnen, auch völlig neu für mich. Dazu wäre mir nur ein Gegenmittel eingefallen: mich ganz in die Arbeit zu stürzen und wie eine Verrückte zu backen. Alle Bestellungen in einem Rutsch abzuarbeiten und danach gleich weiterzumachen. In den Vitrinen türmten sich meine berühmten Mandelcroissants, dazu Schmalzgebäck und Apfeltaschen.

Wie immer war abends alles ausverkauft, aber heute mussten wir kurz vor Ladenschluss nur zwei Kunden wieder wegschicken, sonst waren es eher dreißig. Ich war ganz berauscht davon gewesen, wie gut ich ohne Remy in der Konditorei zurechtkam … bis Tanner mit seinen Vorwürfen gekommen war, ganz offenbar auf der Suche nach Streit. Den hatte er dann auch bekommen. Mir war sehr wohl bewusst gewesen, dass er mir in die Vorratskammer folgen würde. Dort war er dann schließlich eingeknickt.

Wenn ich daran dachte, schoss mir das Blut wieder heiß durch den Körper. Ich presste mir die Hände zwischen die Beine, um mein Verlangen einzudämmen. Das funktionierte natürlich nicht. Außerdem war mir klar, dass ich mich sofort auf ihn stürzen würde, sobald er an die Tür klopfte.

So war das wohl, wenn man bisher wenig Sex gehabt hatte und der dazu noch ziemlich durchschnittlich gewesen war. Sobald man erlebte, wie es eigentlich sein könnte, wurde man unersättlich. Fünfmal hatten wir es in unserer ersten Nacht getan, dazu heute noch einmal. Und trotzdem musste ich auch jetzt die ganze Zeit daran denken, wie es sein würde, ihn wieder in mir zu spüren. Mir unser nächstes Mal vorzustellen … und unser übernächstes Mal.

Was war eigentlich mit mir los, ich verhielt mich ja schon wie ein Mann!

Es klopfte laut an der Tür, und ich zuckte zusammen. Schnell wischte ich mir die feuchten Handflächen an dem schlichten Baumwollkleid ab, das ich mir übergezogen hatte, wackelte mit den Fingern und schüttelte die Arme. Wie ein Boxer, der sich auf die nächste Runde vorbereitete.

Eine Runde, in der es um heißen, wilden Sex gehen sollte.

Mein ganzer Körper kribbelte, trotzdem ließ ich mir bewusst viel Zeit damit, die Tür zu öffnen. Obwohl es völlig absurd war, jetzt so zu tun, als wäre ich schwer zu haben.

Als ich die Tür öffnete, stockte mir der Atem. Statt des langärmeligen Hemdes trug Tanner jetzt ein enges weißes T-Shirt, das seinen durchtrainierten Körper betonte. Auch seine Tattoos schimmerten ganz leicht durch den dünnen Stoff durch. Ich kannte sie immer noch nicht

genau und wollte mir jetzt die Zeit nehmen, jedes Detail einzufangen. Der Baumwollstoff umspannte seine breiten Schultern, und wenn er die Hände in die Taschen schob, zeichneten sich seine Bizepse deutlich ab.

Zunächst versuchte ich, ihn nicht zu offensichtlich anzustarren, das war schließlich nicht höflich. Aber ich konnte auch nicht weggucken. Als mein Blick seine Jeanstaschen streifte, erblickte ich auch die deutliche Ausbuchtung dazwischen, und mein Mund wurde trocken.

Ich schluckte und suchte in meinen Gehirnwindungen nach ein paar witzigen, geistreichen Worten, aus denen man nicht gleich das »Bitte, nimm mich jetzt« heraushörte.

»Das riecht hier aber gut«, sagte er und kam zu mir in die Wohnung ... dabei wünschte ich mir nichts sehnlicher, als dass er in mir kommen würde. Dann beugte er sich zu mir herunter und hauchte mir einen Kuss auf die Wange. »Das Essen übrigens auch.«

Ich schloss die Tür hinter ihm. »Ich hoffe, du hast auch Appetit.«

»Ich bin völlig ausgehungert«, brachte er mit tiefer Stimme hervor.

Ich erschauerte und spürte, wie sich meine Härchen aufrichteten. Ich sank mit dem Rücken gegen die Tür, und er stemmte die Arme rechts und links von mir gegen das Holz, sodass ich ihm nicht mehr entkommen konnte. Als hätte ich das gewollt! Mit dunklen Augen starrte er

mich hungrig an. Sofort war mir klar, dass ich das Essen später noch einmal aufwärmen würde.

»Ich auch«, seufzte ich, dann warf ich mich ihm an den Hals.

Lachend stolperte er ein paar Schritte zurück, aber das war mir egal. Ich schlang ihm ein Bein um die Taille und hielt mich an seiner Schulter fest, um mich an ihm hochzuziehen. Weil ich ihn brauchte, wollte … jetzt!

Er lachte leise und legte die Hände um meine Taille. »Wollen wir nicht mit dem Essen anfangen?«

»Das machen wir doch gerade«, murmelte ich und biss ihm ins Ohrläppchen. Am liebsten hätte ich ihn wirklich verspeist, mit Haut und Haaren.

Er stöhnte leise auf, und das ermutigte mich, weiterzumachen. Heute wollte ich ihn in den Mund nehmen, war mir aber nicht sicher, wie weit ich ihn in mir aufnehmen konnte. In unserer ersten Liebesnacht hatte er mich mehrmals mit dem Mund befriedigt und mich damit direkt ins Paradies katapultiert. Ich hatte mich jedoch mit meinem Mund kaum in seine Nähe gewagt, hatte ihn nur ein paarmal vorsichtig geleckt, weil er so unglaublich groß war.

Aber heute würde ich mir endlich nehmen, was ich wollte.

Und ich wollte ihn.

Ich packte ihn und drückte ihn mit dem Rücken gegen die Tür. Ungeduldig zog ich ihm das T-Shirt aus dem Jeansbund, öffnete den Knopf und zog den Reißver-

schluss herunter. Dann glitt ich an ihm hinunter, bis ich vor ihm kniete.

»Was machst du denn da?« Seine Stimme war so heiser, dass ich ihn kaum verstehen konnte. Er legte mir die Hand auf den Kopf.

»Jetzt kommt die Vorspeise.« Ich bemühte mich um ein freches Grinsen und hoffte, dass ich dabei möglichst selbstbewusst wirkte. Immerhin hatte ich noch nie jemandem einen geblasen.

Bardley hatte Oralsex immer geschmacklos gefunden, darum hatten wir das auch nie praktiziert. Zum Glück. Das gab mir jetzt die Gelegenheit, mein erstes Mal mit einem Mann zu erleben, den ich wirklich begehrte.

»Baby … du machst mich völlig fertig!« Er hatte die Augen weit aufgerissen und sah mir mit leicht verklärtem Blick dabei zu, wie ich seine Männlichkeit aus dem Slip holte.

Sie war riesig und fühlte sich eisenhart an, als ich mit der Hand darüberfuhr. Dann beugte ich mich vor und leckte über die beeindruckende Eichel. Ich fühlte mich völlig überfordert. »Ich habe so was übrigens noch nie gemacht«, gestand ich.

Tanner krallte die Finger in mein Haar, und ich zuckte kurz zusammen. »Was zum …«

»Ich will damit sagen, dass ich es vielleicht noch nicht besonders gut kann.«

Er stieß einen leisen Fluch aus. »Abby, du brauchst mich doch nur zu berühren, dann brenne ich am ganzen

Körper. Du kannst überhaupt nichts falsch machen, im Gegenteil.«

Dass er so sehr an mich glaubte, machte mir Mut: Ich schloss die Lippen um seine Eichel und saugte vorsichtig daran. Erneut fluchte er. Dann nahm ich sein Ding ein Stück tiefer in den Mund und fuhr mit der Zunge um die Spitze und genoss es, die samtweiche Haut über dem stahlharten Kern zu spüren und seinen männlichen Geschmack in mir aufzunehmen.

Ich konnte es unmöglich ganz in mir aufnehmen, dafür war es viel zu groß. Langsam glitt ich mit dem Mund hoch und runter und saugte dabei leicht an ihm, und bald hatte ich den Bogen raus. Tanner schien es zu gefallen – seinem genussvollen Stöhnen nach zu urteilen.

»Baby, ich will in dir sein, ich muss … ah, verdammt.« Er krallte die Hand noch fester in mein Haar, und ich bewegte meinen Kopf immer schneller, saugte an ihm, als könnte ich nicht genug von ihm bekommen.

Er stöhnte noch einmal tief auf – und kam. Noch nie hatte ich mich so sexy gefühlt, ich kam mir vor wie eine Liebesgöttin.

Ich hatte schon einige Zeitschriftenartikel zu dem Thema gelesen und nie verstanden, wie die Frauen darin davon schwärmen konnten, dass sie sich in dieser Stellung so unglaublich mächtig fühlten. Für mich hatte die Vorstellung, sich vor einem Mann hinzuknien und ihm einen zu blasen, immer etwas Unterwürfiges gehabt. Und jetzt? Jetzt befriedigte ich Tanner mit dem Mund

und fühlte mich dabei unerwartet gut: als hätte ich ihn dabei völlig im Griff, als könnte ich alles erreichen, was ich wollte.

Als ich schließlich aufstand, betrachtete er mich so dankbar, als hätte ich ihm eben das schönste Geschenk der Welt gemacht.

»Gar nicht so schlecht für eine Anfängerin, oder?« Ich konnte mir ein selbstzufriedenes Grinsen nicht verkneifen.

»Nicht schlecht?« Er zog mich fest an seine Brust. »Du bist einfach umwerfend.«

Ich weiß nicht mehr, wie lange wir noch so dastanden. Ich hatte das Gesicht an seinen Oberkörper geschmiegt und atmete seinen berauschenden Duft ein, während er mich so fest an sich drückte, dass mir fast die Luft wegblieb. Je länger er mich so festhielt, desto schlechter konnte ich an der Überzeugung festhalten, dass wir nur eine rein körperliche Beziehung hatten, mehr nicht.

In meinem bisherigen Leben hatte ich nicht viele Erfahrungen mit Männern sammeln können, also konnte ich auch nicht beurteilen, was normal war und was nicht. Bardley hatte nie gern gekuschelt, und laut Makayla waren ihre Sexpartner da nicht anders gewesen. Was aber auch daran gelegen haben konnte, dass sie alle aus der Wohnung komplimentiert hatte, damit sie nicht bei ihr übernachteten.

Aber so, wie Tanner mich jetzt in den Armen hielt – als wollte er mich nie wieder loslassen –, das fühlte sich

für mich wie etwas sehr … Besonderes an. So etwas diesem Mann gegenüber zu empfinden war gefährlich. Ich wusste ja, dass das zwischen uns nicht mehr als reine sexuelle Anziehung war. Dass das Schicksal uns vorübergehend zusammengeführt hatte, damit wir unser Verlangen stillen.

Und trotzdem: Während ich so dastand, in seiner festen Umarmung, fiel es mir schwer, mir nicht mehr von ihm zu wünschen.

14. Kapitel

Tanner

»Wow, das ist auf jeden Fall das beste Pastagericht, das ich je gegessen habe.« Ich schob meinen leeren Teller weg und seufzte zufrieden. »Du kannst wirklich toll kochen.«

Abby errötete, ihre Wangen schimmerten in dem gleichen Rosaton wie nach dem Sex. »Das sagst du bestimmt zu allen Frauen.«

»Nur zu denen, die mir erst einen blasen und mir dann auch noch so ein tolles Essen servieren.«

Erneut schoss ihr das Blut in die Wangen, gleichzeitig leuchteten ihre Augen vor Stolz – als hätte ich ihr gerade das schönste Kompliment aller Zeiten gemacht.

»Freut mich, dass du es genossen hast«, sagte sie leise, und an dem Funkeln in ihren großen blauen Augen erkannte ich, dass sie damit nicht nur die Fettuccine meinte.

Und genau das gefiel mir so besonders gut an ihr: Wenn sie sich von ihrer kühnen, selbstbewussten Seite zeigte, wenn sie mich neckte und herausforderte, mit mir flirtete. Mein Gefühl sagte mir, dass sie diese Seite früher so gut wie nie hatte zeigen können.

Und jetzt war ich auch noch der Glückliche, dem sie das erste Mal einen geblasen hatte. Was war ihr Ex eigentlich für ein Trottel, dass er sich so ein Erlebnis mit dieser Wahnsinnsfrau hatte entgehen lassen?

Ich wollte jedenfalls alles mit ihr erleben, war für alles offen. Ich wollte sie auf eine unvergessliche sinnliche Reise mitnehmen.

Eigentlich hatte ich gleich an der Tür vor ihr auf die Knie gehen und mich revanchieren wollen. Sie war aber einfach weitergeschlendert und hatte etwas davon gemurmelt, dass das Essen sonst kalt würde und dass wir hinterher immer noch Zeit hätten.

Darauf hatte ich mich eingelassen, immerhin steigerte das die Vorfreude. Außerdem hatte ich gar nicht klar denken können, weil ich immer noch völlig benommen davon war, dass ich eben in ihrem Mund gekommen war. Während des gesamten Abendessens hatte ich eine tierische Erektion, und obwohl ihre Fettuccine wirklich das beste Pastagericht waren, das ich je gegessen hatte, wollte ich noch viel lieber sie verschlingen.

»Hast du heute mit Remy gesprochen?«

Wusch. Mit einer einzigen Frage hatte sie mein Verlangen erstickt, als hätte sie einen Eimer Eiswasser über mir ausgeschüttet.

»Ja, den Ärzten zufolge macht er gute Fortschritte, außerdem will er so schnell wie möglich wieder in die Konditorei.«

»Dann hat er wohl kein Vertrauen in uns.« Ein schel-

misches Lächeln umspielte ihren Mund. »Und so falsch liegt er damit ja auch gar nicht, wenn man sich überlegt, was wir in der Zwischenzeit so ... getrieben haben.«

»Ich gehe ihn morgen jedenfalls besuchen.«

Nach dem Zwischenfall in der Vorratskammer hatte ich fest beschlossen, dass ich ihm die Wahrheit sagen würde. Remy war der Letzte, den ich anlügen wollte, das konnte ich einfach nicht.

Und doch hatte ich fast unser ganzes Leben lang nichts anderes getan. Vor Mums Tod hatte sie meist Dads Hass auf mich abgefangen, ich hatte ihn also nur selten direkt zu spüren bekommen. Nach ihrem Tod war das allerdings anders gewesen, da hatten sich Dads Wut und seine Schuldgefühle auf mich entladen. Remy war damals kaum zu Hause gewesen, und ich hatte ihm alles verschwiegen.

Ich erinnere mich noch lebhaft daran, wie es war, wenn er abends nach seinen Überstunden in der Bäckerei nach Hause kam und dann immer noch jede Menge Hausaufgaben zu erledigen hatte. Er fragte dann immer nach meinem Tag und wie es in der Schule gewesen war. Dann holte er sich etwas zu essen aus der Küche und verschwand damit in seinem Zimmer. Wenn ich ihm mit immer den gleichen knappen Worten sagte, dass bei mir alles in Ordnung sei, dann nahm er mir das immer ab. Und falls ich manchmal doch nicht so glücklich auf ihn wirkte, führte er das wohl darauf zurück, dass ich Mum sehr vermisste.

Von der schrecklichen Wahrheit hatte er nie etwas geahnt, und so sollte es auch bleiben. Remy war ein guter Mensch, und ich wollte nicht, dass er sich mies fühlte. Also habe ich ihm nichts erzählt, nicht mal, nachdem der alte Mistkerl ins Gras gebissen und uns damit einen großen Gefallen getan hatte.

Irgendetwas an meinem Tonfall hatte Abby offenbar alarmiert, denn jetzt lächelte sie nicht mehr. »Willst du Remy etwa morgen von uns erzählen?«

»Es gibt kein *uns*«, hatte ich erst sagen wollen, aber diese Antwort verkniff ich mir, weil ich sie damit nur verletzt hätte. Außerdem gab es tatsächlich eine Gemeinsamkeit, die uns verband, auch wenn das nur unser gegenseitiges unersättliches Verlangen war.

Ich nickte. »Das merkt er sowieso gleich. Er braucht mich nur nach dir zu fragen und mir dabei ins Gesicht zu sehen.« Ich verschränkte die Hände im Schoß, um mich davon abzuhalten, weiter an der Tischdecke herumzuzupfen. »Falls es dir übrigens noch nicht aufgefallen ist: Ich bin ganz schön verrückt nach dir.«

Jetzt lächelte sie doch wieder, und die Sorgenfalten um ihren Mund glätteten sich. »Dir ist schon klar, dass wir beide erwachsen sind und ihm keine Rechenschaft darüber schuldig sind, was wir in unserer Freizeit tun?«

»Schon, aber so etwas Wichtiges möchte ich nicht vor ihm verheimlichen.«

Verdammt, das hätte ich jetzt nicht sagen dürfen. Wahrscheinlich dachte sie jetzt, dass ich unsere Bezie-

hung für wichtig hielt. Dabei hatte ich mit »wichtig« eigentlich nur die Information gemeint, dass sein Bruder etwas mit seinem Schützling angefangen hatte. Ja, genau das war der eigentliche Kern meiner Aussage gewesen. Oder?

Zum Glück ging Abby nicht weiter darauf ein. »Wenn ihr zwei so eng miteinander seid, warum hast du dich dann im vergangenen Jahr so selten blicken lassen?«

»Ich bin beruflich viel unterwegs, ich berate Clubbetreiber auf der ganzen Welt.« Eine vage und ziemlich banale Antwort, das wussten wir beide.

»Wenn du es ihm unbedingt erzählen willst, dann erzählst du es ihm eben.« Sie zuckte mit den Schultern. »Solange er dich oder mich nicht zusammenfaltet, wenn alles vorbei ist.«

Dass unsere Affäre ein Verfallsdatum hatte, war mir durchaus bewusst, das war mir auch wichtig. Und ich hätte nie etwas mit Abby angefangen, wenn ihr das nicht ebenso klar gewesen wäre. Warum fühlte es sich dann jetzt so an, als würde es mir den Brustkorb zusammenquetschen? Als hätte ich gerade schlimmes Sodbrennen?

Ich stieß mich ein Stück vom Tisch ab und bemühte mich, meinen Fluchtinstinkt unter Kontrolle zu halten. »Das geht ihn doch alles nichts an, und außerdem sind wir beide erwachsen, wie du eben schon gesagt hast. Das gibt kein böses Ende.«

Sie lächelte mich betont sorglos an, aber diese Sorg-

losigkeit nahm ich ihr nicht ab. Im Endeffekt machten wir uns beide etwas vor.

Da konnten wir noch so oft betonen, dass unsere Beziehung rein körperlich wäre und dass wir am Ende einen klaren Strich unter die Sache ziehen würden – je mehr Zeit wir miteinander verbrachten, desto schlimmer würden die Nachwirkungen sein.

Am besten, ich sah jetzt schon zu, dass ich da rauskam. Und zwar bevor es nicht mehr nur um reinen Sex ging.

Ausgerechnet in diesem Moment stand Abby auf und streckte die Hand nach mir aus. »Wie wär's jetzt mit Nachtisch?«

»Meinst du damit die Zitronentörtchen, die ich eben auf dem Tresen gesehen habe, oder etwas anderes?«

Sie lächelte mich herausfordernd an. »Die Törtchen schmecken danach bestimmt besonders gut.« Sie legte eine kurze Kunstpause ein, dann beugte sie sich zu mir herüber und flüsterte mir ins Ohr: »Im Bett …«

Ich fuhr so schnell hoch, dass mein Stuhl hinten gegen die Wand krachte. Damit war mein Plan, das Ganze so schnell wie möglich abzuschließen, schon wieder dahin. Ein letztes Mal sollte es also noch geben … hinterher musste ich dann bloß irgendwie mein schlechtes Gewissen zum Schweigen bringen.

»Als ich dich kennengelernt habe, dachte ich noch, du wärst eine brave, spießige High-Society-Prinzessin, die ein bisschen Backfee spielen will.«

Es zuckte um ihre Augenbraue. »Und ich hatte dich erst für einen egozentrischen, arroganten Playboy gehalten, dem alle anderen herzlich egal sind. Und, was willst du mir damit sagen?«

»Dass du zwar eine Prinzessin und Backfee bist, aber alles andere als brav und spießig.« Ich ließ den Blick über ihren wunderschönen Körper gleiten. »Außerdem bist du umwerfend im Bett.«

»Das Kompliment kann ich zurückgeben«, erwiderte sie und hob gebieterisch den Kopf, wie man es von einer Prinzessin erwartet. »Wenn es Ihnen beliebt, sich gleich an eben diesem Ort zu mir zu gesellen? Dann können wir beide zusammen umwerfend sein.«

So richtig schwer war es nicht gewesen, mich auch diesmal umzustimmen. Eigentlich hatte ich noch nicht mal versucht, die Aktion abzubrechen. Und überhaupt war es inzwischen zu spät, aus der Sache auszusteigen. Also musste ich wohl mit den Konsequenzen leben.

Jetzt musste ich mich entscheiden, das wussten wir beide.

Sie hatte von Anfang an mit offenen Karten gespielt und klar gesagt, dass sie durch die Affäre mit mir ihre Vergangenheit hinter sich lassen wollte. Ich selbst hatte mich zu dem Thema noch nicht so klar geäußert. Denn Abby gab mir sehr viel mehr als nur sexuelle Erfüllung.

Auf eine gewisse Weise benutzte ich sie sogar. Wenn sie das jemals herausfinden würde, wäre sie entsetzt.

»Jetzt darfst du keinen Rückzieher mehr machen, Bad

Boy.« Zielstrebig kam sie auf mich zu, hakte den Finger in meinen Hosenbund und zog mich zu sich heran. »Was auch immer du gerade denkst – vergiss es. Hier geht es nicht um Gefühle, das haben wir doch schon geklärt. Also brauchst du das, was wir tun, nicht zu hinterfragen oder dich deswegen schuldig oder sonst wie schlecht zu fühlen. Zeig mir lieber mehr von deinem tollen Körper.«

Ich atmete lang gezogen aus und ließ dabei ein Stück von der Anspannung los, die dazu geführt hatte, dass sich meine Schultern völlig verkrampft hatten. »Ich hätte übrigens nie gedacht, dass du etwas mit Tattoos anfangen kannst.«

»Ich finde sie wunderschön«, gab sie zurück, zog mir das T-Shirt über den Kopf und warf es zur Seite. »Ich könnte sie stundenlang anschauen.«

Reglos blieb ich stehen, während sie mir mit den Fingerkuppen über die Haut fuhr und dabei jeden Zentimeter erkundete ... so, wie sie das schon bei unserem ersten Mal in meinem Privatraum im Club getan hatte. Genau wie an jenem Abend war ich blind vor Lust, und das Verlangen pulsierte im Rhythmus meines Herzschlags durch meinen Körper.

Ich verstand mich selbst nicht mehr. Abby war zwar eine sehr hübsche Frau, aber ich hatte es durchaus schon mit atemberaubenden Schönheiten getrieben. Außerdem war sie ziemlich unerfahren, dagegen hatte ich es bereits mit echten Sexbomben zu tun gehabt, die genau wussten, wie sie einen Mann um den Verstand bringen konn-

ten. Außerdem gab sie zwischendurch immer noch die Eisprinzessin, während andere Frauen die ganze Zeit heiß auf mich gewesen waren.

Trotzdem ging sie mir unter die Haut – so, wie mir das mit keiner anderen Frau je passiert war.

»Und welches Tattoo magst du am liebsten?« Meine Haut prickelte, als sie bei dem vierblättrigen Kleeblatt auf meiner rechten Schulter verharrte … und sanft mit der Zunge darüberfuhr.

»Dieses hier.«

»Warum?«

»Immer wenn ich es sehe, habe ich Glück im Bett.«

Ich lachte, als sie plötzlich von hinten die Arme um mich schlang.

»Das gefällt mir … wenn du mal nicht so finster schaust«, bemerkte sie.

»Tue ich das denn so oft?«

»Ja, ziemlich oft sogar.« Ich spürte ihren Atem auf dem Rücken. »Du siehst dann ziemlich furchteinflößend aus, dabei bist du doch so ein Schmusekater.«

»Wer sagt das?«

»Ich.« Sie ließ mich los und stellte sich vor mich. In ihren Augen lag ein gefährliches Funkeln. »Und jetzt darfst du mich zum Schnurren bringen.«

Das brauchte sie mir nicht zweimal zu sagen. Schwungvoll hob ich sie hoch, sodass sie überrascht aufschrie. Sie schlang mir die Arme um den Hals und biss mir in die Schulter – ein teils schmerzliches, teils lustvolles Gefühl,

das genau dem schmalen Grat entsprach, auf dem wir uns bewegten: Im Moment fühlte sich alles noch wunderbar an, aber sobald es nicht mehr glattlief, würde es unendlich wehtun.

Mit dem Ellbogen stieß ich die Tür zu ihrem Schlafzimmer auf und trug sie hinein, dann legte ich sie vorsichtig auf dem Bett ab. Dann wollte sie also schnurren? Das bekam ich schon hin.

»Woher wusstest du eigentlich, dass das hier das Schlafzimmer ist?«

»Ich hab hier mal übernachtet, als ich meinen Rausch ausschlafen musste.« Ich öffnete meinen Jeansbund, zog ein Kondom aus der Tasche und streifte mir Hose und den Slip ab.

Und wieder wunderte ich mich darüber, wie wenig neugierig sie war. Eigentlich hatte ich damit gerechnet, dass sie nachhaken würde, warum ich denn ausgerechnet hier übernachtet hätte und nicht bei Remy zu Hause. Und warum ich überhaupt erst betrunken in der Konditorei aufgetaucht war. Aber dazu verlor sie kein einziges Wort. Stattdessen rutschte sie auf der Matratze bis zum Kopfkissen hoch und bedeutete mir, dass ich mich zu ihr legen sollte.

»Du bist der schönste Mann, den ich je gesehen habe.« Sie lag auf dem Rücken, die Hände unter dem Kopf, und betrachtete mich voller Bewunderung. »Ich könnte dich die ganze Nacht lang nur anschauen.«

Je länger sie mich so fasziniert anstarrte, desto besser

fühlte ich mich. Ich fühlte mich stark und gut, als wäre ich zu allem fähig. Als könnte ich ihr die Sterne vom Himmel holen … und als wäre ich genau der Mann, den sie verdient hatte. Das war natürlich Quatsch, diese Illusion musste ich mir sofort aus dem Kopf schlagen. Denn diese Wunschvorstellung konnte nie wahr werden. Ich war einfach nicht der richtige Mann für sie – sosehr ich mich in diesem kurzen Augenblick auch danach sehnte.

»Und ich könnte dich die ganze Nacht durchficken«, gab ich zurück.

Falls meine derbe Ausdrucksweise sie schockiert hatte, ließ sie sich das nicht anmerken. Sie lag einfach da, ein Lächeln auf den Lippen, während sie den Blick von meiner Brust zu meinem Bauch und schließlich zu meinem Schwanz hinuntergleiten ließ. »Worauf wartest du dann noch?«

Mit ihren Füßen fing ich an: Ich massierte ihren Spann, zog an ihren Zehen, ließ die Hände sanft über ihre Fußgelenke nach oben gleiten. Zufrieden stöhnte sie auf und wand sich hin und her.

Dann umfasste ich ihre Knöchel, zog sie ein Stück zu mir, spreizte ihre Beine … und erkannte, dass sie keinen Slip trug. Ich schnappte nach Luft. »Verdammte Axt.« Ich kroch über die Matratze auf sie zu und schlug den Rock ihres Kleides hoch, damit ich ihren Anblick ganz in mir aufnehmen konnte.

An ihrer feucht glänzenden Muschi erkannte ich, wie sehr sie mich begehrte. Das beruhte auf Gegenseitigkeit.

»Es macht mich ganz heiß, wenn du mich anschaust«, murmelte sie und wand sich leicht, als ich einen Finger in sie einführte. »Dann fühle ich mich schön.«

»Du bist ja auch schön, meine Süße.« Ich schob noch einen zweiten Finger in ihre feuchte Höhle, mit dem Daumen suchte ich ihre Perle, die ich sanft massierte, während ich ihr Gesicht betrachtete. Immer neue Gefühlsregungen erkannte ich darauf: Verzückung, gefolgt von Ehrfurcht … Ihre Augen glänzten, und ein entspanntes Lächeln umspielte ihren Mund.

Ohne den Augenkontakt zu unterbrechen, senkte ich den Kopf, um ihre Weiblichkeit zu schmecken. Wie sehr sie das genoss, hatte ich schon in unserer ersten Nacht festgestellt. Ich wiederum genoss es, sie zu verwöhnen, das stand für mich an erster Stelle.

Wie sie aufseufzte, als ich mit der Zunge über ihren empfindlichsten Punkt fuhr, ihre feuchten Schamlippen entlang, immer wieder, bis sie sich mir keuchend entgegenbog! Für mich ein wunderschöner Moment.

»Jetzt!«, bettelte sie und fügte ihrer Aufforderung noch ein kaum hörbares »Bitte!« hinzu.

»Dein Wunsch ist mir Befehl«, sagte ich und leckte weiter, als könnte ich nie genug von ihr bekommen.

Sie kam heftig und bäumte sich auf, während sie meinen Namen schrie.

»Zum Glück hat die Konditorei seit einer Stunde zu, sonst würden die Leute jetzt vor deiner Tür Schlange stehen und genau das ordern wollen, was du eben hat-

test.« Ich legte mich neben sie aufs Bett und schob ihr die Spaghettiträger des Kleides über die Schultern. »Wäre das nicht ein toller Name für eine neue, sündhaft leckere Törtchenkreation: Orgasmusschrei?«

Sie murmelte etwas Unverständliches vor sich hin, während ich ihr das Kleid auszog und es auf den Boden warf. Ihr wunderschöner Körper war jetzt völlig nackt.

»Was hast du eben gesagt? Willst du etwa schon wieder Nachschlag?« Genüsslich langsam fuhr ich mit dem Finger um einen ihrer Nippel und zupfte sanft daran, als er sich aufrichtete. »Wenn du meinst …«

»Ich will dich in mir haben.« Sie umfasste mein Handgelenk und sah mir tief in die Augen. In ihrem Blick lag eine Botschaft, die ich unmöglich verstehen konnte. War es Dankbarkeit? Vielleicht auch noch etwas anderes? Aber darüber wollte ich lieber nicht genauer nachdenken, möglicherweise bekam ich es dann mit der Angst zu tun.

»In Ordnung«, sagte ich, streifte mir das Kondom über und drehte sie auf die Seite, sodass wir einander zugewandt auf der Matratze lagen. »Das gefällt mir: Wenn eine Frau weiß, was sie will, und sich auch traut, das laut auszusprechen.«

»Und ich mag dich«, murmelte sie, schlang ein Bein um meine Hüfte und rutschte an mich heran. »Und zwar jeden Zentimeter von dir.«

Ohne den Blickkontakt zu unterbrechen, drang ich mit einem einzigen kräftigen Stoß in sie ein. Sie stöhnte

auf, ihre blauen Augen glitzerten vor Leidenschaft. Sie fühlte sich so eng und wunderbar an ... und ich wusste, dass ich diesen Moment nie vergessen würde. Dass ich sie nie vergessen würde.

Ich musste dringend den Blickkontakt abbrechen, durfte nicht zulassen, dass sie mir bis in die Seele schaute. Aber ich konnte einfach nicht wegsehen, während wir uns langsam und sinnlich gemeinsam bewegten. Dabei sprachen wir kein einziges Wort: Es gab weder Dirty Talk noch forsche Forderungen, stattdessen war nur unser schwerer Atem zu hören, während wir uns miteinander vereinten, herrlich langsam, als hätten wir alle Zeit der Welt.

Mit langen, tiefen Stößen, bis ich vor Verlangen keinen einzigen Gedanken mehr fassen konnte.

Als ich spürte, wie sie die ersten Wellen ihres Orgasmus ergriffen, stieß ich noch einmal so kräftig in sie hinein, dass unsere Köpfe gegeneinanderprallten.

»Oh, ja!« Sie schrie laut auf, als sie kam – so etwas Erotisches hatte ich noch nie im Leben gehört. Meine prallen Eier spannten sich an, dann folgte ich ihr zum Gipfel. Mein Körper war bis zum Zerreißen angespannt, mein Kopf war leer. Ich war völlig benommen, so sehr hatte mich der Höhepunkt erfasst, und trotzdem hatte ich das heftige Verlangen, dieses Erlebnis zu wiederholen ... sobald es mir irgendwie möglich war.

»Ich bin im Himmel«, seufzte ich. Erst jetzt stellte ich verwirrt fest, dass wir uns die ganze Zeit in die Augen

gesehen hatten. Und in diesem Moment wurde mir klar, was gerade passiert war.

Was eben zwischen uns passiert war, war nicht nur reiner Sex gewesen.

Wir waren noch einen großen Schritt weiter gegangen.

Die intime Nähe zwischen uns, der Blickkontakt, die Sehnsucht danach, sie weiter zu spüren …. Das alles konnte nur eines bedeuten: Ärger.

15. Kapitel

Abby

Normalerweise fing ich um sechs Uhr morgens mit dem Backen an.

Heute legte ich schon um fünf los.

Als ich um vier aufgewacht war, hatte Tanner leise geschnarcht und mir dadurch die wertvolle Gelegenheit gegeben, ihn ganz in Ruhe zu betrachten. Wenn er schlief, wirkte er völlig anders.

Wenn Tanner schlief, entspannten sich seine Züge, und er sah gleich jünger aus. Wenn er wach war, erschienen Spannungsfalten um seinen Mund, und seine Halsmuskulatur zeichnete sich ab. Im Schlaf wiederum erschien ein halbes Lächeln auf seinen Lippen, und sein Kopf lag so locker auf dem Kissen, dass es direkt süß aussah.

War er wohl immer schon so verspannt? Oder hatte ihn irgendetwas dazu veranlasst, den ganzen Tag über auf der Hut zu sein?

Gestern hatte er ja wieder eine kurze Andeutung zu sich und Remy und ihrer Jugend gemacht. Und obwohl ich nie aktiv hinter seinem Rücken Dinge über ihn in Er-

fahrung bringen würde, wünschte ich mir doch, Remy hätte mir mehr über seinen jüngeren Bruder erzählt.

Ich wusste so gut wie nichts über Tanner King, und das hatte mich bisher auch nicht gestört. Wenn ich mit einem Mann, den ich bald nicht mehr wiedersehen würde, umwerfenden Sex hatte, dann musste ich nicht viel über ihn wissen.

Die letzte Nacht hatte jedoch alles verändert.

Ich weiß nicht genau, woran es lag: etwa daran, dass er der einzige Mann war, den ich je in mein Apartment gelassen hatte? Oder daran, dass er so für meine Fettuccine geschwärmt hatte? Oder daran, dass er mir erzählt hatte, er hätte vorher noch nie bei einer Frau übernachtet? Vielleicht lag es aber auch daran, dass wir uns so unglaublich nahgekommen waren, als wir zum ersten Mal in meinem Bett miteinander geschlafen hatten. Vielleicht ist es aber auch beim zweiten Mal passiert. Oder beim dritten Mal.

Woran auch immer es lag, eines war mir klar: Ich steckte in Schwierigkeiten. Denn diese kurze, harmlose Affäre ging mir so langsam an die Nieren.

Und jetzt wollte ich auch noch wissen, wie Tanner wirklich tickte.

An den Gegebenheiten hatte sich eigentlich nichts verändert: Sobald Remy wieder auf den Beinen war, würde Tanner nicht mehr im *Le Miel* aushelfen. Allerdings hatte ich gestern, als er sich mit Makayla unterhalten hatte, mitbekommen, dass er noch zwei weitere

Nachtclubs in Sydney eröffnen wollte. Also war er wohl noch eine Weile in der Stadt.

Und nach der vergangenen Nacht stellte ich mir auf einmal vor, wie es wäre, wenn unsere kurze Affäre vielleicht doch etwas länger anhielte.

Natürlich könnte ich mir jetzt selbst etwas vormachen und mir sagen, dass es mir nur um den Sex ging – der auch wirklich überwältigend und berauschend war. Allerdings hatte ich mir geschworen, mich nie mehr selbst zu belügen, nachdem ich Bardley verlassen hatte. Zu diesem Zeitpunkt hatte ich mir endlich eingestanden, wie dumm es war, mich immer dem Willen der anderen zu beugen und mir dabei zu sagen, dass es mir nichts ausmachte.

Selbstbetrug war keine Option mehr für mich. Also musste ich es wohl hinnehmen, dass ich drauf und dran war, mich in mein Techtelmechtel zu verlieben. Aber sei's drum. Dann musste ich eben die Zähne zusammenbeißen und die Coole spielen, wenn er gerade in der Nähe war ... und dafür sorgen, dass er mich nicht durchschaute. Denn wenn mir in der kurzen Zeit mit Tanner eines klar geworden war, dann doch wohl das: Mehr als eine kurze Affäre war bei ihm nicht drin.

Außerdem hatte ich klare Ziele vor Augen, die ich ihm auch genannt hatte. Und von denen wollte ich mich durch eine kleine Schwärmerei nicht abbringen lassen. Schließlich hatte ich schon so vieles aufgegeben, hatte mich schon so oft für andere verbogen, denen ich letzt-

lich völlig egal gewesen war. Ich wusste, dass emotionale Bindungen oft zu Abhängigkeiten und Unterwürfigkeit führten – also konnte für mich die Beziehung zu Tanner nur körperlich sein.

Diesmal wollte ich nach vorn schauen, nur auf mich achten und auf das, was ich wollte. Und dabei wollte ich mich von nichts und niemand ablenken lassen.

Mit seinen sexy Tattoos war Tanner King die perfekte Ablenkung auf zwei Beinen, aber davon wollte ich mich nicht einfangen lassen.

Eine gute Viertelstunde lang hatte ich noch neben ihm im Bett gelegen und mich meinen Tagträumen hingegeben, in denen ich jeden Morgen neben seinem großartigen Körper aufwachte. Aber dann war ich aufgestanden und hatte mich so leise wie möglich angezogen. Ich hatte ihm noch ein Frühstückstablett neben das Bett gestellt und eine kurze Nachricht geschrieben. Wahrscheinlich fand er es nicht weiter ungewöhnlich, dass ich schon um fünf zur Arbeit gegangen war. Aber vielleicht war er beleidigt, weil ich ihm geraten hatte, die Hintertreppe hinunterzugehen, damit ihn niemand entdeckte? Und sich zu Hause erst mal umzuziehen?

In Wirklichkeit hatte ich das meinetwegen geschrieben: Wenn Makayla mitbekam, dass er heute dieselben Sachen trug wie gestern, würde sie mir sofort ein paar neugierige Fragen stellen. Und das wäre mir eindeutig zu viel.

Jetzt musste ich mich aber erst mal auf meine Auf-

gaben hier in der Konditorei konzentrieren und durfte nicht mehr an den knackigen Mann denken, der gerade in meinem Bett schlief und dem ein Erwachen bevorstand, das er nie vergessen würde …

»Verdammt«, murmelte ich, als mir ein Stück Butter auf den Boden fiel.

Teig und Butter zu einem lockeren Blätterteig zu verarbeiten war ein komplizierter Prozess, der Geschick und Aufmerksamkeit erforderte. Beides war bei mir an diesem Morgen nicht vorhanden, und das hatte sich gleich bemerkbar gemacht.

Also noch mal von vorn. Ich schlug den dünnen Teig um die Butterschicht, rollte alles aus, faltete es neu zusammen. Dann rollte ich es wieder aus. Diesen Vorgang wiederholte ich immer wieder, um dadurch eine leichte, blättrige Beschaffenheit zu erreichen – für Gebäck, das auf der Zunge zerging.

Remy hatte immer gesagt, dass meine Mandelcroissants, Milchbrötchen und Windbeutel es mit den besten aufnehmen konnten, die er in Frankreich je gegessen hatte. Mit seinen übertriebenen Lobeshymnen wollte er mich wohl ermutigen, und ich hatte sehr souverän darauf reagiert, mir aber gleichzeitig gewünscht, irgendwann mal halb so gut zu werden wie mein Mentor.

Also schuftete ich jeden Tag, was das Zeug hielt, probierte neue Kreationen aus und freute mich, wenn mir ein besonders lockerer Teig oder ein besonders feiner Buttergeschmack gelang. Und da unsere Backwaren je-

den Tag ausverkauft waren, machte ich dabei wohl irgendetwas richtig. Außerdem wurden gerade die Mandelcroissants häufig bestellt, und für die war nur ich verantwortlich.

Ein Jahr arbeitete ich jetzt schon hier, und dabei hatte ich so viel dazugelernt, dass ich mich selbst nicht wiedererkannte. Zum Glück war ich so mutig gewesen, mein altes Ich zurückzulassen: diese schwache Frau, die es allen recht machen wollte. Die ihre eigenen Träume auf der Strecke ließ, um sich den Träumen anderer Leute unterzuordnen.

Das war übrigens noch etwas, das ich durch die Affäre mit Tanner erreicht hatte: Sie hatte mir den Rücken gestärkt. Plötzlich war ich nicht mehr das schüchterne Mädchen von früher, sondern ich fühlte mich stark.

Zum ersten Mal in meinem Leben hatte ich einem Mann einen geblasen. Das hatte mich einerseits ziemlich eingeschüchtert, andererseits hatte er so heftig darauf reagiert, dass ich mich dadurch selbstbewusster gefühlt hatte als je zuvor. Ich war zwar vor ihm auf die Knie gegangen, um ihn zu befriedigen, aber im Grunde hatte ich mir selbst dabei noch viel mehr gegeben.

Noch nie hatte ich mich so lebendig gefühlt, so voller Energie und selbstsicher. Nicht mehr wie ein Fußabtreter.

Als ich Tanner die Sache mit der Affäre vorgeschlagen hatte, hätte ich nie gedacht, dass ich mich am Ende so gut fühlen würde – dadurch, dass ich meine sinnliche Seite

wiederentdeckt hatte. Er hatte meinen Körper aus dem Dornröschenschlaf erweckt und mir dabei etwas geschenkt, nach dem ich mich schon immer gesehnt hatte: das Selbstvertrauen, das zu tun, was ich wollte und wann ich es wollte, ohne dabei ständig Rücksicht auf andere zu nehmen.

Von dem, was ich mit Tanner erlebt hatte, hatte ich schon seit Jahren geträumt, aber ich hätte es mir nie zugetraut. Mit ihm war es mir etwas leichter gefallen, weil zwischen uns keine tiefere persönliche Bindung bestand. Uns verband in erster Linie das Körperliche, deswegen fühlte ich mich nicht verpflichtet, zu allem Ja und Amen zu sagen.

Und genau deswegen war ich heute Morgen so durch den Wind und früher als sonst in die Konditorei hinuntergegangen: Ich konnte mir noch so oft erzählen, dass wir zwei erwachsene Menschen waren, die sich sexuell anziehend fanden und eine kurze Affäre miteinander hatten. Gestern Nacht waren wir uns so nahgekommen, dass ich plötzlich mehr über ihn erfahren wollte, dass ich wissen wollte, was für ein Mensch er war. Und ich hatte den schleichenden Verdacht, dass aus uns mehr werden könnte als das, was wir eigentlich vereinbart hatten.

Und das machte mir schreckliche Angst.

Wenn wir uns tatsächlich näherkamen – würde ich dann wieder zu der unterwürfigen Frau werden, die ihre Bedürfnisse denen anderer unterordnete? Eine Frau, die

sich nur gut fühlen konnte, wenn sie es anderen recht machen konnte? Ein Mann wie Tanner würde auf so einen rückgratlosen Menschen herabschauen, und ich auch.

Mist.

Ich versuchte mich weiter auf den Teig zu konzentrieren und hoffte, dass mich die gleichförmige Tätigkeit von meinen Ängsten ablenken würde. Mir gefiel das strukturierte Vorgehen beim Backen: Wenn man einen klar vorgegebenen Ablauf einhielt, erhielt man immer ein essbares Endprodukt.

Die Teigzubereitung beruhigte mich und half mir, mit meinem Gefühlstumult zurechtzukommen. Denn immer wieder schlich sich Tanner in meinen Kopf: Tanner, der mit nacktem Oberkörper in seinem Clubzimmer vor mir stand und mich trotzig anblickte. Tanner, der in der Vorratskammer auf mich zukam. Der sich in meiner Wohnung Pastasoße von den Lippen leckte. Und der sich nackt und zufrieden auf meinem Bett ausbreitete, als würde er ganz selbstverständlich dorthin gehören.

Verdammt.

Ich schob ein Backblech mit Croissants in den Ofen, und die Hitze brannte auf meinen glühenden Wangen. Ja, das Backen beruhigte mich ein bisschen, konnte mich aber nicht komplett von dem umwerfenden Mann ablenken, der oben in meinem Bett lag.

Jetzt musste ich wohl schwerere Geschütze auffahren: Heute wollte ich mich endlich an der unglaublich

schwierigen französischen Windbeuteltorte versuchen, der *Croquembouche*. Und ich wollte sie hinkriegen, koste es, was es wolle. Ich wollte alles tun, um bloß nicht der Sehnsucht nachzugeben, die in mir brannte: wieder nach oben zu laufen und es mit Tanner zu treiben.

16. Kapitel

Tanner

Dass ich mich wie ein Dieb aus Abbys Apartment schlich, passte mir so gar nicht, aber mir war schon klar, was es mit ihrer Bitte auf sich hatte: Wenn ich heute in denselben Klamotten wie gestern in die Konditorei kam, würden ihre Kollegen sie ausfragen, und das wollte sie vermeiden.

Besonders Makayla entging nichts. Diese Frau hatte ihre Augen überall, da konnte einem der Mann, den sie sich mal ausguckte, nur leidtun. Mein Typ waren diese dominanten Frauen nicht, mir gefielen die ruhigen, zurückhaltenden besser, die sich bei der geringsten Berührung in heiße Sexmiezen verwandelten. So wie Abby.

Dass sie mir Frühstück ans Bett gebracht hatte, war typisch für sie. Es war eine ausgesprochen aufmerksame Geste, und es kam mir so vor, als würden sich dahinter unausgesprochene Gefühle verbergen. Genau diesen Eindruck hatte ich auch gestern Nacht gehabt, und das machte mir Angst.

Im Schlafzimmer hatten wir kaum miteinander gesprochen … allerdings war es gar nicht nötig gewesen,

viele Worte zu verlieren, wo wir doch beide ahnten, was da gerade passierte.

Irgendwie hatten wir gestern Nacht eine Grenze überschritten und waren jetzt nicht mehr lockere Sexpartner, sondern in ein unbekanntes Gebiet vorgedrungen, das wir beide nicht genau benennen wollten. Mir passte es gut in den Kram, das erst mal zu ignorieren. Ihr offenbar auch, sonst wäre sie ja nicht mitten in der Nacht aus dem Bett geflohen.

Ich schlang also mein weiches Schokoladencroissant mit dem köstlichen Buttergeschmack herunter, trank den Orangensaft aus und schlich die Hintertreppe hinunter, während mir immer noch die Worte durch den Kopf gingen, die sie auf die Nachricht an mich geschrieben hatte:

Danke für die letzte Nacht. Hoffe, du hast das Essen genossen. Müssen wir bald wiederholen. Die Hintertreppe ist morgens ruhiger.
Bis später!
Abby

Interessanterweise hatte sie nicht mit einem X abgeschlossen, dem Küsschen-Symbol. Dabei war ich davon ausgegangen, dass alle Frauen ihre Botschaften großzügig mit Küsschen-Symbolen verzierten. Andererseits hatte ich ja längst herausgefunden, dass Abby nicht wie die meisten Frauen war.

»Müssen wir bald wiederholen« hatte sie geschrieben … Da freute ich mich schon auf heute Abend, aber vielleicht war das falsch. Immerhin hatten Abby und ich keine Beziehung und strebten auch keine an. Aber es war wunderschön gewesen, mit ihr zu essen, und dafür würde ich mich gern revanchieren. Also wollte ich sie in mein Lieblingsrestaurant hier in Sydney einladen.

Bisher war ich noch nie mit einer Frau ausgegangen, die etwas von gutem Essen verstand. Und da Abby aus reichem Elternhaus kam, kannte sie die teuersten Restaurants dieser Stadt schon. Darum wollte ich sie heute an meinen Lieblingsort entführen, ein winziges Thai-Restaurant in einer kleinen Gasse in Kings Cross. Ich würde mein linkes Ei darauf verwetten, dass sie da noch nie gewesen war.

Ein echtes Date sollte das nicht werden, sondern einfach ein kleines Dankeschön dafür, dass sie für mich gekocht hatte.

Wem willst du eigentlich etwas vormachen, murmelte ich, als ich beim Rasieren meinem eigenen Blick begegnete. Mich rasieren … das hatte ich schon ein paar Tage lang nicht mehr getan, und normalerweise störten mich die Stoppeln auch nicht. Remy legte allerdings gesteigerten Wert auf ein glatt rasiertes Kinn, und weil er inzwischen schon genug Gründe dafür hätte, mich auf den Mond zu schießen, wollte ich ihm nicht noch einen weiteren liefern.

Die Fahrt zum Krankenhaus dauerte während der Hauptverkehrszeit fünfzig Minuten, da konnte ich mir in Ruhe eine Erklärung dafür überlegen, warum ich mit Remys Schützling gevögelt hatte. Als ich allerdings auf der Station ankam, war mir immer noch nichts Brauchbares eingefallen – abgesehen von der Wahrheit.

Abby war supersexy, und ich begehrte sie eben.

Für diese Erklärung hätte mein Bruder bestimmt Verständnis …

Ich blickte zu ihm ins Krankenzimmer, wo er sich gerade gelangweilt von einem Sender zum nächsten durchzappte. »Na, du Spinner, wie geht's?«

»Schon besser, jetzt wo ich deine hässliche Visage sehe.« Er schaltete den Fernseher aus und setzte sich auf, dabei verzog er schmerzerfüllt das Gesicht.

»Tut es immer noch weh?«

»Immerhin komme ich so an die richtigen Sachen.« Mit den Fingern beschrieb er kleine Kreise neben seinen Schläfen. »Auf Morphium drehe ich immer ein bisschen ab, aber auf eine sehr angenehme Weise.«

Lachend beugte ich mich zu ihm herunter, um ihn vorsichtig und brüderlich zu umarmen. »Du bist schon viel munterer als beim letzten Mal, das ist ein gutes Zeichen.«

»Der Doc meinte, ich wäre ein vorbildlicher Patient.« Remy zog die Nase kraus. »Ich tue mich ja ehrlich gesagt etwas schwer damit, auf so einen Jungspund im Weißkittel und mit Stethoskop um den Hals zu hören. Für mich

sieht er aus, als wäre er gerade mit der Grundschule fertig geworden.«

»Du alter Sack, im Vergleich zu dir wirken doch alle jung.«

Remy wies auf seinen Knöchel und zog eine Grimasse. »Wenn ich hier rauskomme, kriege ich erst mal eine Krücke, dann hast du sogar recht mit deiner Beleidigung.«

»Du bist nur so alt, wie sich die Frau an deiner Seite anfühlt«, erwiderte ich und zitierte mit der etwas abgewandelten Lebensweisheit den amerikanischen Komiker Groucho Marx. Wie alt Abby wohl genau war?

»Tja, leider hatte ich schon lange keine Frau mehr an meiner Seite.« Als Remy mich anschließend nachdenklich betrachtete, wusste ich genau, was jetzt kommen würde. »Wie sieht es denn gerade bei dir aus? Benimmst du dich anständig?«

»Ich habe mit der Konditorei beide Hände voll zu tun, falls du das meinst.«

Dass es ihm um etwas ganz anderes ging, wussten wir beide, also sprach ich schnell weiter: »Da läuft übrigens alles bestens. Der Kundenstrom reißt nicht ab, und wenn wir abends zumachen, sind alle Backwaren verkauft. Die Konten sind ausgeglichen, die Vorräte gefüllt, die Angestellten zufrieden.«

Dabei waren einige Angestellte noch etwas zufriedener als andere, aber Remy brauchte ja nicht zu wissen, wie ich Abby zum Lächeln gebracht hatte.

»Du treibst es mit Abby«, sagte Remy, und die Enttäuschung war deutlich aus seiner Stimme herauszuhören. »Dabei habe ich dir doch gesagt, dass du die Finger von ihr lassen sollst.«

»Habe ich irgendwann schon mal auf dich gehört?«

»Allerdings, und zwar früher.« Remy fixierte mich mit seinem Blick, und sofort hatte ich ein noch schlechteres Gewissen. »Das könntest du jetzt auch mal wieder ausprobieren.«

Ich hatte früher tatsächlich oft auf ihn gehört, als er mich nach einem heftigen Streit mit Dad wieder beruhigt hatte – obwohl er nie wusste, worum es inhaltlich ging. Als ich mich eine Woche nach Mums Tod im Schuppen versteckt hatte, hatte er mich überredet, zu Hause zu bleiben und nicht wegzulaufen. Und auf Dads Beerdigung hatte er mich mit seinen klugen Worten beruhigt und uns eine rosige Zukunft vorausgesagt, weil er als Volljähriger jetzt Zugriff auf den Treuhandfonds hatte, den Mum für uns eingerichtet hatte.

Wenn wir dieses Geld damals nicht gehabt hätten und wenn er mir nicht so gut zugeredet hätte – wer weiß, was dann aus mir geworden wäre? Ich schuldete ihm also die Wahrheit, zumindest was Abby anging.

»Mir ist schon klar, dass ich nichts mit ihr hätte anfangen dürfen. Ich bin ja nicht völlig blöd ...«

»Nicht? Dann bist du ein ziemlich guter Schauspieler.«

»Wir haben aber eine klare Vereinbarung getroffen,

sie und ich. Auf diese Weise kann ich sie nicht verletzen.«

»Du bist echt so ein Blödmann«, schnaubte Remy und kniff die Augen zusammen. »Du warst ja nicht dabei, als sie damals ins *Le Miel* gestolpert kam. Ganz aufgelöst war sie und todtraurig … und sie hat sich völlig verloren gefühlt. Viel hat sie mir nicht erzählt, aber ihr Exmann muss ein echtes Arschloch sein, dass er sie so behandelt hat. Seitdem hat sie keinen Mann mehr an sich herangelassen.«

Remy stieß mir einen Finger zwischen die Rippen, eine tiefe Furche war auf seiner Stirn erschienen. »Wenn du ihr also nähergekommen bist, dann bedeutet das für sie sehr viel mehr als für dich. Und du versemmelst natürlich alles gleich wieder, wie immer.«

Ich erschauerte. Eigentlich war Remy mein engster Vertrauter, der immer hinter mir stand.

»Was willst du damit sagen?« Meine Stimme klang unterkühlt, die Spannung zwischen uns war deutlich spürbar.

»Du hattest doch noch nie eine ernste Beziehung mit einer Frau. Sobald dir jemand näherkommt, machst du Schluss. Das wollte ich dir damit sagen.« Remy presste die Finger gegen die Stirn, als bekäme er gerade schlimme Kopfschmerzen. »Abby ist eine ganz besondere Frau. Und wenn du sie verletzt, nur weil du deinen Hosenschlitz nicht zulassen konntest, dann ziehe ich dir so richtig eins über.«

»Das will ich erst mal sehen.« Jetzt war ich doch ziemlich kleinlaut. Mit seinen Worten hatte er mich ganz schön erwischt.

Remy hatte in seinem ganzen Leben noch niemanden geschlagen. Ich dagegen hatte schon an der Highschool regelmäßig gegenüber den Mitschülern meine Fäuste sprechen lassen. Unterdrückte Wut und ein geringes Selbstwertgefühl ergaben eine explosive Mischung. Und nachdem die anderen Kids meinen wunden Punkt gefunden und kräftig draufgehalten hatten, hatte es für mich kein Halten mehr gegeben.

»Ich möchte dich auf keinen Fall weiter ermutigen, aber eins ist mir doch aufgefallen«, fuhr Remy fort. »Als du eben reingekommen bist, hast du gleich zehn Jahre jünger ausgesehen.« Er legte den Kopf schief und betrachtete mich. »Irgendwie wirkst du plötzlich anders … entspannter oder so.«

»Vielleicht tut es mir einfach gut, dass ich mal eine Zeitlang in einer Konditorei statt in einem Club arbeite.«

Er lachte leise. »Damit hat das nichts zu tun, das wissen wir beide.«

»Stimmt«, gab ich widerwillig zu. Am liebsten hätte ich noch mehr über Abby und ihren Hintergrund erfahren, aber wenn ich jetzt zu genau nachfragte, kam er mir bestimmt schnell auf die Schliche. »Abby ist ein besonderer Mensch.«

Remy zog die Augenbrauen hoch. »Meinst du damit, dass sie eine besondere Bedeutung für dich hat?«

»Ich meinte das eher allgemein.« Das klang irgendwie dämlich, und ich fuhr schnell fort: »Wenn ich mit ihr zusammen bin, fühle ich mich jedenfalls ganz anders als sonst. Glücklicher.«

Jetzt wirkte Remy nachdenklich. »Du bleibst doch noch ein paar Monate lang in Sydney, oder?«

Ich nickte, wollte mir aber nicht eingestehen, dass ich mir schon Gedanken darüber gemacht hatte, was das für mich und Abby heißen könnte. Zum Beispiel, dass wir unsere kleine Affäre noch etwas ausweiten könnten. Allerdings hatte sie bisher nicht durchblicken lassen, dass sie sich mehr wünschte, und ich wollte mir mit dem Vorschlag auch keine Blöße geben. Schließlich war ich in meiner Jugend schon heftig genug zurückgewiesen worden, das hielt ein ganzes Leben vor.

»Dann steckt hinter dieser Sache mit Abby vielleicht doch noch etwas mehr?«

»Das kriegen wir zwei schon allein geregelt, danke der Nachfrage.« Ich grinste, als Remy eine gespielt beleidigte Miene aufsetzte. »Und jetzt sieh zu, dass du wieder gesund wirst, du alter Wichtigtuer.«

Remy lächelte zwar, aber in seinen Augen schimmerte Traurigkeit – als würde er mir meine flapsige Art nicht so richtig abnehmen.

»Ihr seid mir beide sehr wichtig, Abby und du. Bau also bitte keinen Mist, okay?«

»Ich bemühe mich.« Ich salutierte ihm. »Noch was, Captain?«

Remy zögerte, dann schüttelte er aber den Kopf. »Abby ist mir sehr wichtig, sowohl geschäftlich als auch persönlich. Benimm dich also bitte anständig.«

»Versprochen.« Und das wollte ich auch einhalten, wenn sie mich nur ließ.

17. Kapitel

Abby

In der Konditorei hatte ich keine Zeit, mich zu fragen, ob Tanner mein Frühstück geschmeckt hatte. Ich kam auch nicht dazu, dankbar dafür zu sein, dass er gegen sechs tatsächlich die Hintertreppe hinuntergeschlichen war. Denn um kurz nach neun rief Makayla unsere E-Mails ab und stellte dabei fest, dass wir eine Riesenbestellung für eine Damengesellschaft am Bondi Beach hereinbekommen hatten. Remy wäre völlig aus dem Häuschen, erstens weil wir mit dem Auftrag an einem Tag so viel Gewinn machen würden wie sonst in einer Woche … und zweitens wegen der möglichen Folgeaufträge.

»Wie kriegen wir das bloß alles rechtzeitig hin?« Makayla runzelte die Stirn. »Normalerweise reißt ihr zwei euch bei so einem Auftrag den ganzen Tag lang den Hintern auf, Remy und du, und selbst dann ist es unheimlich knapp.«

Eigentlich müsste ich die Bestellung also ablehnen. Es war völlig verrückt, überhaupt nur darüber nachzudenken. Außerdem hatte ich vor einem Jahr beschlossen,

dass ich es nicht mehr allen recht machen würde. Seitdem hatte ich hart daran gearbeitet, das Neinsagen zu lernen.

Doch dann fiel mein Blick auf Remys Konterfei auf unserer Homepage, und ich beschloss, den Auftrag trotzdem anzunehmen. Wenn ich mich ihm zuliebe einer großen Herausforderung stellte, dann hatte das nichts mit Unterwürfigkeit zu tun. Immerhin hatte er mir in einer schwierigen Lage aus der Patsche geholfen, und jetzt bekam ich die Gelegenheit, mich dafür zu revanchieren. Ich stand tief in seiner Schuld und war mir absolut sicher, wie er sich an meiner Stelle entschieden hätte: Er hätte nicht gekniffen, sondern den Job angenommen. Und das würde er sich auch von mir wünschen. »Wann genau brauchen sie die Sachen denn?«, fragte ich.

Makayla starrte mich an, als hätte ich den Verstand verloren. »Sie sollen um halb drei Uhr heute Nachmittag geliefert werden, weil die Teatime für drei Uhr angesetzt ist.«

»Mist«, murmelte ich, überflog die Liste und fasste parallel einen Plan. »Mini-Croissants habe ich heute Morgen schon für den Laden gebacken, dann nehmen wir einfach die und stellen ein Schild ins Fenster, dass die ausverkauft sind. Dann mache ich gleich noch Erdbeertörtchen und Apfeltaschen, Schokocroissants und Schmalzgebäck …«

»Du bist doch verrückt. Das schaffst du nie.« Makayla biss sich auf die Unterlippe und wedelte mit dem Papier

vor meiner Nase herum. »Ganz ernsthaft jetzt, wir müssen einen Teil davon woanders backen lassen.«

»Das würde Remy nie tun. Er verkauft grundsätzlich keine fremden Backwaren unter seinem Namen.«

»Das weiß ich, aber was sollen wir machen? Wir sind doch völlig am A…«

Hinter mir hörte ich Schritte. »Was ist denn los, ihr zwei?«

Mein Herz machte einen fröhlichen kleinen Hüpfer, als ich die Stimme erkannte. Ich drehte mich zu Tanner um. »Wir haben gerade einen Riesenauftrag reinbekommen, der unheimlich viel Kohle bringt. Aber ohne Remy schaffe ich das nicht.«

Schweigend fixierte er mich. Dabei hatte er die Brauen zusammengezogen, und in seinem Blick lag etwas, das ich nicht klar ausmachen konnte – war es Angst? Doch dann blinzelte er schnell und fuhr sich über das Gesicht. Als er die Hand wieder sinken ließ, wirkte er entschlossen. »Ich helfe dir«, sagte er, krempelte die Ärmel seines Hemdes hoch und legte so wieder seine faszinierenden Tattoos frei. Bei dem Anblick wurde mir flau im Magen. »Wie kann ich dir helfen?«

Das Angebot wusste ich durchaus zu schätzen, allerdings wurde ich das Gefühl nicht los, dass er eigentlich gar nicht hier sein wollte. Möglicherweise lag das an mir und daran, dass wir uns gestern Nacht zu nahgekommen waren. Der Gedanke machte mich traurig.

»Vergiss es, das schaffen wir auf keinen Fall. Oder

hast du mal heimlich eine Ausbildung zum Konditormeister gemacht?«

»Ich kann ziemlich gut kochen.« Er rieb die Handflächen aneinander. »Komm, wir legen los.«

»Kompliment, du bist ganz schön hartnäckig. Und jetzt sei mir nicht böse, aber es ist etwas völlig anderes, Gebäck herzustellen, das unter dem Namen *Le Miel* verkauft werden kann, als ein Steak auf den Grill zu legen.«

Es zuckte um seine rechte Augenbraue. »Zweifelst du etwa an meinen Fähigkeiten?«

Dabei hatte er das Wort *Fähigkeiten* so betont, als würde er sich dabei nicht nur auf seine Koch- und Backkünste beziehen. Ich hörte Makayla hinter mir leise kichern.

»Tanner, ich meine das ernst«, sagte ich. »Es geht hier um Remys guten Ruf, und wenn wir nichts Vernünftiges liefern können ...«

»Dann dürfen wir jetzt keine Zeit mehr verschwenden. Komm, wir legen los!« Mit großen Schritten ging er an uns vorbei in die Backstube, und ich schaute ihm hinterher. Dabei ruhte mein Blick auf seinem knackigen Po.

»Das ist ja ganz schön heiß zwischen euch, wahrscheinlich müsst ihr nicht mal den Backofen anwerfen«, bemerkte Makayla und folgte meinem Blick. »Jedenfalls haben wir nichts zu verlieren, also lass ihn ruhig helfen. Macht so viel, wie ihr könnt, und wenn ihr nicht alles schafft, können wir die Erdbeertörtchen bestimmt immer noch durch Zitronentörtchen ersetzen und statt

Schokocroissants diese Milchbrötchen liefern, die du heute mitten in der Nacht schon gebacken hast.«

Sie musterte mich skeptisch. »Obwohl ich nicht verstehe, warum du hier unten lieber Teig als oben einen knackigen Männerkörper geknetet hast.«

Das sah ich tatsächlich ähnlich wie sie.

»Okay, genug gequatscht«, erwiderte ich schroff, und Makayla lachte. »Dann rufst du jetzt die Kontaktperson an, die auf dem Bestellformular steht, und fragst, ob wir einige Produkte austauschen dürfen.«

»Ja, Boss.« Makayla salutierte, dann schob sie mich in Richtung Backstube. »Und jetzt back was Leckeres ... dein Assistent ist ja schon mal zum Anbeißen.«

»Das gibt bestimmt eine Katastrophe«, murmelte ich und ging mit bleiernen Schritten los.

Ich mochte Tanner und rechnete es ihm hoch an, dass er bereit war, in diesem Engpass einzuspringen. Ich hatte allerdings keine Lust darauf, ihn die ganze Zeit zu beaufsichtigen und mich gleichzeitig darauf zu konzentrieren, so schnell wie möglich exzellentes Gebäck herzustellen.

Als ich in den Raum kam, traute ich meinen Augen kaum: Da stand er an Remys Arbeitsplatz, mit Schürze, Haarnetz und Mütze, und hatte Zucker, Butter, Mehl und Eier vor sich hingelegt.

»Was machst du denn da?«

»Croissants«, erwiderte er – als wäre es das Selbstverständlichste der Welt, dass ein Nachtclubbesitzer feinen Blätterteig zubereiten konnte. Gleichzeitig wirkte er

verunsichert, als würde er sich in der Backstube nicht so richtig wohlfühlen. Das beunruhigte mich wiederum. »Das hat Remy mir als Teenager beigebracht, ich habe das also im Griff.« Er wies auf meinen Arbeitsplatz. »Mach du den Rest.«

Völlig perplex sah ich zu, wie er die Butter in Scheiben schnitt und genau die richtige Menge Mehl abwog.

»Hey! Ich weiß ja, wie gern du mich anschaust, aber wir verlieren gerade wertvolle Zeit.« Er rieb seine Hände mit Mehl ein und warf mir einen Handkuss zu, der eine kleine weiße Wolke aufwirbeln ließ. »Wir haben hier einen Auftrag zu erledigen.«

Sprachlos stellte ich mich an meinen Arbeitsplatz und widmete mich gewissenhaft meinem eigenen Gebäck. Dabei versuchte ich, so selten wie möglich zu Tanner hinüberzuspähen. Der war offenbar ein echter Blätterteig-Profi.

Unglaublich, wie er in null Komma nichts wunderschön symmetrische und gleich große Croissants produzierte und zwei Backbleche mit je fünfzig Stück füllte.

»Reichen hundert Stück?«, wollte er wissen, schob die Bleche in den Ofen und startete den Timer.

»Klar.« Ich war schwer beeindruckt. »Gibt es eigentlich irgendetwas, das du nicht kannst?«

»Ich könnte nie die Harbour Bridge hochklettern.« Er zog die Nase kraus. »Ich habe nämlich Höhenangst.«

»Da habe ich aber Glück, dass du keine Angst vor Mehl hast«, sagte ich und gab meinen Törtchen noch den

letzten Schliff. »Ich komme immer noch nicht darüber hinweg, wie du diese Croissants hingekriegt hast.«

»Ich bin eben ein Mann mit vielen Talenten.« Mit gespieltem Stolz schob er die Brust vor. »Das kannst du doch bezeugen, oder?« Er stellte sich hinter mich und küsste mich in den Nacken ... und ließ mir damit einen erregenden Schauer über den Rücken rieseln. »Du bist übrigens ganz schön sexy, wenn du dich auf dein Gebäck konzentrierst.«

Er presste sich an mich, um mir damit zu zeigen, wie sexy er mich gerade fand. Ich stöhnte auf und rieb den Po an seiner Erektion.

»Später«, brachte er hervor, küsste mich in den Nacken, biss mich sanft ins Ohrläppchen und fand kurz meinen Mund.

Dann löste er sich wieder von mir. »Remy war heute Morgen sowieso schon sauer auf mich, da will ich ihm nicht auch noch den Auftrag vermasseln.«

»Hast du ihn etwa schon besucht?«

Er stellte sich vor meine Arbeitsplatte, sein Blick wirkte besorgt. »Ja, die offizielle Besuchszeit beginnt zwar um acht, aber ich war schon um sieben da.«

»Dann hast du ihm von uns erzählt?«

Er nickte, und die Falten um seinen Mund vertieften sich. »Es lief genau wie erwartet. Er wollte, dass ich dich in Ruhe lasse, und ich habe ihm erklärt, dass ich dich nicht verletzen würde.«

»Und wo liegt dann das Problem?«

Er zögerte kurz. »Es gibt kein Problem. Mein Bruder ist einfach ein Pessimist, das war er schon immer. Er befürchtet, dass die Sache viel komplizierter wird, als wir meinen.«

Dass ich Remy in der Hinsicht zustimmte, wollte ich Tanner nicht sagen. Anfangs hatte es für mich alles so einfach ausgesehen: Er war für mich ein tätowierter Rebell und damit ein Sexspielzeug erster Klasse, das mir dabei helfen würde, meine Vergangenheit hinter mir zu lassen. Aber dann hatte ich gestern mit ihm zu Abend gegessen, er hatte bei mir übernachtet, und jetzt schuf er gerade perfekte Croissants mit einer Routine, als hätte er nie etwas anderes gemacht. Und ich wusste, wir liefen ernsthaft Gefahr, uns mit unserer unverbindlichen Affäre in unbekannte, gefährlichere Gefilde zu bewegen. Was das genau bedeutete, darüber wollte ich lieber nicht nachdenken.

»Im Moment gibt es allerdings nur eine große Komplikation«, fuhr Tanner fort. »Und das ist die Frage, wer von uns beiden gleich die Schokocroissants macht. Und wie du damit umgehen wirst, wenn sich herausstellt, dass meine sogar noch besser schmecken als deine.«

Über so viel Großspurigkeit musste ich lachen. »Dann fängst du jetzt sofort damit an, ich kümmere mich um das Schmalzgebäck.«

Er zwinkerte mir zu. »Hach, ich liebe es, wenn du mich herumkommandierst. Egal ob im Bett oder in der Backstube.«

Mir schoss das Blut heiß in die Wangen. »Drei Stunden haben wir noch Zeit, um die Bestellung fertig zu bekommen. Lass uns loslegen.«

»Und heute Abend legen wir dann so richtig los.« Seine Stimme klang tief und rau, und ich sehnte mich danach, dass er mich von hinten nehmen und ganz ausfüllen würde … so, wie nur er es konnte.

»Erst kommt die Arbeit«, sagte ich und räusperte mich.

»Apropos heute Abend, da wollte ich dich gern zum Essen ausführen.« Das stellte er einfach so in den Raum, als wäre es ganz selbstverständlich für ihn, ein Date mit mir auszumachen. »In mein liebstes Thai-Restaurant. Es ist nichts Besonderes, aber wenn du gern scharfes Asia-Essen magst, bist du bestimmt davon begeistert.«

»Das klingt ja toll, vielen Dank.« Keine Ahnung, wie es mir gelungen war, so locker dabei zu klingen. Innerlich hüpfte und sprang ich jedenfalls aufgeregt durch die Gegend.

»Soll ich dich um halb acht abholen?«

»In Ordnung.«

Danach redeten wir nicht mehr viel, sondern konzentrierten uns darauf, Gebäck herzustellen, das dem guten Namen des *Le Miel* gerecht wurde. Trotzdem war ich mir die ganze Zeit bewusst, dass gleich neben mir der große, böse Bäckerjunge mit leichter Hand die zartesten Blätterteigkreationen schuf. Und dadurch begehrte ich ihn nur noch mehr.

Gab es etwas Erotischeres als einen Mann, der sich gut in der Küche auskannte? Jedenfalls nicht für mich. Es gefiel mir, wenn jemand ganz selbstverständlich mit Rührschüssel und Mixer umgehen konnte, aus Zucker, Eiern und Mehl etwas ganz Besonderes zaubern konnte. So wie Tanner.

Ich mochte Tanner. Sehr sogar. Und heute waren meine bisher etwas wirren Gefühle für ihn zu einem tiefen, schmerzhaften Verlangen verschmolzen, das mir schreckliche Angst machte.

Wie er eben spontan eingesprungen war, wie er diese anstrengende Situation mit seinem Humor in eine sportliche Herausforderung umgewandelt hatte! Und wie er sich gleich um alles gekümmert hatte – das alles machte ihn unglaublich attraktiv.

Aber für mich steckte noch mehr dahinter als nur sein Aussehen und sein Verhalten. Tanner war ein guter Mensch, obwohl er alles dafür tat, das Gegenteil auszustrahlen, mit seinen vielen Tattoos und dem finsteren Blick. Auf irgendeiner Ebene sprach er mich unbewusst an. Wie und warum – das würde ich mir wohl nie erklären können.

Ja, ich begehrte Tanner. Und vielleicht wünschte ich mir auch, dass wir mehr voneinander hätten als nur diese kurze Affäre. Das warf allerdings eine Frage auf: Was würde aus mir werden, wenn sich am Ende unserer Vereinbarung herausstellte, dass er meine Wünsche nicht teilte?

Vor einem Jahr hatte ich den Mut gehabt, meine Ehe Ehe sein zu lassen. Jetzt hatte ich Tanner Tanner sein lassen wollen, aber so einfach sich das theoretisch anhörte, so schwer fiel mir die Umsetzung.

Wieso eigentlich? Ich hatte mir doch nur ein nettes, unverbindliches Abenteuer gewünscht, das ein bisschen Abwechslung in mein sonst so monotones Leben bringt. Heißen Sex mit einem scharfen Typen, mehr nicht. Allerdings hatten wir jetzt eine gefährliche Grenze überschritten, und ich machte mir ernsthafte Sorgen.

Schließlich hatte ich im vergangenen Jahr so viel für mich erreicht! Auf keinen Fall wollte ich wieder zu der unterwürfigen und viel zu bescheidenen Frau werden, die alles tat, um es ihrem Partner recht zu machen. Was wäre, wenn ich nur wegen Tanner meine wichtigen Ziele aus den Augen verlor? Darauf wollte ich es gar nicht erst ankommen lassen.

Insofern hatte Remy durchaus guten Grund, sich Sorgen zu machen. Die Sache mit Tanner und mir wurde immer komplizierter, und ich konnte nichts dagegen tun.

18. Kapitel

Tanner

»Das glaube ich einfach nicht.« Entnervt betrachtete ich das Schild im Fenster meines liebsten Thai-Restaurants. *Wegen Renovierung vorübergehend geschlossen* stand darauf. »Ich bin gar nicht darauf gekommen, vorher anzurufen und zu reservieren, weil das hier normalerweise gar nicht nötig ist.«

»Mach dir keine Gedanken.« Abby legte mir eine Hand auf den Arm. »Wir können doch woandershin gehen.«

Das stimmte zwar, aber eigentlich hatte ich ihr heute Abend einen Ort zeigen wollen, der mir sehr viel bedeutete. Auch um zu sehen, wie sie darauf reagierte. Das war nicht direkt als Test gedacht, ich wollte mich vielmehr davon überzeugen, dass aus uns langfristig gesehen nichts werden konnte – so toll wir auch körperlich harmonierten.

Zur Strafe für meine Hintergedanken hatte mir das Schicksal gleich einen Strich durch die Rechnung gemacht. Also musste Plan B her. Bloß hatte ich den leider nicht.

»Also, ich habe keine besonderen Ansprüche.« Sie gab mir noch einen leichten Klaps auf den Unterarm, dann zog sie die Hand wieder weg. »Wir haben ja einen langen Tag hinter uns. Da wäre Fastfood völlig okay für mich, dann können wir heute früh schlafen gehen.«

»Du willst ja nur wieder so schnell wie möglich mit mir unter die Decke«, sagte ich und grinste, als sie rot wurde. »Du bist ganz schön durchschaubar.«

»Bin ich nicht.« Trotzig hob sie den Kopf, aber ich erkannte das Funkeln in ihren Augen. »Ich habe zwar Hunger, aber wir können uns auch etwas auf die Hand nehmen und damit wieder zu mir fahren …«

Das war zwar die beste Idee, die ich heute gehört hatte, aber für diesen Abend hatte ich mir etwas anderes vorgenommen: Heute Abend wollte ich ihr klarmachen, was für unterschiedliche Menschen wir eigentlich waren. Wie wenig wir harmonierten, wenn wir nicht gerade gemeinsam im Bett lagen. Und dass bei uns nicht mehr drin war als ein kleines Abenteuer.

»Wie wär's mit Fish and Chips am Manly Beach?«

Damit hatte ich ihren Vorschlag einfach übergangen, aber sie ließ sich nichts anmerken, sondern nickte. »Mit dem Auto ist es aber ganz schön weit bis dahin.«

»Dann nehmen wir eben die Fähre.«

Ihre Augen leuchteten. »Super! Das habe ich noch nie gemacht – dabei wohne ich schon mein ganzes Leben lang in Sydney.«

»Wirklich nicht?«

Sie wandte den Blick ab, dabei sanken ihre Schultern ein Stück nach unten. »Na ja, ich wurde überallhin gefahren. Entweder von Dad, von unserem Chauffeur oder später eben von Bardleys Fahrer.«

»*Bardley* … ich finde den Namen immer noch total bescheuert«, knurrte ich. Immer wenn sie ihren Ex so nebenbei erwähnte, versetzte es mir einen Stich. Und das passte mir gar nicht.

»Ist er auch.« Sie lachte und schob ihre Hand in meine. »Übrigens habe ich auch noch nie Fish and Chips am Strand gegessen, also bin ich dabei.«

Was ihre Familie wohl dazu sagen würde, wenn sie wüsste, dass ihre kleine Prinzessin gerade ein völlig unspektakuläres Date hatte, gleich mit der öffentlichen Fähre fahren und billiges Fastfood essen würde?

Und sosehr sie ihren Ex hasste – es war bestimmt nicht leicht für sie gewesen, ihr Luxusleben hinter sich zu lassen. Heute hatten wir uns ganz schön ins Zeug gelegt, um diesen kurzfristigen Auftrag zu erledigen, aber für sie war das bestimmt normal. Mit Remy gab es bestimmt ständig solche hektischen Arbeitstage. Und dann noch das winzige Apartment über der Konditorei … was für eine Umstellung das für sie gewesen sein musste! Dafür bewunderte ich sie umso mehr.

»Vermisst du dein altes Leben?«, fragte ich sie auf dem Weg zum Auto.

Sie versteifte sich. »Wie kommst du denn jetzt darauf?«

»Reine Neugier.« Ich öffnete ihr die Beifahrertür und wartete, bis sie eingestiegen war, dann setzte ich mich ans Steuer. »Das ist ja ein ganz schöner Abstieg für dich: vom Privatchauffeur zu den öffentlichen Verkehrsmitteln.«

Es dauerte eine halbe Ewigkeit, bis sie mir antwortete. »Meine Familie vermisse ich schon. Und einige meiner Freunde auch. Aber dieser Lebensstil hatte mir nie etwas bedeutet.«

In diesem Punkt unterschieden wir uns deutlich: Für mich zeugte jeder Luxus, den ich mir leisten konnte, davon, wie weit ich inzwischen gekommen war. Und wie sehr sich mein Vater in mir geirrt hatte.

Das hieß noch lange nicht, dass ich meinen Reichtum als selbstverständlich hinnahm oder mit dem Geld nur so um mich warf. Aber ich genoss ihn durchaus. Und ich war dem alten Mistkerl jeden Tag dankbar dafür, dass er mich durch seine abfälligen Bemerkungen zu Höchstleistungen angespornt hatte. »Dann hast du also keinen Kontakt mehr zu den Leuten von damals?«, hakte ich nach.

Wir hielten gerade an einer Ampel, und ich warf Abby einen Seitenblick zu. Sie hatte die Lippen aufeinandergepresst und die Arme vor der Brust verschränkt, als wollte sie sich vor etwas schützen. Vor ihren Erinnerungen vielleicht? Der Traurigkeit? Mir?

»Nein.«

Die knappe Antwort war deutlich: Sie wollte nicht

darüber reden. Schweigend fuhren wir zum Fähranleger am Circular Quay, kauften Tickets und gingen an Bord.

Aber das Thema ließ mich nicht los. Ich mochte Abby wirklich, und ich wollte sie nicht verletzen. Wenn ich nur mehr über ihre Vergangenheit wüsste, könnte ich den Abschied vielleicht besonders schonend für sie machen. »Hast du denn schon mal darüber nachgedacht, wieder Kontakt zu deiner Familie aufzunehmen?«

Eigentlich hätte ich mit einem finsteren Blick gerechnet, stattdessen starrte sie gedankenverloren in Richtung Opernhaus.

»Ja, ich überlege immer wieder, ob ich mich nicht mal bei Mum melden sollte. Ich vermisse sie nämlich.« Sie löste den Blick von dem segelartigen Gebäude und sah nun mich an. »Du hältst mich jetzt wahrscheinlich für völlig bescheuert, aber neulich bin ich sogar an dem Day Spa vorbeigefahren, das wir früher zusammen besucht haben. In der Hoffnung, sie dort vielleicht zu sehen.«

»Ich finde das überhaupt nicht bescheuert, du vermisst sie doch.« Ich legte ihr einen Arm um die Schulter und zog sie an mich. »Ich vermisse Remy auch, wenn ich in der Weltgeschichte unterwegs bin, das ist ganz normal. Die eigene Familie berührt einen immer auf eine ganz besondere Weise.«

Das war allerdings nicht immer gut, wie ich am Beispiel meines Vaters erlebt hatte.

»Ich verstehe nicht, dass sie sich bisher kein einziges Mal bei mir gemeldet hat, weißt du?« Sie legte mir eine

Hand auf den Oberschenkel. Es fühlte sich wunderschön und sehr, sehr intim an. Mein Herzschlag beschleunigte sich.

Also hatte sie Vertrauen zu mir – und zwar so viel, dass sie mir sogar von ihrer Vergangenheit erzählte. Aber hatte ich das überhaupt verdient?

»Ein ganzes Jahr ist die Trennung jetzt her, und sie hat mich seitdem nicht einmal angerufen.« Abby schüttelte den Kopf. »Was ist das denn für eine Mutter?«

Dazu konnte ich ihr nichts sagen. An meine eigene Mutter hatte ich nur schöne Erinnerungen – daran, wie glücklich ich immer bei ihr in der Küche gewesen war. Trotzdem wollte ich sie irgendwie trösten, sonst ging dieses Date ganz schnell den Bach hinunter. »Ich schätze mal, dass bei euch zu Hause dein Vater der Boss ist? Vielleicht hat sie ja Angst, dass es Streit gibt, wenn sie den Kontakt zu dir aufnimmt?«

In ihren feuchten Augen meinte ich so etwas wie Respekt zu erkennen, als sie zu mir aufsah. »Ja, zu Hause hat Dad immer das Sagen, aber sie hätte ihm ja nichts davon zu erzählen brauchen.«

»Wenn sie so ähnlich tickt wie du, kann ich mir nicht vorstellen, dass sie irgendetwas hinter seinem Rücken macht. Dafür wärst du viel zu gewissenhaft, wahrscheinlich ist sie das auch.«

»Jetzt hör aber auf, für alles gute Gründe zu finden«, sagte sie, lächelte aber dabei. »Außerdem haben wir jetzt schon lange genug über meine Familie geredet, das

Thema ist ganz schön deprimierend.« Das Lächeln verschwand aus ihrem Gesicht. »Über deine Familie weiß ich übrigens überhaupt nichts. Abgesehen davon, dass deine Eltern beide gestorben sind, als du noch jung warst.«

Ich versteifte mich, dabei spannten sich auch die Muskeln in meinem Oberschenkel an, auf dem immer noch ihre Hand lag. Sei streichelte mir tröstend über das Bein. Wenn sie wüsste …

»Mehr hat dir Remy nicht erzählt?«, hakte ich nach.

»Nur dass eure Mum gestorben ist, als er fünfzehn war, und dein Dad, als er zwanzig war.« Mitfühlend blickte sie mich an. »Dann hast du deine Mum schon mit zehn verloren … Das muss schlimm gewesen sein.«

»Du hast ja keine Ahnung …«

Mum war immer meine Heldin gewesen, mein Fels in der Brandung. Sie hatte Dad immer von mir ferngehalten, bestimmt weil sie seinen Hass auf mich gespürt hatte – obwohl er in ihrem Beisein nie offenkundig hässlich zu mir gewesen war.

Aus meiner Sicht hatte dieses miese Schwein sie am Ende in den Tod getrieben. Und das auch noch meinetwegen.

»Magst du mir mehr von ihr erzählen?«, fragte Abby leise, und es klang, als wollte sie mich sanft dazu überreden, mich ihr immer mehr zu öffnen. Meinte sie etwa, dass sie mich dann besser verstehen würde?

Garantiert nicht.

Trotzdem: Eben hatte ich sie nach ihrer Familie gefragt, da war es nur fair, wenn ich ihr auch ein bisschen von meiner erzählte. »Dad hatte nie viel Zeit für mich, darum war ich meiner Mum näher. Sie hat mir das Kochen beigebracht und woran man eine gute Mango erkennt. Oder wie man Äpfel für eine klassische Apfeltasche vorbereitet. Ich habe so lange geschält und entkernt, bis mir die Finger wehgetan haben.« Ein bittersüßes Gefühl breitete sich in meinem Herzen aus, als ich daran dachte. »Sie kam aus Frankreich, war immer sehr elegant und ging nie ohne Make-up und Parfum aus dem Haus. Nicht mal, wenn sie mich bloß zum Kindergarten gebracht hat. Alle haben für sie geschwärmt.«

Nur Dad nicht. Ich hatte nie begriffen, woran ihre Ehe wirklich gescheitert war – bis ich die schlimmen Vorwürfe gehört hatte, die Dad ihr an ihrem Todestag entgegengeschleudert hatte. Alle anderen Menschen hatten Mum aber geliebt.

»Das hört sich so an, als wäre sie ein toller Mensch gewesen«, erwiderte Abby lächelnd. »Hast du vielleicht deswegen so verschreckt ausgesehen, als du mir mit dieser Riesenbestellung geholfen hast? Weil du dich in der Küche besonders intensiv an sie erinnerst?«

Ich nickte. Das war eine unglaublich aufmerksame Beobachtung. »Ja. Sie war so ein wunderbarer Mensch. Und jedes Mal wenn ich in einer Küche bin, sogar bei mir zu Hause, spüre ich das sofort hier drin.« Ich klopfte mir leicht mit der Faust auf die linke Brust und wünschte,

dieser schreckliche Schmerz, diese schreckliche Sehnsucht und Trauer würden irgendwann nachlassen.

Bevor ich das Thema wechseln konnte, stellte Abby auch schon die nächste Frage: »Und was ist mit deinem Dad?«

»Der war ein mieses Stück Dreck.« Die Worte waren mir einfach so herausgerutscht, ich hatte sie nicht zurückhalten können. Falls sie herausgehört hatte, wie viel Hass dahintersteckte, ließ sie es sich nicht anmerken.

Stattdessen begann sie wieder meinen Oberschenkel zu streicheln. »Was heißt das?«

»Er hat mich gehasst.«

Sie öffnete leicht die Lippen. »Aber du warst doch noch ein Kind. Und wie kann überhaupt ein Vater sein eigenes Kind hassen?«

Ich konnte ihr unmöglich die Wahrheit sagen. Die hatte ich noch niemandem verraten, nicht einmal Remy. Also entschied ich mich für die Light-Version. »Als ich geboren wurde, hatten Mum und Dad gerade eine schwierige Phase. Und ich war ihr auch noch wie aus dem Gesicht geschnitten. Das war wohl Grund genug.«

Angewidert zog Abby die Nase kraus. »Normalerweise schimpfe ich nicht auf Menschen, die ich nicht mal kenne, aber dein Dad klingt extrem unsympathisch.«

»Das ist die Untertreibung des Jahrhunderts«, murmelte ich und ärgerte mich darüber, wie sehr mich ihre mitfühlenden Worte berührten. Eigentlich hatte ich mir mit diesem Date beweisen wollen, wie unterschiedlich

wir eigentlich waren. Und jetzt vertrauten wir uns plötzlich intime Dinge an und kamen uns dadurch näher. Zeit, dass ich da wieder rauskam. »Jedenfalls ist Remy der Einzige, der noch übrig ist, dafür ist er auch ein richtig großartiger Bruder.«

Sie war aufgewühlt, das erkannte ich an ihrem Blick. Und sie hätte bestimmt gern weiter nachgefragt, stattdessen sagte sie: »Mit wie vielen Frauen hattest du eigentlich schon ein Date auf einer Fähre?«

Ich grinste. Damit hatte ich nicht gerechnet, und der Themenwechsel gefiel mir. »Bis heute nur mit einer einzigen.«

Sie stieß einen kleinen spöttischen Laut aus.

»Glaubst du mir etwa nicht?«

»Ich glaube, dass du schon als Teenager ein echter Bad Boy warst und schon jede Menge Frauen hattest.« Sie tippte mit dem Finger auf meine Brust. »Und jetzt versuch nicht, das abzustreiten.«

»Ich streite ja gar nichts ab.« Ich hob beide Hände, um zu signalisieren, dass ich nichts zu verbergen hatte. »Ich bin bloß noch nie mit einer Frau Fähre gefahren.«

»Dann habe ich ja richtig Glück«, sagte sie und klimperte übertrieben kokett mit ihren langen Wimpern.

»Nein, ich bin hier der Glückspilz«, murmelte ich und fragte mich dabei, wie sie wohl reagieren würde, wenn sie in etwa wüsste, was mir gerade durch den Kopf ging. »Ich weiß ja, worum es dir bei unserer Affäre geht. Du willst endlich dein Leben weiterleben und deine Vergan-

genheit für immer hinter dir lassen.« Ich legte die Hände auf ihre Schultern und drückte sie. »Und ich darf dir dabei helfen, diesen Schritt zu machen. Das ist mein Glück.«

Ein seltsamer Ausdruck huschte über ihr Gesicht. Bedauern vielleicht? Oder Ärger? Hoffnung? Bevor ich genauer hinschauen konnte, war er allerdings schon wieder verschwunden.

Sie schmiegte sich an mich, während die Fähre über das Wasser glitt. Wir redeten zusammenhangloses Zeug über die Harbour Bridge, den Vergnügungspark an der gegenüberliegenden Seite und die riesigen Kreuzfahrtschiffe um uns herum. Alles belanglose, aber unverfängliche Themen, in denen Gefühle und geheime Wünsche keine Rolle spielten.

Zum Beispiel der tiefe Wunsch danach, dass sie dieses kleine, einfache Date genoss und dabei vielleicht den echten Tanner kennenlernte. Den Tanner, der sich hinter seinen vielen Tattoos und seiner Besserwisserei versteckte … und der sich Hals über Kopf in eine Frau wie Abby verlieben könnte, wenn man ihm nur eine Chance geben würde.

Aber zwischen uns lagen Welten. Und wenn ich eines von meinem Vater gelernt hatte, dann dass ich beziehungsunfähig war. Selbstlosigkeit lag mir nicht, dafür hatte ich mich zu viele Jahre lang wertlos gefühlt. Nach Dads Tod hatte ich mir geschworen, meine ganze Verbitterung, meinen ganzen Groll und meinen ganzen

Schmerz als Motivation dafür zu nutzen, beruflich erfolgreich zu werden. Ich wollte ein angesehener Mann werden und mir alle möglichen Annehmlichkeiten gönnen.

Wenn ich mich aber jetzt auf eine Frau wie Abby einließ, konnte ich nicht mehr die Nummer eins in meinem Leben sein. Dann könnte ich nicht mehr nur auf mich selbst achten, sondern müsste ihr Einblick in meine Seele geben. Und dort würde sie immer noch das verängstigte Kind von damals entdecken, das sich so schrecklich wertlos fühlte.

Dazu war ich nicht bereit.

»Wir sind jetzt da«, bemerkte ich überflüssigerweise, als die Fähre anlegte und die ersten Passagiere ausstiegen.

»Ein Glück, ich verhungere nämlich gerade.« Sie nahm meine Hand, als wäre es die natürlichste Sache der Welt. Dann bestellten wir an einem Fish-and-Chips-Stand jeder eine Portion. Als sich herausstellte, dass wir beide am liebsten gegrillten Riesenbarsch aßen – Barramundi – und beide nach einer Extraportion Gewürzsalz auf den Pommes baten, drückte sie sanft meine Finger.

Wenn doch nur alles so einfach wäre! Wenn unsere ähnlichen Geschmäcker beim Essen doch als Grundlage für etwas Längerfristiges reichen würden … Ich wünschte mir zwar keine ernsthafte Beziehung, in der ich mich zu sehr hätte öffnen müssen, hätte aber sehr gern unsere unverbindliche Affäre aufrechterhalten, solange ich noch in Sydney war.

Für Abby war jedoch von Anfang an nur ein kurzes Abenteuer mit mir infrage gekommen. Außerdem hatte sie etwas Besseres verdient. Mir war durchaus aufgefallen, dass sie mich in letzter Zeit mit anderen Augen betrachtete als zu Anfang. Einerseits gefiel mir das, andererseits wurde ich den Verdacht nicht los, dass ich ihr das Herz brechen würde, wenn sie tiefere Gefühle für mich entwickelte.

Mit unserem in Papierpäckchen gewickelten Essen schlenderten wir an den Strand und konnten dort gerade noch die Sonne im Meer versinken sehen, umgeben von einem Farbspiel aus Lila und Indigo.

»Wow«, rief Abby aus und entzog mir die Hand, um sie in den hellen Sand zu schieben. »Inzwischen weiß ich ja, dass du viele Talente hast, aber dass du *so* einen Sonnenuntergang hinbekommen würdest …«

»Für dich würde ich alles tun«, murmelte ich so leise, dass sie es zum Glück nicht hören konnte.

Natürlich hatte ich mir insgeheim gewünscht, dass ihr das Date gefallen würde und sie den kleinen Dingen, an denen ich solche Freude hatte, auch etwas abgewinnen könnte. Andererseits hatte ich mir damit aber auch etwas beweisen wollen: dass wir keinerlei Gemeinsamkeiten hatten und sie wahrscheinlich viel lieber in einem Sternerestaurant gesessen hätte als hier am Strand.

Und jetzt saß sie neben mir, öffnete das Papier, um mit der einen Hand ein Stück Fisch herauszuholen und sich mit der anderen heiße, salzige Pommes in den Mund zu

stecken. Und sie sah dabei so glücklich und zufrieden aus, dass ich sie nur noch mehr begehrte.

»Das ist ja köstlich«, schwärmte sie mit halb vollem Mund, und ich lachte – so, wie ich schon lange nicht mehr gelacht hatte: überglücklich darüber, dass ich genau in diesem Moment mit genau dieser Frau zusammen sein durfte.

»Worüber lachst du denn?« Sie wischte sich den Mund mit einem Taschentuch aus ihrer Handtasche ab. »Lass mich raten: darüber, dass ich so ganz anders bin als deine bisherigen dürren Supermodel-Freundinnen, die höchstens mal einen Salat gegessen haben.«

»Ja, und dafür bin ich irre dankbar.« Ich hielt ihr die Fritten unter die Nase und freute mich, als sie erneut zugriff. »Was hast du eigentlich immer mit meinen Exfreundinnen? Bist du eifersüchtig?«

»Pfff …« Schnell steckte sie sich die nächsten Pommes in den Mund, um nicht auf meine Frage antworten zu müssen, und ich grinste.

»Du brauchst dich nicht dafür zu schämen, dass ich dir gefalle«, sagte ich. »Das ging Tausenden vor dir nicht anders.«

Sie zog die Augenbrauen hoch. »Tausenden also. Igitt, das ist ja eklig.«

Wieder musste ich lachen, ich fand unseren kleinen Schlagabtausch sehr erfrischend. »Na ja, vielleicht übertreibe ich auch ein bisschen.«

»Puh!« Sie tat, als würde sie sich Schweiß von der

Stirn wischen. Wenn es nur ein paar Hundert waren, ist es ja nicht so schlimm.«

»Interessant, dass du mich für so einen oberflächlichen Playboy hältst.« Ich streckte die Arme nach hinten in den Sand und stützte mich auf die Hände. »Es stimmt schon, dass ich nicht der Typ für langfristige Beziehungen bin … aber das heißt noch lange nicht, dass ich mit jeder Frau in die Kiste hüpfe, die nicht bei drei auf den Bäumen ist.«

»Nein, du beschränkst dich einfach auf die, die vor dir den Slip ausziehen«, konterte sie, und ihre Augen funkelten.

Es war wunderschön, sie so zu erleben: so humorvoll und unbeschwert.

»Inzwischen interessiere ich mich aber nur noch dafür, dass du dir vor mir den Slip ausziehst.« Ich ließ den Blick absichtlich lange auf ihren Brüsten ruhen, dann ließ ich ihn langsam weiter nach unten gleiten … bis zu der Stelle, an der sie wahrscheinlich wieder ihren schlichten Baumwollslip trug.

»Hör sofort auf damit«, zischte sie und wand sich unruhig im Sand hin und her.

»Warum denn? Mache ich dich etwa heiß?«

Sie schaute mich an und öffnete erschrocken die Lippen.

»Gib's ruhig zu.« Ich lächelte. »Dann erzähle ich dir auch ein kleines Geheimnis. In deiner Nähe werde ich immer gleich hart. Und wenn du nicht in meiner Nähe

bist, brauche ich nur an dich zu denken, und ich kriege einen Ständer.«

»Oh«, sagte sie so leise, dass ich es fast nicht mitbekommen hätte. Dann ließ sie den Blick in meiner Leistengegend ruhen.

Ich erschauerte, und meine Erektion drückte gegen den Jeans-Reißverschluss. Verdammt. Das war ja klar gewesen, dass das passieren würde. Warum hatte ich mit dem Thema überhaupt angefangen?

»Ich hatte doch vorgeschlagen, dass wir uns Fastfood kaufen und damit zu mir fahren.« Ihre Stimme klang sanft und verführerisch, wie ein Schnurren. »Jetzt haben wir erst mal eine lange Fahrt übers Wasser vor uns.«

»Fick die Fähre!«, murmelte ich. Dass unser nettes kleines Date von jetzt auf gleich so erotisch geworden war, gefiel mir gar nicht. Und dass ich mir jetzt auch noch auf einer ewig langen Fährfahrt die Eier abquetschen würde, noch weniger.

»Ich fänd's ja schöner, wenn du mich ficken würdest«, sagte sie und wurde sofort rot, weil sie das böse F-Wort in den Mund genommen hatte.

»Hör auf!«, stöhnte ich. »Musst du unbedingt jetzt mit dem Dirty Talk anfangen?«

Sie sprang auf, klopfte sich den Sand vom Hintern und grinste. »Wir wär's, wenn wir uns ein Taxi nehmen, statt auf die Fähre zu warten?«

»Keine schlechte Idee«, sagte ich, sammelte unseren Abfall ein und warf ihn auf dem Weg zur Straße in einen

Mülleimer. »Schnall dich gleich gut an, okay? Ich werde den Fahrer nämlich anweisen, ordentlich auf die Tube zu drücken.«

Ein schüchternes Lächeln lag auf ihren Lippen, als sie sich auf die Zehenspitzen stellte und mir einen kleinen Kuss auf den Mund drückte. »Vielen Dank für die Einladung. Das war das schönste Date, das ich je hatte.«

Das machte mich völlig sprachlos.

Schnell winkte ich ein Taxi herbei, schob sie hinein und stolperte hinterher. Ich konnte es nicht abwarten, sie für mich allein zu haben. Dann wollte ich ihr nämlich *zeigen*, wie sehr auch mir unser Date gefallen hatte.

19. Kapitel

Abby

Normalerweise freute ich mich immer auf den Tag, den ich am College verbrachte. Dann konnte ich kurz aus der hektischen Produktion ausscheren und mich in Ruhe der Theorie dahinter widmen. Ich saß wirklich gern in Vorlesungen und machte mir Notizen. Ich nahm auch gern an den praktischen Seminaren teil, tauschte mit den anderen Studenten Rezepte aus und fragte die Konditormeister Löcher in den Bauch.

Das alles genoss ich normalerweise. Bloß heute war ich schwer abgelenkt, und schuld daran war ein großer tätowierter Nachtclubbesitzer, der eine Schwäche für süßes Gebäck hatte – und für mich.

Die letzte Nacht war wieder unglaublich gewesen. Wir hatten einen wunderbar entspannten Abend miteinander verbracht, viel gelacht und uns geliebt … beziehungsweise: Wir hatten uns Liebesspielen hingegeben. So naiv, das mit echter Liebe zu verwechseln, war ich auch wieder nicht.

Bei unserem Date am Strand war Tanner so entspannt gewesen, wie ich ihn noch nie erlebt hatte. Dabei hatte

ich ihn von einer neuen, weichen Seite kennengelernt, die ich genauso attraktiv fand wie seine sonst so raue, kantige Art. Es war schön, immer wieder neue Facetten an ihm zu entdecken.

Nach unserem Picknick waren wir zu mir gefahren und hatten uns stundenlang im Bett vergnügt, bis wir schließlich aneinandergeschmiegt eingeschlafen waren. Als er dann früh um fünf das Apartment verlassen hatte, war er wie ausgewechselt gewesen. Fast so, als würde es ihm schwerfallen zu gehen. Empfindsamer als sonst.

Mir hatte das direkt ein wenig Angst eingejagt. Ich konnte unmöglich zulassen, dass Tanner meine Lebenspläne durchkreuzte! Schließlich hatte ich mich früher viel zu sehr zurückgenommen. Jetzt, wo meine Scheidung durch und ich ein freier Mensch war, musste ich sehen, dass ich vorankam und endlich etwas für mich tat.

So heiß der Sex zwischen uns auch war und sosehr ich Tanner begehrte – mehr als ein kurzes Abenteuer war zwischen uns nicht möglich. Sonst war die Katastrophe vorprogrammiert.

Ich wusste genau, was sonst passieren würde: Ich würde mich emotional viel zu sehr reinhängen und alles für ihn tun, nur damit er glücklich war. Darüber würde ich meine eigenen Bedürfnisse vergessen und ihm das irgendwann verübeln. Am Ende würde einer von uns sich trennen … und ich wäre wieder da, wo ich vor zwölf Monaten schon gewesen war. Mein Leben läge in Trüm-

mern, ich wäre am Boden zerstört und würde mich ärgern, dass ich wieder kein Rückgrat gehabt hatte.

Das durfte ich mir nicht antun. Nicht jetzt, wo ich schon so weit gekommen war.

Also beschloss ich, erst mal nicht über die möglichen Komplikationen nachzudenken und mich stattdessen auf die Vorlesungen zu konzentrieren. Ich rückte meinen Rucksack zurecht und ging auf das eindrucksvolle schmiedeeiserne Tor des Instituts zu, während ich im Kopf meinen Stundenplan durchging.

Ich war so in Gedanken, dass ich über eine Bodenritze stolperte … und fast mit meiner Mutter zusammengestoßen wäre.

»Hallo, Abigail.« Sie hielt mich am Arm fest und half mir, das Gleichgewicht zu wahren. Dabei betrachtete sie mich teils ängstlich, teils abwartend. »Wie geht es dir?«

»Gut«, erwiderte ich automatisch und konnte kaum fassen, dass ich ihr ausgerechnet hier über den Weg gelaufen war. Jetzt war ich hin- und hergerissen: Sollte ich sie umarmen, oder sollte ich ihr an die Gurgel gehen?

Ich hatte sie so vermisst … aber ob sie mich wohl auch vermisst hatte?

Plötzlich wurde ich von einer Welle sehr unterschiedlicher Gefühle ergriffen, darunter Wut, Trauer, Hoffnung und Reue. Meine Hände zitterten so heftig, dass ich sie mehrmals zur Faust ballen und wieder öffnen musste, um mich einigermaßen in den Griff zu bekommen.

Ich hatte mir schon so oft ausgemalt, wie es wohl sein

würde, wenn ich Mum oder Dad über den Weg liefe: Spätabends, bei einem Glas Wein hatte ich meine innere Stimme gut zum Schweigen bringen können, die mir immer wieder sagte, dass ich meinen Eltern herzlich egal war. An solchen Abenden stellte ich mir vor, wie Mum mich so fest umarmte, als wollte sie mich nie wieder loslassen. In meiner Fantasie entschuldigte sich Dad manchmal sogar bei mir.

Aber jetzt, wo wir uns tatsächlich gegenüberstanden, umarmte Mum mich nicht. Überhaupt wirkte das Ganze gerade eher wie eine absichtlich herbeigeführte »Zufallsbegegnung«, hinter der irgendeine Absicht steckte.

»Du siehst müde aus«, bemerkte sie und betrachtete mein Gesicht. Anders als früher störte mich ihr intensiver, kritischer Blick diesmal nicht.

Sie hatte mich schon so oft heruntergemacht.

Abigail, du musst dir deine Sorgenfalten mal etwas besser eincremen.

Abigail, ein guter Sonnenschutz gehört unbedingt zum Schönheitsprogramm. Und du willst doch wohl nicht Falten kriegen, bevor du fünfzig wirst, oder?

Abigail, du musst dir mal die dunklen Augenringe besser abdecken.

Abigail, dieser orangefarbene Lippenstift macht dich blass. Nimm lieber ein kräftiges Pink.

Ihre sogenannten Schönheitstipps hatte ich einfach immer über mich ergehen lassen, genau wie ihre Kritik an meiner Kleidung und meinem Haarschnitt. Schließ-

lich war sie meine Mutter, und es war einfacher, mich ihr zu fügen, als mich zu wehren und am Ende geschnitten zu werden. Das war nämlich das Allerschlimmste gewesen: wenn sie mich gar nicht mehr beachtet hatte.

Witzigerweise hatte sie mich inzwischen seit zwölf Monaten nicht mehr beachtet. Und falls sie mir damit eine Lektion hatte erteilen wollen ... dann hatte das nicht funktioniert. Das Einzige, was ich im vergangenen Jahr gelernt hatte, war, dass ich mich schon sehr viel früher von meinen Eltern hätte lossagen sollen, um mein eigenes Leben zu leben. Und dass ich denjenigen, die mir am nächsten standen, nicht unbedingt vertrauen konnte – sosehr ich sie auch liebte.

Jetzt schnürten mir meine Gefühle die Kehle zu, aber ich hoffte, dass meine Mutter mir das nicht anhörte. »Im Moment habe ich gerade ziemlich viel zu tun, vielleicht können wir uns ein andermal unterhalten?«

Sie verzog die Nase – ihre Stirn konnte sie ja vor lauter Botox nicht mehr runzeln. »Aber du bräuchtest doch gar nicht so viel zu tun«, sagte sie. »Du arbeitest in dieser komischen Bäckerei, gehst auch noch einmal die Woche hier aufs College ...« Sie wies auf das Gebäude. »Das ist doch unter deiner Würde.«

Es fühlte sich an, als würden meine Adern gefrieren, so eiskalt war mir plötzlich. So hatte ich mir unser erstes Treffen nach zwölf Monaten bestimmt nicht vorgestellt: ohne jedes freundliche Wort, ohne Umarmung und ohne mir zu sagen, dass sie mich vermisst hatte. Stattdessen

war es wieder so wie damals. Mum erzählte mir, was ich zu tun und zu lassen hatte.

Das tat weh, und ich fühlte mich schrecklich leer. Schnell verschränkte ich die Arme vor dem Körper. »Woher weißt du eigentlich, wo ich arbeite?«

Im Grunde interessierte mich die Antwort nicht besonders. Offenbar hatten sie mich im Auge behalten, um sicherzugehen, dass ich mich nicht prostituierte oder sonst irgendetwas Verwerfliches anstellte, was den Ruf der hochwohlgeborenen Familie Prendigast schädigen könnte.

»Na, du weißt doch, dass dein Vater immer gern alles und jeden im Blick behält.« Sie tätschelte meinen Arm, und auch diese Berührung fühlte sich herabwürdigend an. »Wir machen uns Gedanken …«

»Erzähl nicht solchen Mist, Mum. Wenn ihr euch wirklich Gedanken um mich gemacht hättet, hättet ihr euch in den letzten zwölf Monaten bei mir gemeldet oder das jedenfalls versucht. Und ihr hättet zumindest so getan, als würdet ihr mich lieben und als würdet ihr euch Sorgen um mich machen – nicht bloß um euren Ruf.« Ich war ziemlich laut geworden, und einige Studenten schauten schon zu uns herüber. Also atmete ich erst mal langsam aus, bevor ich weitersprach: »Jedenfalls hat es keinen Sinn, jetzt herumzustreiten. Ich habe gleich ein Seminar, und …«

»Komm bitte nach Hause«, sagte sie und starrte mich angeekelt an, denn eine Prendigast zeigte in der Öffent-

lichkeit nie Gefühle. »Es ist noch nicht zu spät, deine Ehe zu retten. Du kannst immer noch zu dem armen Bardley zurückkehren und dein richtiges Leben weiterleben, unseren Ruf wiederherstellen …«

»Du hast mir wohl nicht richtig zugehört«, erwiderte ich und zählte zur Beruhigung innerlich bis zehn. »Ich bin gerade sehr zufrieden, weil ich ein Leben nach meinen Vorstellungen führe – nicht nach euren.«

»Sei doch nicht albern«, gab sie verbittert zurück. »Du benimmst dich ja wie ein kleines Kind. Du hast ein Jahr lang deinen Spaß gehabt, jetzt werd bitte erwachsen.«

Ich betrachtete die Frau, die mich zur Welt gebracht hatte: Sie trug ein pastellblaues Designerkostüm, hatte perfekt gesträhntes blondes Haar, makelloses Make-up und eine Handtasche, von deren Gegenwert ich zwei Jahre lang meine Miete hätte bezahlen können.

Meine Mutter.

Vor ein paar Monaten hätte ich noch von ganzem Herzen gehofft, dass sie mich aufgesucht hatte, um mir Verständnis dafür entgegenzubringen, dass ich mein altes Leben hinter mir gelassen hatte.

Was für ein Blödsinn.

Ich war bitter enttäuscht.

Ich liebte meine Eltern und wünschte mir nichts sehnlicher, als dass meine Liebe erwidert wurde. Das hier war aber keine Liebe. Hatten sie mich überhaupt je geliebt?

Echte Liebe war weder manipulativ noch dominant oder vorwurfsvoll.

Wer mich wirklich liebte, verlangte nicht, dass ich mich nach anderer Leute Erwartungen richtete. Wer mich lieben würde, hätte in den vergangenen zwölf Monaten auch versucht, den Kontakt zu mir wiederherzustellen.

Der Schmerz in meiner Magengegend stieg bis in den Brustbereich und dehnte sich aus, bis ich kaum noch atmen konnte. Ich musste hier weg, ich wollte mich nicht mehr heruntermachen lassen. Hier wurde ich nicht geliebt, sondern nur verurteilt. »Tschüss, Mum. Bitte melde dich nicht mehr bei mir.«

Ich hatte keine Ahnung, wie es mir gelungen war, die Worte so ruhig auszusprechen, obwohl ich innerlich gerade zerbrach, obwohl in mir ein Sturm der Gefühle tobte, den ich kaum unter Kontrolle hatte.

Meine Mutter richtete sich gerade auf und drückte die Schultern durch, als würde sie sich für den bevorstehenden Kampf rüsten, der aber gar nicht stattfinden sollte. Ich hatte alles gesagt, was ich zu sagen hatte.

»Abigail! Du kannst mich hier nicht einfach so stehen lassen!«

Und ob ich das konnte. Genau das tat ich auch – ohne mich umzudrehen.

20. Kapitel

Tanner

»Was hast du eigentlich diesen Ärzten erzählt, dass die mich heute schon entlassen haben?« Remy stützte sich auf seine Krücken und grinste mich voller Respekt an. Inzwischen war es Donnerstag. »Wobei ... eigentlich interessiert es mich nicht die Bohne, was du gesagt hast. Ich freue mich einfach, dass ich endlich nach Hause komme.«

»Und zur Arbeit auch – aber nur, solange du deinen Knöchel nicht belastest und nur zuschaust und Anweisungen gibst«, fügte ich hinzu, ganz der fürsorgliche Bruder. Irgendwie kam ich mir dabei vor wie ein Schwindler.

Ja, ich hatte dafür gesorgt, dass Remy aus dem Krankenhaus entlassen wurde. Aber nicht etwa aus lauter Selbstlosigkeit, sondern weil ich ihn dringend im *Le Miel* brauchte. Damit ich gehen konnte.

Nach diesem Morgen war es für mich nicht mehr vorstellbar, weiter an Abbys Seite zu arbeiten. Zum ersten Mal in meinem ganzen Leben war ich nach einer unglaublich schönen Nacht voller Sex ohne Fluchtgedanken neben einer Frau aufgewacht.

Stattdessen hatte ich bei ihr bleiben wollen. In ihrem Bett. In ihrem Apartment. Und in ihrem Leben.

Also musste ich jetzt dafür sorgen, dass ich wegkam.

Ich war nicht der Typ für eine dauerhafte Beziehung. Jeden, der mir zu nah kam, würde ich irgendwann doch vergraulen, das hatte man mir von klein auf eingetrichtert. Genau deswegen hatte ich mir Remy gegenüber solche Mühe gegeben – um Dad zu beweisen, wie unrecht er hatte. Wenigstens das war mir gelungen. Als Dad gestorben war, hatte er gewusst, dass ich immer loyal zu meinem Bruder gewesen war.

»Ich kann dir gar nicht genug dafür danken, dass du für mich die Stellung gehalten hast, während ich im Krankenhaus war.« Remy räusperte sich. »Du warst einfach toll.«

»Heb dir die Komplimente lieber für jemanden auf, der sie hören will«, sagte ich und schnappte mir seine Reisetasche. Gemeinsam gingen wir aus dem Krankenzimmer und anschließend den Flur hinunter. »Soll ich dich erst nach Hause bringen oder gleich ins *Le Miel*?«

»Natürlich erst in die Konditorei.« Er wedelte mit einer Krücke. »Der Knöchel ist in dem Stiefel ja gut geschützt, und diese Dinger hier schonen auch meine Rippen, also alles kein Problem.«

Schön, dass wenigstens einer von uns beiden keine Probleme zu haben schien. Bei mir war das anders. Ich musste dringend die Sache mit Abby beenden, aber immer wenn ich daran dachte, wurde mir schlecht.

Ich wünschte mir so sehr, dass sie in meinem Leben blieb. Und wusste doch gleichzeitig, dass ich sie nur wieder wegstoßen würde.

Also gab es nur eine verantwortliche und ehrliche Lösung: sofort einen Schlussstrich zu ziehen, bevor einer von uns zu viele Gefühle investierte.

Das hieß: Für mich war es schon zu spät. Ich war längst dabei, in einem Strudel aus Gefühlen zu ertrinken, und suchte jetzt verzweifelt nach einem Rettungsanker. In diesem Fall war das mein Bruder Remy, der endlich in die Konditorei zurückkehrte.

»Warte kurz hier, dann hole ich das Auto …«

»Was ist denn los mit dir?« Remy stemmte mir eine Krücke auf den Fuß. »Ist zwischen dir und Abby etwas Schlimmes passiert?«

»Nein, alles okay«, sagte ich in dem gleichen oscarreifen unbekümmerten Tonfall, den ich mir damals als Kind antrainiert hatte, um Remy damit etwas vorzuspielen. Tatsächlich hatte er mich nie durchschaut: nicht als ich acht Jahre alt gewesen war und Dad mich angeschrien hatte, dass ich genauso aussehen würde wie »diese nichtsnutzige französische Hure, die mich durch ihre Tricks zur Ehe gezwungen hat«. Und auch nicht die vielen Male nach Mums Tod, als er mich systematisch mit seinen Beschimpfungen heruntergeputzt hatte, bis ich mich absolut wertlos fühlte.

Damals hatte ich es Remy durchaus übel genommen, dass er so selten zu Hause gewesen war und nie mitbe-

kommen hatte, was passierte. Dass er nicht eingegriffen hatte. Im Grunde hatte ich ihn dafür gehasst, dass er so in seiner Ausbildung aufgegangen war und damit seinen Traum von einer eigenen Konditorei verfolgt hatte.

Als es mit Dads Psychoterror immer schlimmer geworden war, war ich doch froh gewesen, dass Remy nichts davon mitbekam. Es reichte, dass Dad mein Leben kaputtmachte, da sollte er nicht auch noch Remys ruinieren. Mein Bruder war ein guter Mensch und hatte sich immer so gut um mich gekümmert, wie er konnte.

Nach Dads Tod hatte er mich einmal darauf angesprochen, warum ich so einen tiefen Hass auf unseren Vater empfand. Damals hatte ich seinen Lieblingsbierkrug gegen die Wand geschleudert, der daraufhin in tausend Stücke zersprungen war, und hysterisch gelacht. Remy hatte meinen Wutanfall für eine Mischung aus Trauer und den pubertären Anwandlungen eines Fünfzehnjährigen gehalten und mich zum Glück nie wieder darauf angesprochen.

Damals waren mir meine Schauspielkünste schon zugutegekommen, jetzt kramte ich sie wieder hervor und grinste betont lässig. »Hat Spaß gemacht, mit Abby zu arbeiten.«

Remy musterte mich skeptisch, als wollte er mir damit sagen, dass er mir diesen Mist diesmal nicht abnahm. »Du weißt ganz genau, dass ich eben nicht von eurer Arbeitsbeziehung gesprochen habe.«

»Wir hatten eine schöne Zeit.« Ich zuckte mit den

Schultern und versuchte den verdammten Schmerz in meiner Brust zu ignorieren. »Zwischen uns ist alles in Ordnung.«

»Ihr *hattet* eine schöne Zeit?«, wiederholte Remy. »Dann ist also alles vorbei?«

Ich nickte und kam mir wie ein echter Mistkerl vor, weil ich meinen Bruder schon wieder anlog. »Du kennst mich doch. Langfristige Geschichten sind nichts für mich.«

»Du hast doch den Schuss nicht gehört.« Remy schnaubte leise. »Abby ist eine tolle Frau, und du bist doch noch eine Weile in der Stadt. Warum schaust du nicht, wie es weitergeht?«

Weil ich ganz genau wusste, wie es weitergehen würde: Es würde in ein Desaster münden.

»Ich hole jetzt das Auto«, sagte ich und ließ Remy stehen.

An meiner üblichen Vorgehensweise wollte ich nichts ändern. Hoffentlich würde Abby das verstehen.

21. Kapitel

Abby

Nach dem großen morgendlichen Ansturm in der Konditorei war erst mal Ruhe eingekehrt. Ich nutzte die seltene Gelegenheit, um einen Soja-Latte in der Backstube zu trinken und im Geiste das Backprogramm für den Nachmittag durchzugehen.

Aber immer wenn ich ungefähr bei Punkt drei meiner Liste angekommen war, schlich sich Tanner in meine Gedanken und breitete sich dort so aus, dass nichts anderes mehr Platz hatte.

Inzwischen ließ es sich nicht mehr abstreiten: Ich hatte mich in ihn verliebt. Und fast hätte ich den fatalen Fehler gemacht, ihm das heute Morgen zu gestehen.

Ich hatte mich so geborgen gefühlt, alles war mir so selbstverständlich vorgekommen: an seiner Seite aufzuwachen, mich mit ihm ganz entspannt über den bevorstehenden Tag zu unterhalten … Für einen langen Moment hatte ich sogar gedacht, dass es ihm ähnlich ging wie mir. Er hatte mir tief in die Augen geschaut, dann meine Hand genommen und den Mund geöffnet, als hätte er mir etwas sagen wollen.

Ich hielt den Atem an und wartete darauf, dass er die Worte aussprach, nach denen ich mich so sehr sehnte: dass er unsere Affäre nicht beenden wollte. Dass er sich mehr Zeit mit mir wünschte als bloß ein paar Wochen. Dass er sich auch mehr vorstellen könnte und es gern auf einen Versuch ankommen lassen wollte.

Aber stattdessen führte er meine Hand an seine Lippen, hauchte einen Kuss darauf und rollte sich auf mich, um mich leidenschaftlich zu nehmen und seinen unglaublichen Körper spüren zu lassen. Ich fühlte mich so lebendig wie noch nie … und gab mich diesem wunderbaren Gefühl ganz hin, während ich beschloss, ihm später mein Geständnis zu machen. Bald. Hoffentlich würde ich ihn damit nicht in die Flucht schlagen …

Früh am Morgen hatte er dann mein Apartment verlassen, angeblich wegen eines Termins. Irgendwie war mir das Ganze aber komisch vorgekommen. Als hätte er nach unserem umwerfenden Gutenmorgensex völlig dichtgemacht.

Hatte er vielleicht gespürt, was ich ihm sagen wollte? Oder war er völlig übermüdet gewesen, weil wir wieder kaum Schlaf bekommen hatten? Woran es auch lag – er konnte jetzt jeden Moment wieder in die Konditorei kommen, um hier weiter auszuhelfen. Solange wir in der Backstube beschäftigt waren, hatte ich vor, mich ihm gegenüber rein professionell zu verhalten, aber am Abend wollte ich ihn zum Essen einladen.

Und dann würde ich alles auf eine Karte setzen.

Die Hintertür wurde mit einem Knarren geöffnet. Ich drehte mich um und schob mir ganz automatisch ein paar lose Strähnen unter das Haarnetz.

Dann kam Tanner herein, seine Miene war nicht zu deuten. Er blieb stehen, hielt die Tür weit geöffnet und wartete.

»Hey, was ist denn … Remy?«, rief ich begeistert aus, als mein Chef in die Backstube gehumpelt kam und dabei von Ohr zu Ohr grinste. »Was machst du denn hier?«

Ich rannte quer durch den Raum, um ihn vorsichtig zu umarmen. Ich war völlig aus dem Häuschen, mit ihm hätte ich jetzt wirklich nicht gerechnet.

»Der Doktor hat mich vorzeitig entlassen, weil alles so gut verheilt. Hier bin ich also wieder.« Er runzelte theatralisch die Stirn und blickte sich in der Backstube um. »Ihr habt Glück, hier scheint ja soweit alles in Ordnung zu sein.«

Ich gab ihm einen leichten Klaps auf den Arm. »Tanner und ich haben hier übrigens nicht nur die Stellung gehalten, sondern auch ein paar große Aufträge bewältigt und ordentlich Kohle gemacht.«

»Dann hast du dir eine Gehaltserhöhung verdient.« Remy lächelte mich warmherzig an, und seine Augen leuchteten. »Ganz ernsthaft, du hast das alles ganz toll hingekriegt, dafür bin ich dir sehr dankbar.« Als Nächstes wandte er sich Tanner zu, der immer noch neben der Tür stand. »Du übrigens auch.«

»Jetzt wird er wieder schmalzig.« Tanner rollte mit den Augen, und ich musste lachen. »Ich finde, wir setzen ihn erst mal auf einen Hocker oder Stuhl oder so was, dann kann er die Leute von dort aus herumkommandieren und ihnen mit seinem Chefgehabe auf die Nerven gehen.«

In diesem Moment klingelte die Glocke über der Eingangstür, offenbar war ein Kunde in die Konditorei gekommen. »Ich gehe da mal nachgucken«, sagte ich. »Makayla ist gerade kurz weg, und Shaun hat sich heute krankgemeldet.«

»Alles klar«, erwiderte Remy, »Tanner bringt mich hier schon gut unter.«

»Toll, dass du wieder da bist.« Ich umarmte ihn noch einmal impulsiv, dann lief ich den Flur entlang in den Ladenbereich der Konditorei … und blieb abrupt stehen, als ich erkannte, wer da gerade hereingekommen war.

»Was machst du denn hier?« Ich lehnte die Tür zum Backstubenbereich an, damit Remy und Tanner nicht mitbekamen, wie ich meine Mutter aus dem Laden warf. »Geh jetzt bitte wieder. Und zwar sofort.«

Sie ließ sich von meinem eisigen Befehl nicht aus der Fassung bringen, das musste ich ihr zugutehalten. »Ich bin hier, um mich bei dir zu entschuldigen.«

»Wofür denn bitte? Dafür, dass du zweiundzwanzig Jahre lang nicht an mich geglaubt hast? Dass du immer eine Kopie von dir aus mir machen wolltest? Dafür, dass

ich deine Erwartungen erfüllen sollte und du mir die kalte Schulter gezeigt hast, wenn ich nicht gleich darauf eingegangen bin? Dafür, dass du mich nicht unterstützt hast, als ich mich in meiner Ehe einsam und ungeliebt gefühlt habe? Oder dafür, dass du auch noch von mir verlangt hast, zu Bardley zurückzukehren und diese Farce weiter mitzumachen? Nur um deinen ach-so-wichtigen Ruf zu wahren?«

Ein trauriger Ausdruck legte sich auf ihre blutrot geschminkten Lippen. »Das habe ich wohl nicht anders verdient.«

»Allerdings, und ich könnte noch viel mehr aufzählen. Aber nicht jetzt, ich bin hier bei der Arbeit.«

»Ich weiß.« Sie blickte sich um und nickte dann anerkennend. »Hier bin ich immer gern vorbeigekommen. Aber ich habe mich nie reingetraut, weil ich dachte, dass ich allein schon vom Gucken mindestens ein Kilo zunehme.«

Dann war Mum also schon öfter hier gewesen, aber nie reingekommen? Vielleicht hatte sie ja doch so etwas wie eine Seele, vielleicht hatte sie mich die ganze Zeit im Auge behalten wollen. Andererseits: Wenn ich ihr wirklich wichtig war, dann hätte sie auch mit mir sprechen und mich umarmen wollen. Stattdessen hatte sie zwölf lange Monate gewartet, um mich am College abzupassen und dann auch noch von mir zu verlangen, mich wieder unterzuordnen.

Schrecklich, wie ich mir wieder Hoffnungen gemacht

hatte, als ich sie erblickt hatte. Nach allem, was ich mit meinen Eltern durchgemacht hatte, hätte ich es eigentlich besser wissen sollen. Beim ersten Mal war es ihr nicht gelungen, mich den Regeln der Familie Prendigast zu unterwerfen, jetzt ging sie offenbar in die zweite Runde.

Sie stellte sich an die Theke und strich über die Glasscheibe der Gebäckvitrine. »Das sieht alles so köstlich aus«, befand sie. »Diese winzigen Macarons … die Croissants … und die Törtchen. Mir läuft das Wasser im Munde zusammen.«

»Das habe ich alles gemacht.« Ich drückte die Schultern durch und rechnete fest damit, dass sie mich wieder abkanzeln oder mir bestenfalls eins ihrer zweifelhaften Komplimente machen würde. »Das mache ich nämlich sehr gern.«

»Dann hast du wirklich Glück, dass du deinen Traum hier leben kannst.« Sie räusperte sich und wandte sich zu mir um, um mir direkt in die Augen zu schauen. »Darum bin ich übrigens hier. Ich will dir helfen.«

»Ich brauche deine Hilfe aber nicht.«

Ich brauchte überhaupt nichts mehr von ihr. Erst hatte sie mich im Stich gelassen, als ich sie am dringendsten gebraucht hatte, dann hatte sie mir vergangene Woche erst Vorwürfe gemacht und mich praktisch angefleht, doch bitte zurückzukommen, dann wäre auch »alles vergeben und vergessen«.

Von wegen!

Mum seufzte und strich eine unsichtbare Falte an ihrem Jackettsaum glatt. »Ich weiß ja, dass ich nicht wiedergutmachen kann, dass ich mich das ganze letzte Jahr nicht bei dir gemeldet habe. Oder dass ich dich letzte Woche einfach vor dem Institut überfallen habe.« Sie wies auf die Gebäckvitrinen. »Ich will dir auch gar nicht mit abgedroschenen Entschuldigungsfloskeln auf die Nerven gehen. Aber ich hoffe, dass ich dir mit dem, was ich dir gleich anbiete, zeigen kann, wie leid es mir tut.«

Jetzt hatte sie doch meine Neugier geweckt, obwohl ich immer noch sauer auf sie war. »Ich verstehe kein Wort.«

»Ich möchte dir ein Friedensangebot machen.« Mum holte tief Luft, dann stieß sie sie langsam wieder aus. »Wenn es wirklich dein Lebenstraum ist, als Konditormeisterin zu arbeiten, dann will ich dir dabei helfen. Ich finanziere dir deine eigene Konditorei, egal wo. Das heißt, dass ich entweder unbegrenzt lange die Miete übernehmen oder das entsprechende Gebäude kaufen werde.«

Während ich immer zu verstehen versuchte, was sie mir da gerade erzählte, fuhr sie auch schon fort: »Das Angebot hat übrigens keinen Haken, ich erwarte nicht mal, dass du mir verzeihst. Aber ich würde so gern wieder eine Rolle in deinem Leben spielen. Aufholen, was ich bei dir verpasst habe …« Sie hielt inne, dann sprach sie mit sanfter Stimme weiter: »Ich glaube, ich war ziemlich neidisch auf dich, weil du den Mut hattest, dein eige-

nes Leben zu führen. Während ich mich bis zuletzt immer angepasst habe.«

Sie schüttelte den Kopf, und die Strähnen ihres perfekt frisierten blonden Bobs schwangen ihr rechts und links über die Schultern. »Seit Jahren rede ich mir schon ein, wie gut es für mich ist, dass dein Vater alle wichtigen Entscheidungen trifft … und dass ich ein glückliches, erfülltes Leben führe. Aber was habe ich am Ende eigentlich davon? Abgesehen von meiner Designerkleidung, einem Sportwagen und dieser irre tollen Frisur?«

Unwillkürlich musste ich lächeln. Auf ihren glatten blonden Bob war Mum schon immer stolz gewesen.

»Ich weiß nicht, ob du das jetzt hören willst, aber es tut mir wirklich leid, Abigail. Und zwar alles.« Sie kam einen unsicheren Schritt auf mich zu.

Ich zögerte, obwohl ich ihr am liebsten entgegengekommen wäre und die Vergangenheit am liebsten vergessen hätte. In diesem Moment wünschte ich mir so vieles, hatte aber Angst, doch wieder enttäuscht zu werden.

»Bitte, Abigail …«

Sie klang so niedergeschlagen und verzweifelt und hatte mir so ein großzügiges Angebot gemacht – da konnte ich nicht anders: Ich ging auf sie zu und ließ mich von ihr in die Arme schließen.

Tränen brannten mir in den Augen, und ich ließ ihnen freien Lauf. Dabei atmete ich den so vertrauten Rosenduft meiner Mum ein und genoss es, wie geborgen ich

mich in ihren Armen fühlte. Genau das hatte ich die ganze Zeit gebraucht: Ich hatte *sie* gebraucht. Besser spät als nie.

Als wir uns wieder voneinander lösten, waren ihre Augen gerötet, und sie blinzelte schnell, als wollte sie weitere Tränen unterdrücken.

»Was sagst du dazu? Wärst du nicht gern dein eigener Boss?«

Ihr Angebot hatte mich umgehauen, trotzdem wollte ich es nicht annehmen. Das wollte ich ihr jetzt möglichst einfühlsam und verständlich erklären. »Ich weiß das wirklich zu schätzen, Mom. Aber ich will jetzt erst mal weiter so viel wie möglich von Remy lernen und meine Ausbildung hier abschließen.«

Sie öffnete den Mund und blickte mich enttäuscht an.

»Aber danach vielleicht«, fügte ich hinzu. »Eines Tages hätte ich unheimlich gern meine eigene Konditorei.«

»Das finde ich toll.« Sie nahm meine Hände in ihre und drückte sie fest. »Es tut mir schrecklich leid, dass ich dir das vorher noch nie gesagt habe, aber … ich bin so stolz auf dich!«

»Vielen Dank, Mum. Dass du das sagst, bedeutet mir sehr viel.«

Sie hielt mich eine Armeslänge von sich entfernt und betrachtete mich. Ihr Lächeln kam von Herzen, das sah ich sofort. »Dein Vater ist leider ein sturer alter Bock, aber irgendwann kommt er auch zu Sinnen, das hoffe ich jedenfalls.«

»Ich würde nicht drauf wetten«, erwiderte ich trocken.

Sie kicherte. »Falls nicht, hoffe ich, dass sich das nicht auf unser Verhältnis auswirkt.«

»Meinst du das ernst?« Bestimmt konnte sie mir meine Fassungslosigkeit anhören. »Hast du dich noch nie gefragt, warum ich immer zu allem Ja gesagt habe und nie eine eigene Meinung hatte?«

Mum errötete, und eine tiefe Traurigkeit trübte ihren Blick. Aber wenn wir in Zukunft eine gute Mutter-Tochter-Beziehung aufbauen sollten, musste ich jetzt ganz ehrlich sein. »Es tut mir leid, dass ich das jetzt sage, aber du warst früher mein großes Vorbild. Dad hat immer gesagt, wo es langgeht; er hatte immer recht. Und wenn du nicht einverstanden warst, hat er dich mit eisigem Schweigen abgestraft. Mich auch.« Ich schüttelte den Kopf. Unfassbar, dass ich das alles mitgemacht hatte! »Also habe ich angefangen, dich zu kopieren. Und irgendwann war es viel einfacher für mich, mit allem einverstanden zu sein, als mich aufzulehnen.«

Mums Augen glänzten feucht. »Aber … so schlimm war deine Kindheit doch gar nicht, oder? Wir haben dich geliebt, du hast alles bekommen …«

»Darum geht es im Leben aber nicht – ob man alles bekommt. Es geht vielmehr darum, zu sich zu stehen.« Ich wies auf den Verkaufsraum der Konditorei. »So lebendig wie hier habe ich mich früher nie gefühlt.«

Mum wirkte ziemlich enttäuscht, aber das hielt mich

nicht davon ab weiterzusprechen. Wenn wir eine positivere Beziehung aufbauen wollten, musste sie wissen, wie schlimm es früher für mich gewesen war. »Ich gebe dir ja nicht an allem die Schuld, Mum. Aber dass ich in einem Umfeld aufgewachsen bin, in dem ich gelernt habe, grundsätzlich zu allem Ja und Amen zu sagen, hat eben auch dazu geführt, dass ich im richtigen Moment nicht Nein sagen konnte. Zum Beispiel, als es darum ging, ob ich Bardley heiraten will.«

Ihre Miene veränderte sich, ein harter Zug erschien um ihren Mund. »Aber ihr zwei seid doch zusammen aufgewachsen. Er ist so ein netter Junge, und ihr hattet so viele Gemeinsamkeiten ...«

»Ich habe ihn aber nie geliebt. Außerdem habe ich nach einer Weile gemerkt, dass er ein Kontrollfreak ist, und dann hat er auch noch angefangen, mich zu beleidigen, dieses Arschloch.«

Als ich das Schimpfwort benutzte, zuckte sie nicht mal mit der Wimper. Es wirkte eher so, als würde sie langsam in sich zusammensinken. Um ihre sonst so aufrechte, stolze Haltung war es geschehen. »Ich weiß nicht, was ich sagen soll ...«

»Ich will dir damit kein schlechtes Gewissen machen.« Sanft legte ich ihr eine Hand auf den Arm. »Sondern dir erklären, warum ich so hart um meine Unabhängigkeit gekämpft habe. Und darum, dass ich meinen eigenen Träumen nacheifern will, nicht deinen.«

Sie nickte, endlich schien sie mich wirklich zu ver-

stehen. »Danke dafür, dass du so ehrlich zu mir warst. Dann bin ich jetzt auch ehrlich zu dir: Ich rechne auch nicht damit, dass dein Vater noch mal zur Besinnung kommt, er ist immer noch völlig aufgebracht wegen deiner ›Mätzchen‹, wie er es ausgedrückt hat.« Mit den Fingern zeichnete sie Gänsefüßchen in die Luft. »Aber ich gebe mein Bestes, um ihn zur Vernunft zu bringen.«

»Danke, Mum.«

Diesmal beugte ich mich vor, um sie kurz zu umarmen. Bisher hatte sie sich alle meine Enthüllungen ruhig angehört und war nicht auf ihren Designerschuh-Absätzen aus dem Laden gestöckelt, das musste ich ihr zugutehalten. Vielleicht konnten wir wirklich nach und nach eine gute Beziehung zueinander aufbauen. Eine echte, ehrliche, eine auf Augenhöhe.

»Ich melde mich wieder bei dir. Aber wenn du in der Zwischenzeit etwas brauchst, dann ruf mich bitte an, in Ordnung?«

»In Ordnung.«

Sie küsste mich auf die Wange und warf mir noch einen letzten verwirrten Blick zu, als würde sie immer noch nicht aus mir schlau. Dann schwebte sie aus der Konditorei und ließ dabei eine leichte Wolke aus Rosenduft zurück.

Über ein weiteres Treffen hatten wir nicht konkret gesprochen, sie hatte mich auch nicht nach Hause zum Essen eingeladen. Und trotzdem war mir das in diesem Moment genug. Denn mir war bewusst, was für eine

große Geste das für meine Mum gewesen war, hierherzukommen und mir meine eigene Konditorei anzubieten. Eine riesengroße sogar.

Für uns beide war es ein Schritt in die richtige Richtung.

Später wollte ich mir unser Gespräch noch einmal lange durch den Kopf gehen lassen. Im Moment musste ich mich allerdings um mein Schmalzgebäck kümmern und Remy erzählen, was in der Zwischenzeit passiert war.

Zum Beispiel, dass sein Bruder mir völlig unbeabsichtigt das Herz gestohlen hatte und dass ich keine Ahnung hatte, wie ich damit umgehen sollte.

22. Kapitel

Tanner

Spätestens als ich hörte, dass Abbys Mutter ihrer Tochter eine Konditorei spendieren wollte, hätte ich mich von der Tür zurückziehen und wieder in die Backstube gehen sollen.

Als Remy und ich mitbekamen, dass Abby der Person gegenüber laut geworden war, hatte Remy mich nach vorn geschickt, um dort nach dem Rechten zu sehen. Als ich aber hinter der angelehnten Tür hervorgespäht und Abby mit einer anderen Frau entdeckt hatte, war ich stehen geblieben.

Zugegeben: Als Abby die perfekt gekleidete und frisierte etwas ältere Frau »Mum« nannte, war ich neugierig geworden. Dann war das also der Drache, der seine Tochter ein ganzes Jahr lang im Stich gelassen hatte. Eigentlich machte sie gar nicht so einen fiesen Eindruck. Andererseits hatten viele Leute meinen Vater vom Aussehen her auch für eine Art Heiligen gehalten, dabei hatte er in Wirklichkeit eine schwarze Seele gehabt.

Ich war unglaublich stolz auf Abby, wie sie da ihrer Mutter die Stirn bot. Allerdings klang es ganz so, als

wäre das nicht ihre allererste Begegnung, seit Abby ihren Mann verlassen hatte. Offenbar hatte ihre Mutter ihr schon mal vor dem Gastronomie-College aufgelauert.

Dann hatte sie mich also angelogen. Mir hatte sie nämlich erzählt, dass ihre Eltern sich in den letzten vergangenen Monaten nicht mehr bei ihr gemeldet hatten. Warum hatte sie mir das verheimlicht?

Wenn ich wirklich noch einen Beweis dafür brauchte, dass ich für sie nur eine Affäre war und nicht mehr, dann hatte ich ihn jetzt gefunden. Offenbar wollte sie nicht, dass ich zu viel über sie und ihren Familienkram erfuhr – zumal unser Abenteuer ohnehin zeitlich begrenzt war.

Und heute hatte ich das Verfallsdatum noch ein Stück nach vorn gezogen.

Wie ein verdammter Lauscher an der Wand blieb ich hinter der Tür stehen, sodass ich noch ihre ach-so-rührende Versöhnung mitbekam. Also hatte Abby ihrer Mutter jetzt vergeben und das Angebot mit der eigenen Konditorei angenommen. Bald würde sie also wieder in den Schoß ihrer reichen Familie zurückkehren. Vielleicht tat sie sich sogar bald schon mit einem anderen reichen Blödmann aus ihren Kreisen zusammen?

Mich ging das nichts an. Und dieser Schmerz in meiner Brust … das war bestimmt Sodbrennen, weil ich eben in der Krankenhaus-Cafeteria drei Espressi getrunken hatte.

Irgendwie machte Abbys Entscheidung die Sache für mich sogar einfacher. In meiner Kindheit und Jugend

war ich schon nicht gut genug gewesen, das reichte mir. Diesmal wollte ich mich vom Acker machen, bevor ich schon wieder zu hören bekam, dass ich nicht genügte. So was wollte ich nie wieder erleben.

Und während Mutter und Tochter sich gerade tränenreich versöhnten, zog ich mich leise von der Tür zurück. Es war Zeit, dass ich von hier verschwand.

In der Backstube blätterte Remy gerade durch eins von Abbys Notizbüchern. Die Seiten waren voll von ihrer fließenden Handschrift, außerdem steckten überall Ausschnitte von Rezepten, die sie aus Zeitungen und Zeitschriften hatte.

In ihrem Apartment hatten mehrere solcher Notizbücher herumgelegen, und ich hatte mich darüber lustig gemacht. Worauf sie konterte, dass sie das eben gern machte und es sie auch weiterbrachte. Ich hatte sie immer gern dabei beobachtet, wenn sie auf ihrem Lieblingssessel in ihren Aufzeichnungen las, dabei auf ihrer Unterlippe herumkaute, während sich auf ihren Lippen ein zufriedenes Lächeln ausbreitete.

Sie liebte ihren Beruf, das war ihr anzusehen. Aus ihr wurde bestimmt eine erstklassige Konditormeisterin, da würde sich Remy warm anziehen müssen. Ich wünschte ihr viel Glück dafür. Schade, dass ich ihren Erfolg nicht mehr mit ihr feiern würde.

»Was war denn da los?« Remy klappte das Buch zu und legte es auf die Arbeitsplatte. »Abby klang eben ganz schön aufgeregt.«

»Ihre Mutter ist da.«

Entgeistert starrte Remy mich an – als hätte ich den Besuch der Königin von England angekündigt. »Hier in der Konditorei?«

Ich nickte und wies mit dem Daumen in Richtung Laden. »Sie haben sich gerade versöhnt.«

»Das ist schön.« Trotzdem wirkte Remy immer noch besorgt. »Ihre Eltern müssen sich für einiges entschuldigen, sie haben sie ganz schön hängen lassen.«

»Sehe ich auch so«, erwiderte ich und schaute demonstrativ auf meine Armbanduhr. »Sag mal … jetzt bist du ja wieder hier, und ich habe auch noch eine Menge zu erledigen. Also überlasse ich dir wieder das Feld. Lass es aber langsam angehen, okay?«

Dass Remy mich nicht so leicht davonkommen lassen würde, hätte ich mir allerdings denken können. »Du kommst aber noch mal wieder, oder?«, hakte er nach.

Natürlich hätte ich mir irgendeine faule Ausrede ausdenken können. Aber Remy gegenüber brachte ich das nicht fertig. »Nein«, erwiderte ich also. Kurz, knapp und deutlich.

»Dann bist du jetzt wirklich weg?« Remy zog angewidert die Oberlippe hoch. Das konnte ich ihm schlecht übel nehmen, schließlich widerte ich mich selbst an.

»Ich bleibe noch ein bisschen in Sydney, aber ich werde nicht mehr weiter hier aushelfen.« Als ich die Hände in die Hosentaschen schob, stellte ich fest, dass sie zitterten. Jetzt hatte ich ihn gezogen, den Schluss-

strich: unter meine Zeit im *Le Miel* und unter meine Zeit mit Abby. »Ich glaube, du hast jetzt alles im Griff. Ich schaue demnächst mal bei dir zu Hause vorbei. Und falls du noch etwas brauchst, ruf mich einfach an, okay?«

»Du gerätst schon wieder in Panik, stimmt's?« Remy spuckte mir die Worte praktisch ins Gesicht. »Lass mich raten: Du hast nicht mal vor, dich von Abby zu verabschieden, oder?«

Ich zuckte mit den Schultern und kam mir vor wie ein fieses, schmieriges Dreckschwein. »Ich rufe sie an.«

»Das ist ja unglaublich großmütig von dir«, gab Remy höhnisch zurück. Trotzdem konnte er mich in diesem Moment nicht halb so sehr hassen wie ich mich selbst. »Und ich dachte, du hättest dich geändert und es würde diesmal anders laufen.«

Eigentlich hätte ich nicht nachfragen sollen, aber ich konnte nicht anders: »Was genau meinst du damit?«

»In der letzten Zeit hast du viel unbeschwerter und glücklicher gewirkt als sonst.« Inzwischen klang er nicht mehr ganz so wütend, nur noch missbilligend. »Mir war völlig klar, dass das an Abby lag. Sie hat dir gutgetan. Und so, wie sie vorhin gestrahlt hat, als du in den Laden gekommen bist, würde ich sagen, dass das auf Gegenseitigkeit beruht. Aber du machst wieder alles kaputt. Du ziehst den Schwanz ein, wie immer. Und tust dabei so, als wärst du ein großer, starker Mann, der sich nicht um seine Vergangenheit schert. In Wirklichkeit lässt sie dich aber nicht los.«

»Das ist doch völliger Blödsinn«, gab ich zurück und schluckte das ungute Angstgefühl hinunter, das Remy mit seinen Worten hervorgerufen hatte. »Behalt deine Küchenpsychologie lieber für dich.«

»Nein, diesmal hörst du mir bitte zu.«

So hatte ich Remy noch nie erlebt. Seine Stimme klang tief, sein Tonfall war so eiskalt, dass ich erschauerte.

»Dad hat dir übel mitgespielt, das ist mir schon klar. Aus irgendeinem Grund hat er dich gehasst, und es tut mir schrecklich leid, dass ich das nicht früher gemerkt habe, weil ich so selten zu Hause war. Aber jetzt ist er nicht mehr da. Er kann dir gar nicht mehr wehtun, warum lässt du das dann trotzdem zu?«

Schockiert starrte ich Remy an. Ich hatte mit ihm noch nie über Dad gesprochen. Wenn er damals nach Hause gekommen war und mit uns gegessen hatte, hatte ich immer so getan, als wäre alles in Ordnung – während er seinem Traum nachjagte und ich zu Hause bei diesem Monster festsaß, das mir die Schuld an allem gab, was ihm Schlimmes widerfahren war.

Das konnte ich Remy gegenüber natürlich abstreiten. Aber warum sollte ich? Außerdem tat es mir vielleicht ganz gut, den Mist herauszulassen, den ich schon mein Leben lang mit mir herumschleppte. Erst recht, wenn dieser Mist zwischen Abby und mir stand.

»Woher hast du das gewusst?«, fragte ich Remy.

Er sank in sich zusammen, innerhalb weniger Sekunden schien er um mehrere Jahre zu altern. »Am Tag be-

vor Dad gestorben ist, bin ich früher als sonst nach Hause gekommen. Da habe ich euren Streit mitbekommen und was er dir alles vorgeworfen hat …« Remys Stimme versagte, und er musste sich erst mehrmals räuspern, bevor er weitersprechen konnte: »Ich habe mir schlimme Vorwürfe gemacht, weil ich nicht schon vorher etwas davon mitbekommen hatte. Ich wollte unbedingt mit Dad darüber reden, mit dir auch. Und dann hatte er am nächsten Tag den Herzinfarkt, und du hast so erleichtert gewirkt. Also wollte ich das Thema lieber nicht ansprechen.«

»Das war der absolut beste Tag in meinem ganzen Leben.«

Bloß hatte er den schlimmsten Tag meines Lebens leider nicht ungeschehen machen können: den Tag, an dem ich den bösen Streit zwischen meinen Eltern mitbekam. Den Tag, an dem ich erfahren hatte, warum Dad mich eigentlich hasste. Den Tag, an dem Mum so aufgewühlt gewesen war, dass sie wütend in ihr Auto gestiegen, von der Straße abgekommen und in einen Baum geknallt war. Sie war sofort tot gewesen.

In Remys Augen glitzerten Wut und Erkenntnis. »Hat er dich geschlagen?«

Ich schüttelte den Kopf. »Nicht mit der Faust, er hat mir mit dem Holzlöffel den Hintern versohlt. Aber der Rest war viel schlimmer …« Dann quoll alles aus mir heraus, als hätte Remy gerade ein Furunkel aufgestochen. »Ein paarmal hat er mich auch gepackt, heftig geschüt-

telt und mich dabei immer wieder angeschrien. Dass ich genauso aussehe wie Mum und dass er dadurch immer wieder daran denken muss, was es für ein großer Fehler gewesen war, sie zu heiraten.«

Die ganze Zeit kämpfte ich mit den Tränen, mir tat davon schon die Brust weh. »Aber das war noch nicht alles. Als ich ihn gefragt habe, warum er mich eigentlich so hasst, hat er erst so richtig losgelegt. Als hätte ich mit meiner Frage einen bösen Geist freigesetzt.«

Am liebsten hätte ich Remy die ganze Wahrheit erzählt, aber das konnte ich nicht. Er wirkte ja jetzt schon völlig entsetzt, der Rest würde ihn zugrunde richten. Und das wollte ich nicht auf mich nehmen.

Spöttisch lachte ich auf. »Immer wenn du zu Hause warst, hat er sich übrigens ganz normal verhalten. Und wenn du weg warst, hat er dich über den grünen Klee gelobt und so getan, als würde es mich nicht geben. Sofern er mir nicht gerade vorgehalten hat, dass ich genauso nutzlos bin wie Mum. Ich habe dann immer so getan, als würde mir das nichts ausmachen. Aber ich habe bis heute das Gefühl, nicht gut genug zu sein und dass alle Leute das sofort erkennen ...« Ich merkte selbst, wie schwach und niedergeschlagen ich gerade klang – und dafür schämte ich mich in Grund und Boden.

Früher hatte ich alles vor Remy verborgen, weil ich ihn vergötterte und nicht wollte, dass er sich Sorgen um mich machte. Remy war mein Fels in der Brandung, die einzige Konstante in meiner schrecklichen Kindheit.

Nun wusste er, wie schlecht es mir damals gegangen war … und eigentlich hätte ich mich jetzt besser fühlen müssen, aber ich tat es nicht. Es kam mir so vor, als hätte ich durch mein Geständnis alles nur noch schlimmer gemacht.

»Verdammt, das tut mir so leid, ich hatte ja keine Ahnung …« Remy brach ab und wischte sich über die Augen. »Warum hast du mir denn nichts davon gesagt?«

»Das war es mir nicht wert. Es reicht doch, wenn einer eine beschissene Jugend hat, oder?«

Meine Augen brannten, aber ich weigerte mich, wegen dieses miesen Typen auch nur eine einzige Träne zu vergießen. Dass mein Bruder mich jetzt aber so ansah, als hätte ich ihm einen Dolch ins Herz gestoßen, war schon wieder etwas anderes. Am liebsten hätte ich laut losgeschluchzt, und je länger er mich mit seinen tränenfeuchten Augen ansah, desto wahrscheinlicher war es, dass ich genau das tat.

»Fühlst du dich wirklich immer noch wertlos?«

Diese Frage wollte ich ihm nicht beantworten, weil die Antwort so albern klang, wenn ich sie laut aussprach. In meinem Inneren war ich immer noch der verbitterte Junge, der unheimlich wütend war und gleichzeitig nicht wusste, wie er sich zur Wehr setzen sollte. Nachdem ich längere Zeit nichts gesagt hatte, beugte sich Remy zu mir nach vorn. »Mist, Tanner, das tut mir furchtbar leid. Aber schau doch mal, was aus dir geworden ist.« Tränen standen in seinen Augen – Tränen, für die ich

verantwortlich war. Das brach mir das Herz. »Da draußen steht eine umwerfende Frau, die sich bestimmt auch Hals über Kopf in dich verliebt hat. Und die lässt du jetzt sitzen, weil …«

»Weil sie mich früher oder später sitzen lassen würde. Ihre Mutter hat ihr gerade ihre eigene Konditorei angeboten«, stieß ich durch zusammengebissene Zähne hervor. »Verstehst du das denn nicht? Für jemanden wie sie werde ich nie gut genug sein.«

Eine einzelne Träne bahnte sich ihren Weg über Remys Wange. »Du bist der beste …«

»Danke, Remy. Aber die Dinge sind eben, wie sie sind.« Und jetzt musste ich von hier verschwinden, bevor ich völlig die Kontrolle verlor. Oder, schlimmer noch: bevor Abby wieder in die Backstube zurückkam. »Grüß Abby bitte von mir.« Dann stürzte ich aus der Hintertür, ohne erst Remys Antwort abzuwarten.

23. Kapitel

Abby

Auf dem Weg in die Backstube tupfte ich mir mit den kleinen Fingern die Unterlider trocken. Remy und Tanner sollten nicht sehen, dass ich geweint hatte, und mir auch noch Fragen dazu stellen.

Ich konnte immer noch nicht glauben, was passiert war: dass Mum mir so ein Angebot gemacht, mich um Verzeihung gebeten und überhaupt Kontakt zu mir aufgenommen hatte, ohne mir vorschreiben zu wollen, wie ich mein Leben zu leben hatte. Und obwohl ich meinen Eltern vieles übel nahm, hatte ich sie doch sehr vermisst, aber nach der Begegnung mit Mum die Hoffnung längst aufgegeben, dass ich je wieder zur Prendigast-Familie gehören würde. Aber jetzt, wo Mum den Anfang gemacht hatte, zog Dad vielleicht irgendwann nach.

Dann würde es natürlich anders sein als früher: Ich hatte keine Angst mehr davor, meine Meinung zu äußern, und ich hatte auch nicht vor, mich den beiden in jeder Hinsicht zu fügen. Stattdessen war vielleicht eine Beziehung auf Augenhöhe möglich, die auf gegenseitigem Respekt basierte.

Hoffen konnte ich das ja jedenfalls.

Kurz vor der Backstube blieb ich stehen, atmete mehrfach ein und aus, setzte ein Lächeln auf und ging in den Raum. Dort saß allerdings nur Remy, und der hatte die Hände in den Kopf gestützt und sah aus, als würde er gerade eine schlimme Nachricht verarbeiten.

Tanner war nirgends zu sehen. Das hatte bestimmt nichts Gutes zu bedeuten.

Ich stellte mich neben Remy. »Hey, ist alles okay?«

Als er den Kopf hob und mich der gequälte Blick aus seinen geröteten Augen traf, wusste ich sofort, dass etwas Schlimmes passiert sein musste in den wenigen Minuten, die ich vorn im Laden gewesen war. Ich erschauerte und rieb mir über die nackten Arme. »Wo ist eigentlich Tanner?«

Remy schüttelte den Kopf und sah dabei so elend aus, dass ich ihn am liebsten umarmt hätte. »Weg.«

»Habt ihr euch gestritten?«

»Nein.« Er fluchte leise, was ich noch nie bei ihm erlebt hatte, und ich zog einen Hocker zu ihm heran. »Ich weiß nicht, wie ich es dir sagen soll …«, fuhr er fort. »Aber er kommt nicht mehr wieder.«

»Wie meinst du das? Dass er hier nicht mehr weiter aushilft? Das war ja absehbar, aber …«

»Er ist weg, Abby.« Remys Stimme war nicht viel lauter als ein Flüstern. »Und er hat mich gebeten, dir das zu sagen.«

Es dauerte einen Moment, bis mir bewusst wurde, was genau das bedeutete. Dann sackte auch ich gegen den

Tresen. Ich war erst entsetzt, dann enttäuscht … und schließlich fühlte ich mich wie betäubt. Eiseskälte durchfuhr von der Brust aus meinen ganzen Körper, erfasste meine Arme und Beine, die erst kribbelten und dann anfingen zu zittern.

Gleichzeitig zog sich mir der Magen so heftig zusammen, dass ich befürchtete, mich gleich übergeben zu müssen. »W…was ist passiert? Ich war doch nur für ein paar Minuten vorn.«

Ich konnte es einfach nicht fassen. Heute Morgen im Bett hatte er noch so gewirkt, als wäre unsere Verbindung für ihn viel mehr als bloß eine unverbindliche Affäre. Und jetzt war er einfach so verschwunden, ohne sich von mir zu verabschieden? Das passte doch alles nicht zusammen! Aber das würde Remy mir wohl auch nicht erklären können …

»Tanner schiebt gerade Panik, und wenn er sich überfordert fühlt, macht er sich gern aus dem Staub.« Remy kniff sich in den Nasenrücken. »Das war schon immer so.«

»Und diese Panik … hat er die etwa meinetwegen?«

Immerhin sah Remy mir in die Augen, als er nickte. »Ich glaube schon. So glücklich habe ich ihn noch nie erlebt. Darum dachte ich auch erst, dass es sich diesmal anders entwickeln würde.«

Eben war ich noch traurig gewesen, jetzt spürte ich einen Stich in der Herzgegend: Eifersucht! »Dann ist so etwas mit anderen Frauen auch schon passiert?«

»Nein, bisher hat er noch nie eine Frau so nah an sich herangelassen.« Remy runzelte die Stirn. »Du bist die erste, darum hatte ich eigentlich gehofft, dass er diesmal kämpfen würde.«

»Das verstehe ich nicht. Meinst du damit, dass er deswegen Panik hat, weil er eigentlich glücklich ist?«

Remy nickte. Er wirkte sehr besorgt. »Ja, weil er meint, nicht gut genug für dich zu sein.«

»Wie bitte?« Ich rieb mir die Schläfen, für mich war das alles unbegreiflich. »Er ist doch ein toller, erfolgreicher und attraktiver Mann. Wie kommt er darauf, dass er nicht gut genug sein könnte?« Ich war empört. Und ganz allmählich wurde ich auch wütend. »Außerdem hatte ich bestimmt nicht vor, mich von ihm abzuwenden, wie kommt er also auf so einen Mist?«

Remy sah mich an, er wirkte verdrossen. »Hat er dir schon mal etwas von unseren Eltern erzählt?«

»Ja. Ich hatte den Eindruck, dass er eure Mum vergöttert hat, euer Vater scheint aber ziemlich schrecklich gewesen zu sein.«

»Dann bist du ja schon ein bisschen informiert …«, begann er. »Ich kann dir jetzt nicht alles sagen, was ich selbst gerade erst erfahren habe, aber ich will es mal so formulieren: Tanner hat jede Menge durchgemacht, und er leidet immer noch sehr darunter.« Er hob die Schultern, als wüsste er nicht mehr weiter. »Deswegen ist sein Verhalten auch nicht immer nachvollziehbar. Sobald man ihm seinen Treuhandfonds ausgezahlt hatte, hat er

sich von allem losgesagt und hat sein eigenes Ding gemacht, um sich den anderen gegenüber zu beweisen.«

Vor meinem inneren Auge entstand ganz langsam ein trostloses Bild, das mir das Herz brach. Ich sah einen Jungen vor mir, der viel zu früh seine Eltern verloren hatte und der niemandem so richtig vertrauen konnte – außer seinem Bruder, der die ganze Zeit an seiner Seite gewesen war. Inzwischen war aus diesem Jungen ein Mann geworden, dem es immer noch schwerfiel, Vertrauen zu fassen. Und der deswegen niemandem wirklich nahkommen konnte.

Dabei hatte ich ihm keinen Anlass zu der Annahme gegeben, dass ich ihn verletzen würde.

Abgesehen von der Tatsache, dass ich nur eine kurze, unverbindliche Affäre wollte.

Verdammt. Tatsächlich hatte ich ihm gleich zu Beginn zu verstehen gegeben, dass ich auch zu den vielen Menschen in seinem Leben gehören würde, die nicht langfristig an seiner Seite blieben. Kein Wunder, dass er sich aus dem Staub gemacht hatte, als es zwischen uns ernster zu werden schien.

Ich unterdrückte einen Fluch. »Was kann ich denn jetzt tun?«

Remy berührte kurz meinen Arm. »Ganz ehrlich? Nichts. Ich weiß leider aus Erfahrung, dass Tanner sich von seinen Entscheidungen nicht mehr abbringen lässt.« Er wandte den Blick ab und verunsicherte mich dadurch nur noch mehr. »Er glaubt, dass du schnell wieder in

dein altes Leben zurückkehren wirst, wenn du demnächst deine eigene Konditorei hast. Und dass er dann nur stören würde.«

»Wie bitte?« Das konnte ja wohl nicht wahr sein! »Aber ich bin doch weit davon entfernt, meine eigene Konditorei zu eröffnen! Eines Tages vielleicht mal, aber im Moment fühle ich mich hier absolut wohl.«

Jetzt hellte sich Remys Miene auf. »Aber deine Mum hat dir doch eben ein Angebot gemacht, das hat er mit angehört. Hast du dazu nicht Ja gesagt?«

»Das hat er völlig falsch interpretiert.« Ich ließ die Finger an meinen Schläfen immer schneller kreisen. »Das kommt davon, wenn man an der Tür lauscht.«

Remy lächelte blass. »Dann bleibst du also hier?«

»Ja, so lange du mich lässt.« Ich beugte mich zu ihm hinüber und umarmte ihn impulsiv. »Als ich dringend Hilfe gebraucht habe, warst du für mich da. Ich würde dich nie im Stich lassen.«

»Ich würde mich aber nicht im Stich gelassen fühlen, wenn du wieder zu deiner Familie zurückgehen würdest«, sagte er, als wir uns wieder voneinander gelöst hatten. »Ich habe doch mitbekommen, wie sehr dich das mitgenommen hat, als sie dich haben fallen lassen.«

»Soll ich dir mal was sagen? Ich rechne Mum ihr Angebot ja hoch an. Aber so ein bisschen habe ich doch den Eindruck, dass sie sich damit meine Vergebung erkaufen will.«

Er nickte gedankenverloren. »Damit könntest du

recht haben, immerhin hat sie ja sehr lange gebraucht, auf dich zuzukommen. Andererseits ist sie immer noch deine Mutter. Das sage ich dir jetzt als jemand, der seine Mutter viel zu früh verloren hat und der alles dafür geben würde, sie wiederzusehen. Denk also nicht zu lange darüber nach, was hinter ihrem Angebot steckt, sondern gib eurer Beziehung lieber eine Chance.«

Ich griff nach seiner Hand und drückte sie. »Danke. Du bist ein wirklich guter Freund.«

»Sehr gern.« Er lächelte, dann erschienen allerdings wieder tiefe Sorgenfalten auf seiner Stirn. »Und wegen Tanner: Ich glaube, er braucht jetzt etwas Zeit – und Abstand. Lass ihn erst mal ein bisschen vor sich hin grübeln und schmollen … oder was auch immer er gerade macht.« Er hob die Hand und kreuzte die Finger. »Du bist das Beste, was ihm je passiert ist, vielleicht schafft er es ja diesmal, nicht wieder alles zu vermasseln.«

Remys Rat war mir sehr viel wert. Und ich hoffte von ganzem Herzen, dass Tanner mit uns noch nicht endgültig abgeschlossen hatte – nicht so wie ich mit Bardley.

24. Kapitel

Tanner

»Na, du bist ja ganz schön mies drauf.« Hudson kam in mein Büro geschlendert und setzte sich auf meine Schreibtischplatte. »Ist da eine Frau im Spiel?«

»Verpiss dich«, fuhr ich ihn an. Auf keinen Fall wollte ich mit ihm über Abby sprechen. Weder jetzt noch sonst irgendwann.

»Sehr freundlich von dir.« Er tippte auf sein Smartphone-Display und hielt mir das Gerät hin. »Was sagst du übrigens dazu?«

Also gut, mit Arbeitsthemen konnte ich umgehen. Die Arbeit lenkte mich ab, und ich verstand meistens, worum es ging. Von den wirren Gefühlen, die mich gerade innerlich zerfraßen und mich nachts nicht schlafen ließen, konnte ich das nicht behaupten.

Drei Tage war es inzwischen her, dass ich dem *Le Miel* den Rücken gekehrt hatte. Und die gesamten 72 Stunden lang hatte ich gegen den Drang angekämpft, mich bei Abby zu melden. Mich bei ihr zu entschuldigen, alles zu erklären. Irgendetwas zu tun, damit es ihr nicht so wehtat.

Denn wenn es ihr bloß halb so schlecht ging wie mir, musste sie gerade Höllenqualen leiden.

Ich kniff die Augen zusammen und betrachtete Hudsons Smartphone-Display. »Worum geht's da? Um eine Live-Show?«

Er nickte. »So was bieten viele Nachtclubs heutzutage an. Da gibt es besondere Live-Events, die noch mehr Leute in den Laden holen sollen.«

»Dafür sind wir aber nicht bekannt.«

»Darum wäre das ja auch etwas Besonderes.« Erneut hielt er mir das Handy hin, aber ich schob seine Hand weg. »Hey, was ist los? Du warst doch sonst immer so risikofreudig!«

Ich hatte Abby in mein Leben gelassen, das war das letzte Risiko, das ich eingegangen war. Und was war daraus geworden? Wer Risiken einging, schnitt sich oft nur ins eigene Fleisch.

»Okay, dann mach mal einen Plan und kalkuliere ihn durch«, sagte ich schließlich. »Wenn du die Zahlen hast, schick sie mir per Mail, und ich schaue mir alles genau an.«

»Das klingt schon viel besser.« Hudson hielt einen Daumen nach oben. »Wie wär's, wenn wir heute ein bisschen um die Häuser ziehen? Einen Herrenabend veranstalten, sozusagen? Viel Alkohol, heiße Bräute … na, was sagst du dazu?«

Im Moment konnte ich mir absolut nicht vorstellen, mit einer anderen Frau zusammen zu sein als mit Abby.

Komisch eigentlich, weil es zwischen uns definitiv vorbei war, außerdem war ich ihr nichts schuldig. Trotzdem war es für mich noch zu früh. »Vielen Dank für das Angebot, aber ich wollte heute lange arbeiten.«

Hudson stand auf und atmete hörbar aus. »Also … selbst wenn du mir gleich eine aufs Maul haust, aber du hast dich jetzt schon seit drei Tagen hier drin verbarrikadiert. Und jeden, der sich überhaupt in deine Nähe traut, schnauzt du an. Alle Angestellten haben schon vor dir Angst, und ich habe es auch satt, dass du mich so behandelst, als wollte ich dir etwas Böses.«

Er zeigte mit dem Finger auf mich. »Mach bloß irgendwas, damit es dir besser geht, okay? Was auch immer dich so aufwühlt – setz dich endlich damit auseinander!«

Aber es gab nur eine Sache, die mich jetzt aufheitern könnte: Abby noch mal zu sehen. Das war allerdings undenkbar.

»Danke für deine aufmunternden Worte, mein Lieber«, erwiderte ich gedehnt und wies zur Tür. »Jetzt verschwinde so schnell wie möglich und lass mich in Ruhe.«

»Blödmann«, murmelte Hudson und ging zur Tür. Dort blieb er allerdings noch mal stehen. »Irgendwie hast du mir besser gefallen, als du dich noch mit dieser Abby getroffen hast. Da hast einen richtig glücklichen Eindruck gemacht.«

Ich fuhr hoch und ballte die Hände zu Fäusten. Langsam reichte es mir aber!

»Ich sag ja nur«, erwiderte Hudson, dann verließ er den Raum und schloss die Tür hinter sich.

Ja, Abby hatte mich wirklich ziemlich glücklich gemacht, aber das war jetzt vorbei. Je schneller ich darüber hinwegkam, desto besser.

25. Kapitel

Abby

»Und, was meinst du dazu?«

Ich funkelte Makayla böse an. Bestimmt hatte ich mir gerade irgendetwas im Rücken gezerrt. »Pilates ist nichts für mich, ich bin schon so verbogen wie eine Brezel.«

»Was willst du eigentlich, du bist heute zum ersten Mal dabei! Ein paarmal noch, dann hast du den Bogen raus.« Makayla verschränkte die Finger und streckte die Arme über den Kopf. »Die Übungen machen einen wunderbar geschmeidig und stärken von innen heraus.«

»Was immer du sagst.« Ich drückte mich in den Stand hoch und verzog das Gesicht. »Ich brauche jetzt erst mal ein heißes Bad.«

»Wollen wir heute Abend etwas unternehmen?«

In den letzten drei Tagen war das Makaylas Standardvorschlag – seit Tanner aus meinem Leben verschwunden war und ich nichts dagegen getan hatte.

»Danke, aber ich bleibe lieber zu Hause.« Ich rollte die Schultern nach hinten und hoffte, dass ich dabei keinen Krampf bekam. Morgen musste ich jede Menge Croissants für einen Kunden backen.

»Es tut dir bestimmt ganz gut, wenn du einen Abend mal was unternimmst.« Makayla legte sich ein Handtuch um die Schultern und wischte sich das Gesicht ab. »Dann kriegst du ihn besser aus deinem Kopf.«

Das war zwar theoretisch ein guter Gedanke, rein praktisch war es aber so gut wie unmöglich, ihn aus meinem Kopf zu bekommen.

»Das ist wirklich lieb von dir, Makayla. Aber ich komme schon klar.«

Das war natürlich eine glatte Lüge. Aber bisher hatte ich ihm noch keine Träne nachgeweint, und das sollte auch so bleiben. Da war es viel einfacher für mich, mich tagsüber mit der Arbeit abzulenken und abends im Fernsehen die x-te Wiederholung von blödsinnigen Sitcoms zu sehen, bis ich völlig erschöpft ins Bett fiel. Wenn aber Makayla erst anfing, mir Fragen zu der Sache mit Tanner zu stellen und dabei zu stark an der recht dünnen Oberfläche zu kratzen, würde ich die Fassade nicht mehr aufrechterhalten können. Dann würde alles, was ich verdrängt hatte, aus mir herausbrechen – schrecklich!

»Du brauchst mich nicht anzulügen.« Makayla ließ sich auf eine Bank vor der verspiegelten Wand im Fitnessstudio plumpsen und klopfte auf den Platz neben ihr. »Ich sehe dir doch an, wie sehr du unter der Trennung leidest.«

Ich verzog das Gesicht und setzte mich neben sie. »Ist das so offensichtlich?«

»Ach, ich kenne das einfach selbst. Es ist furchtbar.«

Sie zuckte mit den Schultern. »Hat er dir wenigstens gesagt, warum er Schluss gemacht hat?«

»Äh … wir haben gar nicht darüber gesprochen.«

Makayla riss die Augen auf. »Was soll das denn heißen?«

»Seit Remy wieder in der Konditorei ist, hat Tanner sich nicht mehr blicken lassen, und seitdem haben wir auch nicht mehr miteinander geredet.«

Sie betrachtete mich verwirrt. »Hast du ihn denn nicht mal angerufen, um ihn zu fragen, was los ist?«

»Nein.«

»Und warum nicht, verdammt noch mal?«

»Aus Stolz. Weil ich meine Würde nicht verlieren wollte. Weil ich so tun wollte, als würde ich das locker hinnehmen. Such dir was aus.«

»Du spinnst doch.« Makayla knuffte mich in die Seite. »Das Ganze ist jetzt drei Tage her, und du hast ihn bis heute nicht sehen oder wenigstens mit ihm reden wollen?«

Mir war völlig bewusst, wie und wann ich Tanner zuletzt gesehen hatte – abgesehen davon, dass ich noch einen kurzen Blick auf ihn erhascht hatte, als er noch einmal mit Remy in die Konditorei gekommen war. Am selben Morgen hatte er noch verschlafen und sehr sexy in meinem Bett gelegen. Er hatte meine Hand gehalten, mir tief in die Augen geschaut und irgendetwas sagen wollen – möglicherweise sogar etwas Wichtiges. Aber dann hatte er gekniffen.

Ich übrigens auch. Ich hatte ja gemerkt, dass etwas in der Luft lag, und hätte nachfragen können. Stattdessen war ich schnell in der Dusche verschwunden und war erst wieder herausgekommen, als er gegangen war. Wenn ich gewusst hätte, dass ich ihn in diesem Moment zum letzten Mal sah – hätte ich dann anders reagiert? Wahrscheinlich nicht. Ich war eben ein Feigling.

Mir war nicht ganz klar, was mir an diesem Morgen mehr Angst eingejagt hätte: wenn Tanner gesagt hätte, dass er sich doch eine längerfristige Beziehung mit mir vorstellen könnte ... oder wenn ich auch noch damit einverstanden gewesen wäre.

»Ich habe mich kurz mit Remy darüber unterhalten«, erklärte ich. »Er meinte, ich sollte Tanner etwas Zeit geben, noch mal über alles nachzudenken.«

»Falsch!« Makayla gab einen Buzzer-Sound von sich, wie bei einer falschen Antwort in einer Quizshow. »Typen wie er ziehen sich dann erst recht in ihre Höhle zurück und reden sich immer mehr ein, dass es so doch am besten ist. Und dann melden sie sich nie mehr.«

Jetzt begann ich doch an Remys Ratschlag zu zweifeln – dabei war ich davon ausgegangen, dass er seinen Bruder am besten kannte und dass Tanner jetzt wirklich erst mal Zeit brauchte, die Dinge sacken zu lassen.

Aber was wäre, wenn Remy sich irrte?

Eine schwierige Frage. Ähnlich schwierig wie die Frage, was wohl passiert wäre, wenn ich von mir aus wieder auf meine Familie zugegangen wäre. Hätten sie

sich dann wohl meine Seite der Geschichte angehört, nachdem der erste Ärger über mich verflogen war? Hätten wir dann irgendwie den Kontakt halten können, statt uns ein Jahr lang die kalte Schulter zu zeigen, bis meine Mutter auf mich zugekommen war?

In den vergangenen zwölf Monaten hatte ich mich so sehr in meine Opferrolle hineingesteigert, dass ich darüber ganz vergessen hatte, dass ich ja auch den ersten Schritt hätte machen können.

Mich freizukämpfen und unabhängig zu werden war das eine. Die Angst davor, verurteilt und abgelehnt zu werden, das andere. Und die hatte mich gelähmt.

Klar, wenn ich von mir aus den Kontakt gesucht hätte, hätte Mum mir wohl erst mal eine Predigt darüber gehalten, dass ich den guten Familiennamen beschmutzt hatte. Das hätte ich mir wohl anhören müssen. Aber danach hätte ich meinerseits versuchen können, zu den beiden vorzudringen und ihnen zu sagen, wie unterdrückt ich mich mein ganzes Leben lang gefühlt hatte. Und dass die Ehe mit Bardley für mich die Hölle gewesen war.

Ich hätte erklären können, dass ich schon früh gelernt hatte, mich anderen Leuten unterzuordnen – so, wie Mum sich immer Dad untergeordnet hatte. Weil Dad bei jedem Widerspruch gleich an die Decke gegangen war. Überhaupt war es einfacher gewesen, zu allem Ja und Amen zu sagen, als das eisige Schweigen über mich ergehen zu lassen, das sonst auf meinen Widerspruch folgte.

Dadurch war ich zu so einem gefallsüchtigen Menschen herangewachsen, dass ich erst mal ein ganzes Jahr für die Entdeckung gebraucht hatte, dass ich über so etwas wie ein Rückgrat verfügte.

Aber ich war nicht auf meine Eltern zugegangen, ich hatte ihnen das alles nicht gesagt. Stattdessen hatte ich ihnen Zeit gelassen und Abstand gehalten. Genau so, wie ich es gerade auch bei Tanner versuchte.

Verdammt. Machte ich etwa gerade einen Riesenfehler?

»Hör mal, Süße, du musst unbedingt mit ihm reden. Man sollte einen Mann nicht drei Tage lang sich selbst überlassen.« Makayla sah mich eindringlich an und zupfte an der Spitze ihres Pferdeschwanzes. Was bedeutete, dass sie sich Sorgen machte, so viel wusste ich inzwischen. »Wer weiß, wie viele Ausreden gegen eine Beziehung er sich inzwischen schon hat einfallen lassen?« Sie tätschelte meinen Arm und lächelte mich an. »Und ihr zwei gehört wirklich zusammen, das kannst du mir glauben.«

Schön, dass sie so zuversichtlich war. Leider ging es mir ganz anders. »Warum? Weil wir beide unfähig sind, eine Beziehung zu führen?«

»Nein, weil ich euch beide zusammen erlebt habe.« Sie versetzte mir einen leichten Stoß mit der Schulter. »Das sieht dann immer so aus, als wärt ihr ganz für euch allein – ihr habt jedenfalls nur Augen füreinander.«

»Du liest zu viele Liebesromane«, gab ich zurück. Da-

bei wusste ich genau, was sie damit meinte. Wenn Tanner in meiner Nähe war, kam es mir auch immer so vor, als würde er nur mich wahrnehmen. Und das war ganz schön aufregend für eine Frau, die für alle immer nur an zweiter Stelle gestanden hatte. Bei Tanner fühlte ich mich aber so begehrt und wichtig, wie ich mich noch nie gefühlt hatte. Und das auch noch während einer Affäre, die angeblich unverbindlich war.

Wie würde sich dann eine ernste Beziehung mit diesem Mann anfühlen?

Angesichts der Tatsache, dass ich mal wieder alles verbockt hatte, würde ich das wohl nie herausfinden.

»Jetzt fahr schon zu ihm.« Erneut knuffte Makayla mich, diesmal etwas fester. »Du hast dir doch schon einiges erkämpft: deine Unabhängigkeit, deine Ausbildung zur Konditorin … warum kämpfst du dann nicht auch für die Liebe?«

Weil ich Tanner nicht liebe, hatte ich eigentlich sagen wollen, aber das konnte ich nicht.

Bardley hatte ich wirklich nie geliebt, und es machte mich traurig, dass ich es so lange mit ihm ausgehalten hatte.

Aber Tanner? Jetzt hatte ich ihn schon drei Tage nicht gesehen, und es kam mir so vor, als hätte mir jemand das Herz herausgerissen und es anschließend durch den Fleischwolf gedreht.

Wenn das wirklich Liebe sein sollte, wollte ich dann überhaupt etwas damit zu tun haben? Andererseits hatte

Makayla recht. Ich hatte in letzter Zeit schon so viele erfolgreiche Kämpfe geführt, hatte gegen Erwartungshaltungen, gesellschaftliche Gepflogenheiten und einen besitzergreifenden Ehemann angekämpft.

Tanner war zu einem wichtigen Teil meines Lebens geworden – auch wenn ich mir noch so oft sagte, dass er für mich nur der Bad Boy war, mit dem ich ein kurzes Abenteuer gehabt hatte, um meine Vergangenheit hinter mir zu lassen. Wenn ich jetzt nicht wenigstens versuchte, um ihn zu kämpfen, würde ich das später wahrscheinlich bitter bereuen. Und ich bereute schon sehr viele Dinge in meinem Leben.

Irgendwie musste sich mein Gesichtsausdruck in diesem Moment verändert haben, denn Makayla lächelte mich plötzlich an. »Los, fahr nach Hause. Dann mach dich zurecht und hau ihn um.«

»Danke.« Ich umarmte sie, und die Gefühle, die in mir hochkamen, schnürten mir die Kehle zu.

Sie wand sich aus meiner Umarmung und gab mir einen kleinen Klaps. »Und morgen will ich Details hören!«

»Wenn ich es zur Arbeit schaffe.« Ich zwinkerte ihr zu. Natürlich würde ich Remy nie im Stich lassen, hoffte aber, dass ich heute Nacht nicht so viel Schlaf bekommen würde, falls Tanner und ich tatsächlich wieder zusammenfinden würden.

»Jetzt geh schon und schnapp dir den Mann.« Makayla gab mir ein Daumen-hoch-Zeichen, während ich

gegen einen ganzen Schmetterlingsschwarm ankämpfte, der in meinem Magen aufgewirbelt war.

Ja, ich wollte jetzt mit Tanner sprechen und mich nicht abwimmeln lassen. Ich hatte ihm nämlich eine Menge zu sagen, und das sollte er sich auch anhören.

26. Kapitel

Tanner

Inzwischen war es zwei Stunden her, dass Hudson mein Büro verlassen hatte, seitdem versuchte ich mich auf die Arbeit zu konzentrieren. Allerdings musste ich mir dabei jede Tabellenkalkulation zehnmal anschauen, alle Bewerbungen um eine Stelle als Kellnerin sahen für mich gleich aus, und auf den Bauplänen für den Nachtclub konnte ich auch nichts erkennen.

Mist.

Ich stand auf und streckte mich, um die Verspannungen in meinem Rücken zu lösen. Einen ganzen Nachmittag lang hatte ich praktisch nichts getan, das war ganz schön frustrierend. Vielleicht half es ja, wenn ich mich mal wieder in Jims Boxstudio blicken ließ. Als ich jedoch aus der Tiefgarage herausfuhr, hatte die Idee plötzlich keinen Reiz mehr für mich. So, wie ich mich gerade fühlte, würde ich wahrscheinlich noch jemandem den Schädel einschlagen, und damit war niemandem gedient.

An einer roten Ampel hielt ich den Wagen an. Diese Unentschlossenheit machte mich völlig fertig. Normalerweise blieb ich bei meinen Entscheidungen, wenn ich

sie erst mal gefällt hatte. Allerdings herrschte in meinem Kopf gerade ein Wirrwarr finsterer Gedanken, und die meisten davon drehten sich darum, dass ich schon wieder alles vermasselt hatte.

Als die Ampel auf Grün sprang, fiel mir wieder ein, was Hudson zu mir gesagt hatte.

Was auch immer dich so aufwühlt – setz dich endlich damit auseinander!

Das war leichter gesagt als getan. Am liebsten hätte ich mir diesen Mistkerl vorgeknöpft, der mich so fertiggemacht hatte, dass mir seine spöttische Stimme bis heute nicht aus dem Kopf gegangen war. Er hatte mich heruntergemacht, eingeschüchtert und grundlos bestraft.

Plötzlich kam mir ein völlig verrückter Gedanke: Ja, ich hatte durchaus eine Möglichkeit, mich mit ihm auseinanderzusetzen. Ihm alles zu sagen, was ich ihm schon immer hatte sagen wollen. Selbst wenn diese Möglichkeit weit von einer persönlichen Konfrontation entfernt war.

Ich kam mir ein bisschen blöd vor, als ich zu dem kleinen Friedhof am Rand von Surrey Hills fuhr. Bisher war ich nur ein einziges Mal hier gewesen, bei Dads Beerdigung. Eigentlich hatte ich nicht hingehen wollen, aber Remy hatte mich dazu gezwungen. Er hatte gemeint, dass es einen komischen Eindruck machen würde und das Familiengericht ihm deswegen vielleicht die Vormundschaft absprechen könnte, weil es aussah, als hätte er mich nicht richtig im Griff.

Aus Angst davor, die einzige Person zu verlieren, die mir etwas bedeutete, hatte ich mich also in einen schlecht sitzenden Anzug gequält und zu den anderen wenigen Trauergästen auf den gepflegten kleinen Friedhof gestellt.

Dass kaum jemand zu seinem Begräbnis erschienen war, hatte mich nicht weiter überrascht. Schließlich hatte er nicht viele Freunde gehabt. Es war selten jemand zu Besuch gekommen, und er hatte so gut wie nie das Haus verlassen. Wer weiß, vielleicht hätte er mir gar nicht so viel negative Aufmerksamkeit geschenkt, wenn er mehr unter die Leute gegangen wäre.

Und weil er mit seinem Hass auf mich eigentlich Mum gemeint hatte, hatte er ihr das Leben wahrscheinlich auch zur Hölle gemacht. Vor Remy und mir verbarg sie das aber immer. Wir machten nie Familienausflüge, und er kam immer erst spät von der Baustelle nach Hause. Dann setzte er sich vor den Fernseher und interessierte sich mehr für die Nachrichten als für Remy und mich.

Wir zwei erledigten unsere Hausaufgaben bei Mum in der Küche, die sich immer gern anhörte, was wir tagsüber so erlebt hatten. Dann versorgte sie uns mit Snacks und brachte uns zum Lachen. Und je mehr Dad sich zurückzog, desto häufiger umarmte sie uns und drückte uns an sich.

Wenn er mal an einem Sonntag zu Hause war, wurde ich mit Remy in den Garten zum Spielen geschickt, daran erinnere ich mich noch. Dann haben die zwei im

Haus eine Weile geredet. Lange hielt Mom es allerdings nicht drinnen aus, nach kurzer Zeit kam sie immer zu uns raus, dann haben wir zusammen Fangen oder Krocket gespielt.

Bis zu dem einen schrecklichen Tag, als ich laute Stimmen aus dem Haus gehört hatte. Mein erster Gedanke war gewesen, dass ich Mum beschützen wollte. Sonst wurde sie nämlich nie laut, aber wenn ich sie sogar im hintersten Gartenwinkel hören konnte, war das kein gutes Zeichen. Remy war gerade auf der Geburtstagsparty eines Freundes, also musste ich eine Entscheidung fällen: Wollte ich weiter Unkraut jäten, oder wollte ich nach Mum schauen?

Ich entschied mich für die zweite Möglichkeit. Was ich dadurch mitbekommen sollte, war sehr aufschlussreich für mich.

Ich hatte mich hinter der Hintertür versteckt, als der Streit seinen Höhepunkt erreichte. Schockstarr stand ich da und wünschte, ich wäre groß und stark genug, meinen Vater k.o. zu schlagen wegen der schrecklichen Dinge, die er da zu meiner Mutter sagte.

Die Tränen brannten mir in den Augen, aber ich hielt sie erfolgreich zurück. Jetzt musste ich stark sein – für Mum.

Als sie durch die Hintertür nach draußen lief, erblickte sie mich gleich. Ihre Augen waren rot und die Lider angeschwollen, ihre Lippen zitterten. Sie zog mich an sich und drückte mich fest, wie sie es sonst auch

immer tat, und ich spürte, wie sehr sie zitterte. Dann sagte sie mir noch, dass sie jetzt ein bisschen durch die Gegend fahren würde … und dass sie mir meine liebsten Lollis mitbringen würde.

Das war das letzte Mal, dass ich sie gesehen hatte.

Ihr Auto war von der Straße abgekommen und nicht mal zwei Kilometer von unserem Haus entfernt gegen einen Baum geknallt. Die Polizei konnte sich nicht erklären, wie der Unfall zustande gekommen war, ich mir aber schon: Die hässlichen Vorwürfe meines Vaters hatten sie so aufgewühlt, dass sie sich nicht richtig auf die Straße hatte konzentrieren können.

Zum Glück ließ sich anhand der Bremsspuren feststellen, dass sie tatsächlich noch versucht hatte, dem Baum auszuweichen, den Unfall also nicht absichtlich verursacht hatte. Ich hätte es nicht verkraftet, wenn sie so schwer gelitten hätte, dass sie bereit gewesen war, mich mit diesem Monster allein zu lassen.

Als sie an diesem Tag ins Auto gestiegen war, hatte ich große Angst gehabt, weil ich eine Stunde lang mit Dad allein sein würde – nach allem, was ich vorher mit angehört hatte. Ich hatte ja nicht ahnen können, dass aus dieser einen Stunde fünf lange Jahre werden würden, in denen ich alles hingenommen hatte, was dieser Mistkerl mir zumutete. Und jeden Tag hatte ich mir gewünscht, dass er tödlich verunglückt wäre, nicht Mum.

Als ich in den Friedhofsparkplatz einbog, stellte ich erstaunt fest, dass meine Augen feucht waren. Ich stieg

aus und atmete mehrmals tief durch, bevor ich zu den Gräbern ging.

Einen besonders aufwendigen Grabstein hatte Dad nicht. Remy hatte eine kleine Gedenktafel ausgesucht, auf der nur sein Name, sein Geburts- und Sterbedatum und die Buchstaben R. I. P. standen. *Rest in peace* – ruhe in Frieden. Von wegen! Wenn es nach mir ginge, würde er jetzt in der Hölle entsprechende Qualen erleiden.

Verbittert betrachtete ich die Gedenktafel und musste mich zurückhalten, um nicht dagegenzutreten. Warum sollte dieser Mensch jetzt in Frieden ruhen, wenn ich seinetwegen wahrscheinlich nie meinen Frieden fand?

»Du warst ein mieses Stück Dreck«, sagte ich, schob die Hände in die Hosentaschen und wippte auf meinen Fußballen hin und her, als würde ich Streit suchen. »Du warst ein gemeiner, gehässiger Mistkerl, der mir das Leben zur Hölle gemacht hat. Da bist du jetzt wohl gelandet, und hoffentlich brennst du gerade lichterloh.«

Eigentlich bescheuert, dass ich mich gerade mit einem Steinklotz unterhielt. Trotzdem fühlte es sich befreiend an, also redete ich weiter: »Weißt du noch, als du mich damals in den Keller gesperrt hast, weil ich den Brokkoli nicht essen wollte? Tja, das ist für dich wohl nach hinten losgegangen. Als ich wieder draußen war, habe ich nämlich gleich deine Zahnbürste ins Klowasser gestippt.«

Ich grinste. Das war mein erster Akt des Widerstands gewesen – mit zehn, wenige Monate nach Mums Tod.

»Und dann, als du dir eine Riesenportion Erdbeer-

pfannkuchen gemacht hast und mir eine halbe Schüssel getrocknete Aprikosen gegeben hast? Ich muss dir leider sagen, dass du abends nicht bloß Zucker in deinem Tee hattest, sondern dass mir da vielleicht noch ein, zwei Löffel Kreidestaub mit reingerutscht sind.«

Ich hatte mir so oft gewünscht, dass es Arsen gewesen wäre ...

»Und dann hast du mir immer wieder mit dem Holzlöffel den Hintern versohlt«, fuhr ich fort. »Ich habe mir jetzt auf beide Backen Bilder von deinen blöden, heiß geliebten Orchideen tätowieren lassen. Und jedes Mal wenn ich mich hinsetze, stelle ich mir vor, dass ich sie dabei zerdrücke.«

Das war vielleicht kindisch, aber die Blumen waren damals meine ersten Tattoos gewesen. Und die Vorstellung von den zerquetschten Orchideen und dem entsprechenden Gesicht meines Vaters hatte mir so gut gefallen, dass ich noch mehr Tintenzeichnungen auf meinem Körper hatte haben wollen.

»Mir war klar, wie sehr du Tattoos hasst, darum war für mich jedes neue Motiv meine Art, dir den Stinkefinger zu zeigen.« Zur Untermalung hob ich meinen Mittelfinger in Richtung Grabstein. Allmählich hatte ich mich warmgeredet. »Und immer wenn ich im Tattoostudio lag und die Nadel mir unter die Haut fuhr, habe ich mir vorgestellt, wie du dich darüber aufregst und dich so richtig schön ärgerst ... dann habe ich keinen Schmerz mehr gespürt.«

Weil ich gerade so schön in Fahrt war, sprach ich weiter: »Ich hasse dich, Dad, weil du mir die Fähigkeit genommen hast, anderen Menschen zu vertrauen. Und weil du mir das Gefühl gegeben hast, dass ich wertlos bin und für niemanden gut genug. Aber weißt du, was? Ich schlage mich gerade ganz gut durchs Leben. Sehr gut sogar. Remy ist ein toller Mensch, der allerbeste Bruder auf der Welt. Also darf ich dir wohl dankbar dafür sein, dass du ihn weitestgehend in Ruhe gelassen hast. Wir führen beide ein glückliches Leben. Aus meiner Sicht ist das die beste Rache, die ich mir für dich vorstellen kann, weil du nämlich da unten liegst und mir überhaupt nichts mehr anhaben kannst …«

Ich hielt inne. Meine Beine fühlten sich erstaunlich schwach an, meine Arme waren fast taub. Als wäre ich kurz davor, ohnmächtig zu werden. Ich ging in die Hocke, ließ den Kopf nach vorn sinken und atmete mehrmals tief durch, bis mir nicht mehr so schwindelig war.

Eigentlich hätte Dad noch viel Schlimmeres verdient als nur diese Beschimpfungen, aber inzwischen fühlte ich mich leer und ausgelaugt, Wut und Hass waren erst mal aufgebraucht.

Ich war fertig.

Ob ich mich dadurch besser fühlte? Vielleicht. Es hatte auf jeden Fall etwas Reinigendes, und das war schon mal nicht verkehrt.

Trotzdem wollte ich nie wieder hierherkommen. Ich hatte ohnehin alles gesagt, was zu sagen war. Vielleicht

hatte ich jetzt sogar den Mut, mich auch mit Abby auseinanderzusetzen? Einen vernünftigen Schlussstrich unter unsere Affäre zu ziehen? Das hätte sie jedenfalls verdient.

Aber heute Abend noch nicht. Erst mal wollte ich zum Club zurückfahren, mich in die Arbeit stürzen und dabei den alten Whiskey trinken, den ich mir für einen besonders schlimmen Regentag aufgespart hatte. Und im Moment kam ich mir so vor, als stünde ich mitten in einem Wolkenbruch.

Ich stand auf und warf noch einen letzten Blick auf die Gedenktafel. »Wir sehen uns dann in der Hölle.« Ohne mich noch einmal umzudrehen, ging ich zum Auto.

27. Kapitel

Abby

Ich kam mir ziemlich blöd vor. Ganz schön aufgerüscht hatte ich mich, in meinem schwarzen Minirock, dem grünen Spaghettiträgeroberteil und den Stilettos. Dazu hatte ich mir mehrfach die Wimpern getuscht und orangefarbenen Lippenstift aufgetragen. Und das, obwohl Tanner mich schon einige Male nackt gesehen hatte.

Die Kleidung und das Make-up gaben mir ein bisschen mehr Sicherheit, und die brauchte ich dringend. Langsam ging ich auf das Absperrseil zu, hinter dem sich im *Embue* der VIP-Bereich befand.

»Ich muss dringend mit Tanner King sprechen«, verkündete ich mit meiner besten Diva-Stimme. Der muskelbepackte Ninja-Kämpfertyp, der die Absperrung bewachte, betrachtete mich mit düsterer Miene, als hätte ich keinerlei Recht darauf, hier zu sein … und schon gar nicht, mit seinem Boss zu sprechen.

Er warf einen kurzen Blick auf seinen Tablet-Computer, dann grinste er herablassend. »Sie stehen nicht auf der Liste.«

»Der Boss will trotzdem mit ihr sprechen«, sagte hin-

ter mir eine Männerstimme. Der Mann kam einen Schritt vor, löste das Absperrseil und schob den goldfarbenen Vorhang dahinter zur Seite. »Komm bitte mit, Abby.«

»Oh – danke.« Ich rauschte an dem Muskelpaket vorbei und lächelte den großen blonden und sehr attraktiven Mann neben mir an. »Wir kennen uns noch nicht, oder?«

»Ich bin Hudson Watt, Geschäftsführer dieser Lasterhöhle.« Er schüttelte mir die Hand. »Und Tanner ist mein bester Freund, auch wenn er vielleicht etwas anderes behauptet.«

»Schön, dich kennenzulernen«, sagte ich. Und schon wieder wirbelten diese verdammten Schmetterlinge auf, kaum standen wir vor Tanners Privatraum. »Passt es denn auch wirklich? Oder hat er gerade zu tun?«

»Süße, er muss dich unbedingt sofort sehen. Auch wenn er selbst noch nicht weiß, wie dringend es ist.« Hudson schenkte mir ein jungenhaftes Grinsen, dann klopfte er zweimal an, zog eine Karte durch das Digitalschloss und öffnete die Tür.

Meine Hände zitterten heftig, als er den Kopf in den Raum steckte. »Hier ist jemand für dich.«

Bevor ich es mir anders überlegen konnte, stieß Hudson die Tür ganz auf und schubste mich sanft ins Zimmer. »Viel Glück«, murmelte er so leise, dass nur ich es hören konnte, dann schloss er die Tür wieder.

Jetzt stand ich da und starrte Tanner an wie eine Vollidiotin. Und alle brillanten Formulierungen, die ich mir

auf dem Weg hierher zusammengebastelt hatte, waren wie ausradiert, als er mit großen Schritten auf mich zukam. Er wirkte angespannt, und eine tiefe Furche zog sich über seine Stirn.

Kurz: Er schien nicht besonders erfreut über meinen Besuch.

Ich konnte gerade noch ein schüchternes »Hey« herausbringen, da griff er auch schon nach mir und presste die Lippen auf meine.

Ich hätte mich wehren können, hätte sagen können, dass wir erst miteinander reden müssten, hätte ihn als rückgratlosen Dreckskerl bezeichnen können, weil er einfach so verschwunden war, ohne sich von mir zu verabschieden.

Doch als ich seine Zunge in meinem Mund spürte und er mich gegen die Tür drückte, wollte ich das alles nicht mehr.

Stattdessen wollte ich genau das, was jetzt passierte. Ich wollte ihn ... so sehr, wie ich mir in meinem Leben noch nie etwas gewünscht hatte.

Ich erschauerte vor Erregung, als er den Hosenschlitz öffnete, sich ein Kondom überstreifte und mit einer kräftigen Handbewegung meinen Rock hochschob. Ich klammerte mich fest an ihn, konnte mich kaum noch auf den Beinen halten, als er mir den Slip herunterzerrte und mit einem kräftigen Stoß in mich eindrang.

Ich schnappte nach Luft und genoss das Gefühl, ihn in mir zu spüren. Die prickelnde Reibung, als er sich in mir

bewegte. Erst langsam ... dann immer schneller. Jedes Mal drang er noch tiefer in mich ein, mit erregend kraftvollen Stößen, die mich immer weiter in Richtung Gipfel trieben.

Ich schlang ihm ein Bein um die Taille – für ihn eine Aufforderung, mich hochzuheben und dabei die Hand in meinen Hintern zu krallen. Während er immer wieder in mich hineinstieß wie ein Besessener.

Ich ließ den Kopf nach hinten kippen, und er schlug mit einem dumpfen Laut gegen die Tür. Meine Muskeln spannten sich an, als immer heftigere Wellen der Lust meinen ganzen Körper erfassten. Jetzt hob Tanner meine Hüften noch ein Stück weiter an, sodass er sich noch intensiver an meinem empfindlichsten Punkt rieb.

Mit jedem Stoß brachte er meinen Körper zum Glühen ... und zum Brennen, als die Anfänge eines wilden, tiefen Orgasmus mich erfassten.

Tiefe Stöße, kräftig und erfüllend. Am liebsten hätte ich auf etwas gebissen, damit ich nicht zu laut aufschreien würde. Tanner veränderte seine Position, stieß noch einmal zu ... dann war es um mich geschehen. Ich ließ mich fallen, verlor völlig die Kontrolle und bekam gerade noch mit, dass er meinen Schrei mit einem Kuss zum Verstummen brachte.

Er folgte mir einen kurzen Moment später zum Gipfel und drang noch einmal so tief in mich ein, dass ich fast bewusstlos geworden wäre, so intensiv und fast schmerzhaft war die Erfüllung, die er mir schenkte.

Bevor ich noch etwas sagen konnte, um die angespannte Stille zu durchbrechen, löste er sich von mir. Dann verschwand er im Badezimmer, ohne sich noch einmal nach mir umzudrehen.

Kurze Zeit später kam er zurück und setzte sich an seinen Schreibtisch, als wäre nichts passiert.

Ich erschauerte, so kalt war mir bei seinem Anblick. Schnell brachte ich meine Kleidungsstücke wieder in Ordnung und stellte mich vor ihn. »Sieh mich bitte an.«

Er ignorierte meine Aufforderung und starrte stattdessen wie gebannt auf seinen Monitor.

»Du verdammter Mistkerl!« Ich schlug mit der flachen Hand auf die Schreibtischplatte, und er fuhr hoch. Jetzt, endlich, schaute er mir doch in die Augen.

Was ich in seinem Blick erkannte, raubte mir den Atem: Abscheu und Reue. Aber auch eine so tiefe Hoffnungslosigkeit, dass ich ihn am liebsten in den Arm genommen und nie wieder losgelassen hätte.

Er schluckte, und seine Kehle verkrampfte sich. Dann räusperte er sich. »Du musst jetzt gehen.«

»Pech gehabt, ich bin nicht wie du. Ich renne nicht immer gleich weg, wenn es kompliziert wird.« Ich setzte mich auf die Schreibtischkante und beugte mich zu ihm vor. So dicht, dass ich den Alkohol in seinem Atem riechen konnte, den ich eben noch nicht bewusst wahrgenommen hatte. »Puh. Du machst zwar keinen betrunkenen Eindruck, riechst aber wie eine ganze Schnapsbrennerei.«

»Vier Whiskey waren das insgesamt. Betrunken bin ich davon nicht.«

»Wolltest du dich damit betäuben?«

»Nein, wach halten. Damit ich die Nacht durcharbeiten kann.« Er tat, als würde er gähnen, und streckte sich. Dann blickte er mich mit düsterer Miene an. Wie ein Raubtier, kurz bevor es sich auf seine Beute stürzte. »Dabei störst du mich übrigens gerade.«

»Dein Verhalten stört mich auch«, erwiderte ich und wies mit dem Daumen auf die Zimmertür, gegen die er mich gerade gepresst hatte. »Ich würde es ja gern so verstehen, dass das hier eben passiert ist, weil du deine Finger nicht von mir lassen konntest. Aber ich glaube, du wolltest mir damit etwas beweisen.«

In seinem Blick flackerte so etwas wie Angst auf. »Ach, du hast doch keine Ahnung. Ich bin eben immer spitz. Und du bist eine heiße Frau. Zwischen uns geht es richtig ab, darum bist du auch hergekommen: um dich ein letztes Mal von mir ficken zu lassen. Den Gefallen habe ich dir getan.«

Seine Bemerkung schmerzte, als hätte er mir tausend Dolche in die Brust gerammt. Aber ich ließ mir nichts anmerken, sondern zwang mich zu einem spöttischen Grinsen. »Wenn du mich mit solchen Sprüchen vergraulen willst, dann kannst du das vergessen.« Erneut beugte mich zu ihm vor, sodass sich unsere Gesichter fast berührten. »Ich habe dich durchschaut.«

Er rutschte mit dem Schreibtischstuhl zurück und

stand auf, wahrscheinlich um Abstand zu gewinnen. »Jetzt hör mir mal gut zu. Du hast von Anfang an gewusst, was ich für ein Typ bin. Gefühle liegen mir nicht, feste Beziehungen schon gar nicht. Und wenn eine Sache vorbei ist, dann ist sie für mich auch vorbei. Punkt.«

Die Wut stand ihm ins Gesicht geschrieben, als er fortfuhr: »Remy ist aus dem Krankenhaus zurückgekommen, unser kleines Abenteuer war vorbei, da wollte ich es uns beiden leicht machen und bin verschwunden. Den in die Länge gezogenen Abschied, die leeren Versprechungen, Freunde zu bleiben … das alles wollte ich uns ersparen und stattdessen einen glatten Schnitt machen.«

»Ach, dann hast du mir damit also einen Gefallen getan und ich sollte dir jetzt dankbar sein?« In Zeitlupe applaudierte ich ihm, stand auf und ging auf ihn zu. Und während ich äußerlich wahrscheinlich ganz ruhig wirkte, tobte in meinem Inneren der wilde Zorn. »Bravo! Vielen Dank dafür, dass du mit deinem unmöglichen Benehmen etwas Wunderschönes, Besonderes verdorben hast.«

Einen winzigen Moment lang glaubte ich einen überraschten Ausdruck in seinem Gesicht zu erkennen, dann saß seine eiserne Maske der Gleichgültigkeit wieder. »Was hast du eigentlich, Baby? Wir hatten einfach nur grandiosen Sex. Das würde ich jetzt nicht als wunderschön und besonders bezeichnen.«

»Du bist so ein Blödmann.« Ich lachte freudlos auf, hätte ihm aber am liebsten links und rechts eine geknallt. »Soll ich dir sagen, was ich denke?«

»Nein.« Er presste die Lippen zu einer dünnen Linie zusammen und schaute sich gespielt gelangweilt im Raum um. Dieser Feigling.

»Du versteckst dich hinter dieser Bad-Boy-Fassade, aber innerlich bist du so weich wie ein Marshmallow.«

Gut, das hatte ich eigentlich etwas knackiger rüberbringen wollen, aber immerhin hatte ich jetzt wieder seine volle Aufmerksamkeit: Er funkelte mich verärgert an.

»Wahrscheinlich hast du dir diese vielen Tattoos stechen lassen, weil du dachtest, dass du dich dadurch in einen bösen Jungen verwandelst.« Ich hielt kurz inne, weil ich mir nicht sicher war, wie weit ich noch gehen sollte. Dann sprach ich mit sanfterer Stimme weiter: »Aber du bist nicht böse, Tanner. Du kannst gar nicht böse sein. Und ich würde gern noch ein bisschen bei dir bleiben und dir beweisen, dass ich recht habe.«

»Ich habe dir doch schon gesagt, dass ich jetzt arbeiten muss«, erwiderte er und verstand mich absichtlich falsch.

»Tu das bitte nicht. Ich komme mir sowieso schon so dumm vor, weil ich jetzt hier bin und mich dir öffne. Mach es mir bitte nicht noch schwerer.« Meine Stimme brach, inzwischen klang ich lange nicht mehr so selbstsicher wie zu Anfang.

Was war, wenn ich unsere Beziehung völlig fehlinterpretiert hatte?

Doch dann, innerhalb von zwei Sekunden, veränderte sich seine Miene. Auf einmal wirkte er nicht mehr hart

und abweisend. »Es tut mir leid«, sagte er, stützte sich gegen die Rückenlehne des Sofas und fuhr sich über das Gesicht. »Ich bin ein richtiges Arschloch.«

»Du bist ein Mann, der nicht mehr in seiner Komfortzone ist.« Ich lehnte mich neben ihn gegen das Sofa, berührte ihn allerdings nicht – sosehr ich mich auch danach sehnte. »Ich verspreche dir aber, dass ich nachsichtig mit dir sein werde.«

Er zuckte zusammen, als hätte ich ihm eine Ohrfeige verpasst. »Verdammt, ich fasse es nicht, dass ich dich eben genommen habe wie ein Wahnsinniger. Und du hast natürlich recht: Damit wollte ich dich abschrecken, ich wollte dir zeigen, was ich für ein Dreckskerl bin. Damit du nie mehr wiederkommst. Dabei hatte ich ganz vergessen, dass ich nicht genug von dir kriegen kann und … da ist es mit mir durchgegangen. Es tut mir schrecklich leid.«

»Habe ich mich etwa beschwert?«

Jetzt traute ich mich doch, ihm eine Hand auf den Unterarm zu legen. Er schreckte zurück, als hätte ich ihm damit einen Stromschlag versetzt.

»Du verdienst einen viel besseren Mann als mich. Begreifst du das nicht?« Seine Augen waren tiefschwarz, als er sich zu mir umwandte. »Ich tue dir nicht gut.«

»Tanner«, sagte ich. »Mein ganzes Leben lang haben andere Menschen alle wichtigen Entscheidungen für mich getroffen, und ich habe so getan, als wäre ich damit einverstanden. Damit ist jetzt Schluss.« Ich griff nach

seiner Hand und hielt sie so fest, dass er sie nicht wegziehen konnte. »Verstehst du das nicht? So einfach wirst du mich nicht mehr los. Ich mag dich nämlich, Tanner King.«

Mein Brustkorb wurde mir eng, gleich würde ich ihm etwas unendlich Bedeutsames sagen, und das machte mir große Angst. Aber wenn ich die Worte jetzt nicht aussprach, dann würde ich das wohl nie tun. »Vielleicht verliebe ich mich sogar gerade in dich. Und wenn ich im letzten Jahr eines gelernt habe, dann das: Ich werde von jetzt an für meine Träume kämpfen.«

Als ich das große L-Wort ausgesprochen hatte, hatte er einigermaßen gefasst gewirkt – das war schon mal ein gutes Zeichen. Ein weniger gutes Zeichen war allerdings, dass er inzwischen kreidebleich geworden war und aussah, als würde er gleich ohnmächtig werden.

»Das meinst du doch nicht ernst …«

»Hör bitte auf, mir zu sagen, was ich denken oder sagen oder tun soll.« Ich drückte seine Hand und wünschte, ich könnte ihn damit erreichen. »Ich mache ja vieles mit, aber das nicht. Nie mehr.«

Ich konnte seinen inneren Kampf förmlich mit ansehen, die widersprüchlichen Gefühle, die kurz über sein Gesicht huschten: Hoffnung und Hoffnungslosigkeit. Vertrauen und Misstrauen. Ungläubigkeit einerseits und Vorfreude andererseits.

Diese Gefühle erkannte ich deswegen so gut, weil ich in den letzten drei Tagen denselben Kampf ausgefoch-

ten hatte. Und ich war als Siegerin daraus hervorgegangen.

»Du gehst bald wieder in dein altes Leben zurück«, begann er. »Zu deiner Familie. Da bin ich für dich nur ein Klotz am Bein.« Verzweifelt suchte er nach Gründen, die gegen unsere Beziehung sprachen. Damit konnte er mich nicht einschüchtern, von meiner Familie war ich Schlimmeres gewohnt.

»Wenn du mich schon belauschen musst, dann mach das wenigstens richtig«, sagte ich. »Ich traue meiner Familie nicht, darum werde ich auch weiter bei Remy wohnen. Ich gehe nirgendwohin.«

Eine ganze Weile schwieg er, und ich gab ihm Zeit, meine Worte zu verarbeiten. Drei Tage hatte ich gebraucht, um diesen Punkt zu erreichen, und das war mir auch nur mit Makaylas Hilfe gelungen.

»Ich glaube nicht, dass ich der Mann sein kann, den du brauchst«, flüsterte er und klang dabei so verloren, dass etwas in mir zerbrach.

Mir war bewusst, wie sehr es jetzt darauf ankam, dass ich die richtigen Worte wählte. Also wählte ich jedes einzelne sorgfältig aus, damit er darin erkennen konnte, wie ich wirklich war. Und damit er mir endlich glaubte. »Warum glaubst du das nicht?«, sagte ich. »Weil du noch nie eine feste Beziehung hattest? Oder weil es dir so schwerfällt, einem Menschen zu vertrauen? Oder weil du in deiner Kindheit so sehr entmutigt worden bist, dass du dich für wertlos hältst?«

Ich sank auf den Boden, kniete mich vor ihn und hielt seine Hände dabei ganz fest. »Es fällt uns beiden schwer, anderen zu vertrauen. Ich habe mir selbst jahrelang nicht vertraut, wie könnte ich da einer anderen Person vertrauen? Aber du hast mir gezeigt, dass das doch möglich ist.« Ich drückte seine Finger fester. »Glaubst du wirklich, dass ich dich nur benutzen wollte, um über meine Vergangenheit hinwegzukommen? Das war vielleicht anfangs so. Aber dann hat sich das grundlegend geändert. Und das liegt nur an dir.«

Ich war so bewegt, dass mir die Stimme wegblieb. Ich schluckte. »Ich will nicht, dass das mit uns vorbei ist, Tanner. Wie ist es mit dir?«

Als ich ihm in die Augen blickte, kam ich mir vor, als schaute ich in einen dunklen, unergründlichen See. Ich konnte darin nicht erkennen, was er für mich empfand. Vielleicht ja gar nichts. Aber ich hoffte, dass es mehr war. Viel mehr.

Plötzlich drückte er meine Hände, und ich schöpfte neue Hoffnung. Er zog mich hoch, sodass wir uns direkt gegenüberstanden, nur einen Hauch voneinander entfernt.

»Abby … wie soll ich dir bloß erklären, was für ein kaputter Mensch ich bin?«

Damit hätte ich nun wirklich nicht gerechnet. Ich schwieg zunächst und hoffte, dass er weitersprechen würde. »Ich will dir ja glauben, ich will auch an uns glauben. Aber was ist, wenn das nicht reicht?« Er atmete zitternd ein. »Was ist, wenn *ich* nicht reiche?«

Ich spürte, dass er noch lange nicht fertig war, und wartete ab. Dabei schnürte sich mir die Kehle zu, und in meinen Augen brannten ungeweinte Tränen. Aber ich schwieg.

»Ich … bisher habe ich noch niemandem davon erzählt, nicht mal Remy.« Er klang verbittert und völlig verzweifelt. Seine Augen wirkten glasig, als hätte er sich in einer sehr schmerzvollen Erinnerung verfangen. Und ich wusste, dass er sich mit genau dieser Erinnerung auseinandersetzen musste, wenn wir eine gemeinsame Chance haben sollten. »Mein Dad hat mich gehasst«, begann er. »Das habe ich von Anfang an gespürt, mit vier Jahren vielleicht zum ersten Mal bewusst. Es kam mir so vor, als könnte er meinen Anblick nicht ertragen.« Seine Augen verdunkelten sich vor Schmerz, und er blinzelte. »Wenn Mum und Remy in der Nähe waren, hat er es ganz gut verborgen. Aber sobald wir unter uns waren … wurde er zu einem richtig fiesen Dreckskerl.«

Mir zog sich das Herz zusammen, wenn ich mir vorstellte, was Tanner als Junge hatte durchmachen müssen. Mein eigener Vater hatte mir zwar alles vorschreiben wollen, aber immerhin mochte er mich. Er war mir gegenüber auch nie vorsätzlich grausam oder herablassend gewesen, sondern hatte nur von mir erwartet, dass ich mich an seine Vorgaben hielt.

»Je älter ich wurde, desto klarer wurde mir, dass Mum ihn auch nicht ertragen konnte, dass sie aber Remy und mir zuliebe gute Miene zum bösen Spiel gemacht hat.

Damals waren wir immer nur bei ihr gewesen, auch wenn Dad zu Hause war. Möglicherweise hat sie uns vor ihm schützen wollen, aber das war mir damals nicht klar …«

Er atmete tief durch und fuhr dann fort: »An dem Tag, an dem sie gestorben ist, war Remy nicht zu Hause. Ich war draußen im Garten und habe gehört, wie Dad und sie sich gestritten haben. Das hat mir Angst gemacht, weil Mum sonst nie so laut geworden ist – aber diesmal hätten sogar die Nachbarn mithören können. Also bin ich auf die Veranda geschlichen und hab mich neben die Hintertür gestellt.«

Tanner runzelte die Stirn, dann sprach er weiter: »Dad hat ziemlich schreckliche Dinge zu ihr gesagt. Er hat ihr Affären unterstellt und dass sie ihn nie geliebt hätte. Dann wurde es sogar noch schlimmer …«

Seine Miene war schmerzerfüllt, und ich musste meine ganze Willenskraft zusammennehmen, um ihn nicht an mich zu ziehen und zu bitten, damit aufzuhören. Wenn er das nämlich tat, würde er sich wieder verschließen, und das wollte ich nicht riskieren. Er war schon so weit gekommen, und er hatte dieses Geheimnis noch niemandem anvertraut.

Jetzt konnte ich nur hoffen, dass er mir vertraute und dass wir eine Chance auf eine gemeinsame Zukunft hatten, sobald die Wahrheit ans Licht gekommen war.

»Offenbar hatte Dad unsere Mom nicht mehr geliebt, seit Remy zur Welt gekommen war. Trotzdem ist er

noch vier Jahre lang bei ihr geblieben. Als er sie dann verlassen wollte, hat sie ihm eröffnet, dass sie wieder schwanger ist – mit mir. Er hat ihr vorgeworfen, dass sie das mit Absicht in die Wege geleitet hätte, um ihn an sich zu binden. Seitdem hat er mich gehasst. Mir hat er die Schuld daran gegeben, dass er in dieser Ehe gefangen war. Am liebsten hätte er uns einfach verlassen, aber er hätte sich die Unterhaltszahlungen nicht leisten können. Also ist er bei uns geblieben und hat uns das Leben zur Hölle gemacht. Bei diesem schrecklichen letzten Streit hat Mum ihn angeschrien, er solle bloß Remy und mich in Ruhe lassen und seinen Hass für sich behalten. Da hat er sie noch mal richtig böse beschimpft, und schließlich ist Mum nach draußen gelaufen. Dann ist sie mit dem Auto losgefahren, wahrscheinlich einfach, um wieder etwas runterzukommen …«

Er schüttelte den Kopf, sein Mund war vor Schmerz verzogen. »In dem Zustand hätte sie niemals fahren dürfen. Nicht weit von unserem Haus ist sie gegen einen Baum gefahren und gestorben.«

Mein Hals fühlte sich schrecklich eng an, so sehr berührte mich seine Erinnerung. Sanft legte ich ihm eine Hand auf den Arm.

»Nach Mums Tod hat mich dieser Dreckskerl nicht etwa getröstet. Weißt du, was er stattdessen getan hat? Er hat mir die Schuld an dem Unfall gegeben. *Mir.* Weil ich aus ihm so einen verbitterten Menschen gemacht hatte, weil Mum mich an dem Tag verteidigt hatte und

dabei so wütend geworden war, dass sie tödlich verunglückt ist. Außerdem hat er mir die Schuld daran gegeben, dass er jetzt zwei Kinder am Hals hatte, die er nicht wollte. Ich war damals verdammt noch mal zehn Jahre alt, und er hat mir das alles vorgehalten.«

Tanner rieb sich die Augen. »In den nächsten fünf Jahren, bis zu seinem Tod, wurde alles nur noch schlimmer. Mich hat er wie ein Stück Dreck behandelt, allerdings nie, wenn Remy dabei war. Der war aber sowieso nur selten zu Hause. Dad hat mir bei jeder Gelegenheit zu verstehen gegeben, für wie wertlos und unnütz er mich hielt, immer wieder … bis ich es irgendwann selbst geglaubt habe. Als er endlich gestorben ist, habe ich vor Freude geweint. Und dann musste sich Remy die nächsten paar Jahre lang mit meinen pubertären Wutanfällen auseinandersetzen. Als ich dann achtzehn war, hatte ich endlich Zugriff auf meinen Treuhandfonds und konnte mir ein eigenes Leben aufbauen. Tja, und die hier?« Er hielt mir seine tätowierten Arme unter die Nase. »Die Tattoos waren für mich wie eine Wiedergeburt. Früher habe ich mich nie wohl in meiner Haut gefühlt, also habe ich mir einfach eine neue stechen lassen. Eine Haut, die andere Menschen gleichzeitig auf Abstand hielt, aber das war mir nur recht. Auf eine ganz schräge Weise waren mein Dad und ich uns sogar ähnlich: Wir wollten beide nie in einer Beziehung gefangen sein. Darum habe ich nie jemanden an mich herangelassen. Bis ich dich kennengelernt habe …«

Sein gequälter Blick traf meinen. Ich hielt den Atem an und betete, dass wir in diesem Moment einen Wendepunkt erreicht hatten und dass Tanner inzwischen keinen Schlussstrich mehr unter unsere Beziehung ziehen wollte.

»Du hast dich von meinen Tattoos nicht täuschen lassen.« Als er mein Gesicht sanft umfasste, traute ich mich endlich auszuatmen, nachdem ich die ganze Zeit die Luft angehalten hatte. »Du hast mich als Mensch erkannt, so wie ich wirklich bin«, sprach er weiter. »Jetzt weiß ich nicht, ob ich dich für immer festhalten oder mich so schnell wie möglich aus dem Staub machen soll.«

In diesem Moment regte sich ein Funken Hoffnung in mir. Trotzdem zwang ich mich, still stehen zu bleiben.

Er ließ mein Gesicht los und legte mir die Hände jetzt auf die Hüften. Noch hatte er mich nicht zurückgewiesen. Noch war er nicht weggelaufen. Ich wollte ihm irgendwie vermitteln, wie sehr mich seine Geschichte erschütterte und bewegte. Obwohl sich alles, was ich sagen würde, wahrscheinlich banal anhörte.

»Tanner … so abgedroschen das vielleicht klingt, aber was du da erlebt hast, tut mir so unendlich leid. Du hast da eine Last auf dich genommen, die du nie hättest tragen dürfen. Dein Vater war ein Sadist. Und ja, ich sehe dich so, wie du wirklich bist. Das werde ich auch immer tun.«

Jetzt konnte ich die Tränen doch nicht mehr zurückhalten. Also ließ ich ihnen freien Lauf und umklammerte ihn dabei so fest, dass er leise aufschrie.

Aber das Schöne an der Sache war, dass er meine Umarmung erwiderte und dabei die Nase in meinem Haar vergrub, genau wie früher.

Das Schlimme an der Sache war allerdings, dass ich mit dem Schluchzen gar nicht mehr aufhören konnte. Es kam mir vor, als würden die Gefühle, die ich so lange unter Verschluss gehalten hatte, jetzt auf einmal aus mir herausbrechen. Tanner hielt mich mit seinen starken Armen beharrlich fest, bis ich mich wieder beruhigt hatte. Er war der Mann, den ich wollte, und der Mann, den ich brauchte.

Als ich mich schließlich von ihm löste, erkannte ich den Anflug eines Lächelns auf seinem Gesicht. Mein Herz machte einen kleinen Hüpfer.

»Und ausgerechnet du warst eben noch so dreist, mich als Marshmallow zu bezeichnen.« Er küsste mich auf die Nasenspitze, und in diesem Moment wurde mir klar, dass wir es geschafft hatten: Gemeinsam hatten wir dieses gewaltige Hindernis überwunden. »Du bist ja eine richtige Heulsuse.«

Ich boxte ihn leicht gegen die Brust. »Okay, dafür bin ich aber *deine* Heulsuse.«

»Das bist du dann wohl«, erwiderte er, ohne zu zögern, und sorgte mit dieser Bemerkung dafür, dass es mir am ganzen Körper kribbelte. »Aus irgendeinem Grund siehst du immer nur das Beste in mir … und bringst dadurch auch das Beste in mir zum Vorschein. Jetzt will ich herausfinden, was dabei noch so alles passieren kann.«

Ich stieß einen lauten Jubelschrei aus, und er hob mich lachend hoch und wirbelte mich herum.

»Eins musst du mir allerdings versprechen«, sagte er und klang plötzlich wieder ernst.

»Alles, was du willst.«

»Falls du mich je verlassen willst: Bitte, sag mir vorher Bescheid.« Er umschloss meine Taille noch fester. »Das könnte ich nämlich nicht verkraften – wenn du auf einmal weg wärst.«

»So wie du vor drei Tagen, meinst du?«

Er verzog das Gesicht. »Ertappt.«

Ich hob meine rechte Hand zum Schwur. »Gut, das verspreche ich dir. Gibt es noch etwas?«

»Ich … Ich glaube, ich liebe dich auch«, sagte er schroff und schüchtern zugleich.

»Wieso ›auch‹? Ich habe bisher nur gesagt, dass ich dich mag.« Grinsend strich ich ihm über die Brust und legte ihm schließlich die Hände auf die wunderbar breiten Schultern. »Vielleicht bin ich ja noch gar nicht so weit, dich zu lieben.«

Übermütig blickte er mich an, es zuckte um seine Oberlippe. »Doch, du liebst mich. Du bist bloß zu dickköpfig, das zuzugeben.«

Ich klammerte mich an ihm fest, als hätte ich Angst, sonst aus diesem wunderschönen Traum aufzuwachen. »Vielleicht musst du das Geständnis ja aus mir herausküssen?«

»Nichts leichter als das«, murmelte er, etwa eine Se-

kunde bevor er meinen Mund mit seinen Lippen eroberte, zärtlich und verführerisch. Und ich ließ mich ganz und gar auf diesen langen, sinnlichen Kuss ein, dem noch viele weitere folgen sollten. Er schmeckte nach Hoffnung … und nach einer gemeinsamen Zukunft.

Als ich dringend Luft holen musste, schob ich Tanner vorsichtig von mir weg. »Also gut, ich gebe es zu«, sagte ich. »Ich liebe dich. Bist du jetzt glücklich?«

»Meine Süße, du hast ja keine Ahnung, wie sehr!« Er hielt mich so fest, dass ich seinen Herzschlag spürte, im Gleichklang mit meinem.

Das ist bedingungslose Liebe, dachte ich. Das schönste Gefühl auf der ganzen Welt.

Endlich hatte ich dieses Glück gefunden: mit diesem unglaublichen Mann, der mich manchmal in den Wahnsinn trieb. Und den ich nie wieder loslassen wollte.

– ENDE –